Arena-Taschenbuch
Band 2205

Tamora Pierce,
1954 in Pennsylvania geboren, begann bereits mit elf Jahren zu schreiben und hat sich inzwischen nicht nur in den USA, sondern auch in Deutschland mit Fantasy-Literatur einen Namen gemacht.

Weitere Informationen über die Autorin und ihr Werk findet ihr im Internet unter folgender Adresse:
http://www.sff.net/people/Tamora.Pierce/

Von Tamora Pierce sind als Arena-Taschenbücher erschienen:
Dhana – Kampf um Tortall (Band 1965)
Dhana – Im Tal des Langen Sees (Band 1966)
Dhana – Der Kaiserliche Magier (Band 1967)
Dhana – Im Reich der Götter (Band 1968)
Die Schwarze Stadt (Band 1815)
Im Bann der Göttin (Band 1816)
Das zerbrochene Schwert (Band 1817)
Das Juwel der Macht (Band 1818)

Tamora Pierce

EMELAN

Im Reich der Magie

Aus dem Amerikanischen
von Angelika Eisold-Viebig

Arena

Für Gwen E. Meeks,
die mir den ursprünglichen Titel dieses Buches gab, der mir drei Entwürfe hindurch dienlich war. Möge Schreiben für dich genauso belohnend sein, wie es stets für mich war.

In neuer Rechtschreibung

1. Auflage als Arena-Taschenbuch 2002

Titel der Originalausgabe: *Circle of Magic (Volume I: Sandry's Book)*
Originalverlag: Scholastic Press, New York

Aus dem Amerikanischen von Angelika Eisold-Viebig
Umschlagillustration: Jörg Huber
Umschlagtypografie: Agentur Hummel + Lang
Gesamtherstellung: Westermann Druck Zwickau GmbH
ISSN 0518-4002
ISBN 3-401-02205-9

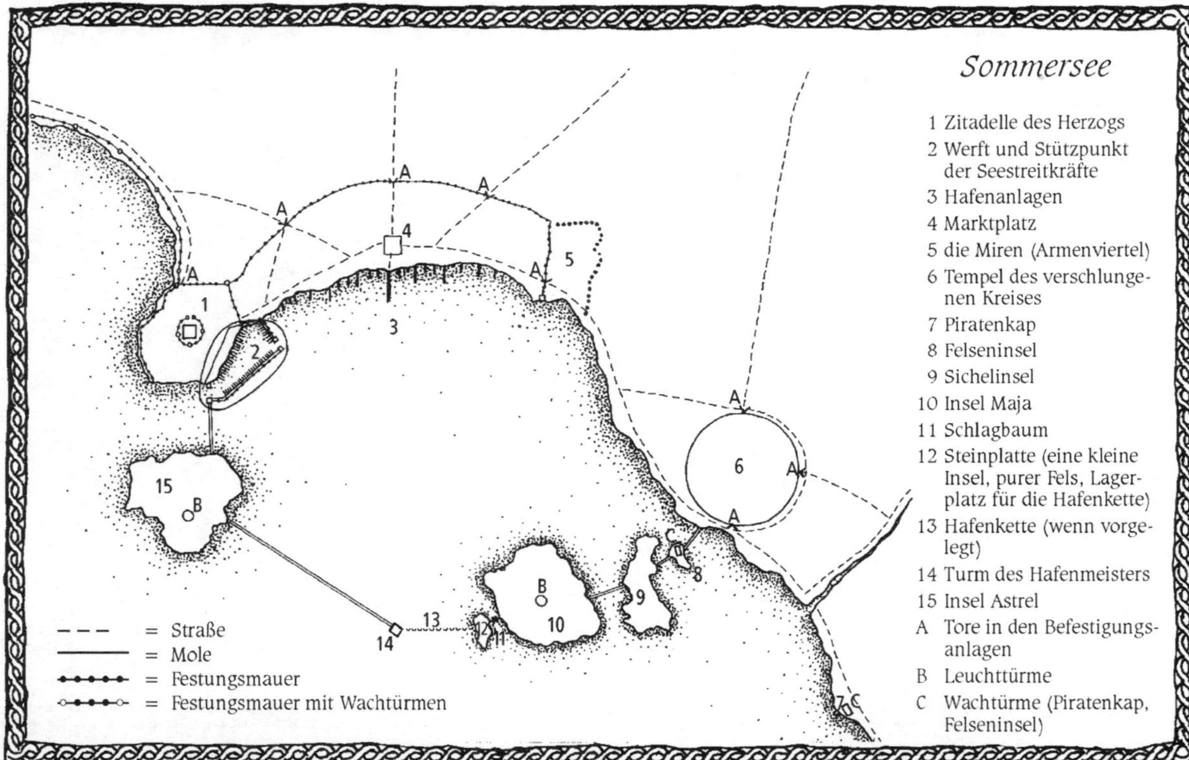
Sommersee
1 Zitadelle des Herzogs
2 Werft und Stützpunkt der Seestreitkräfte
3 Hafenanlagen
4 Marktplatz
5 die Miren (Armenviertel)
6 Tempel des verschlungenen Kreises
7 Piratenkap
8 Felseninsel
9 Sichelinsel
10 Insel Maja
11 Schlagbaum
12 Steinplatte (eine kleine Insel, purer Fels, Lagerplatz für die Hafenkette)
13 Hafenkette (wenn vorgelegt)
14 Turm des Hafenmeisters
15 Insel Astrel
A Tore in den Befestigungsanlagen
B Leuchttürme
C Wachtürme (Piratenkap, Felseninsel)
= Straße
= Mole
= Festungsmauer
= Festungsmauer mit Wachtürmen

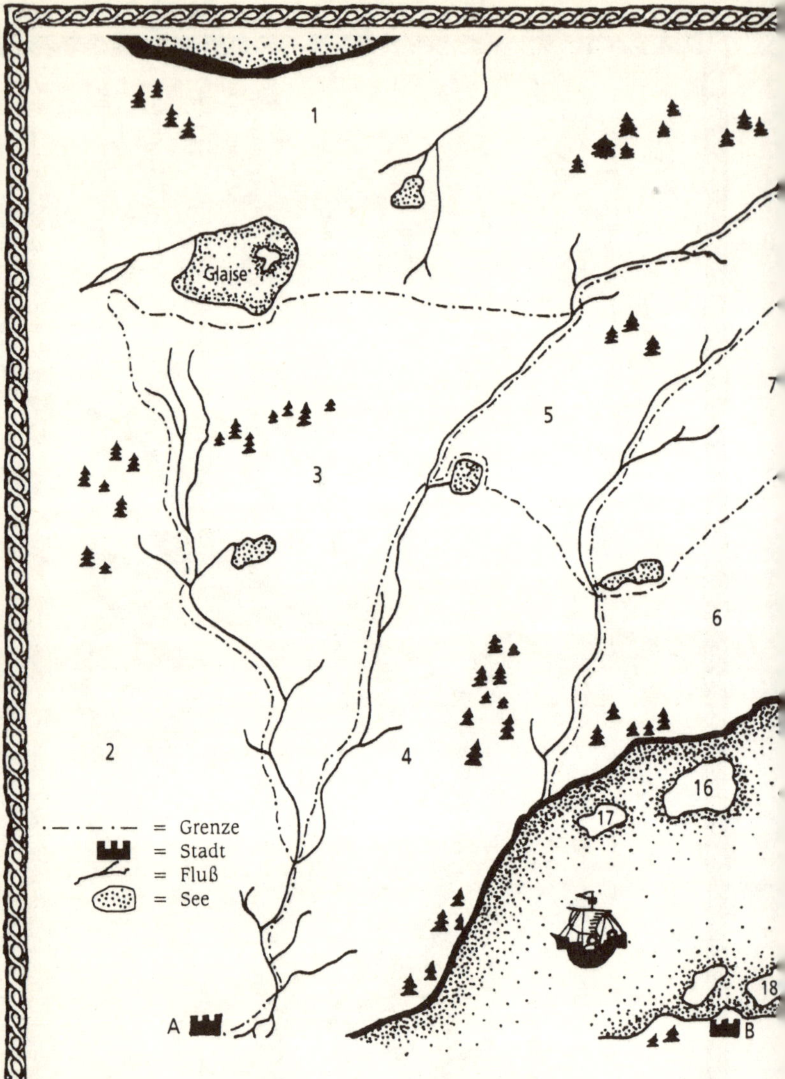

1 Namorn
2 Capchen
3 Olart
4 Anderran
5 Irod
6 Emelan
7 Gansar

8 Lairan
9 Qalai
10 Sotat
11 Janaal
12 Karang

Inseln:

13 Ragat (große Insel)
Pajun (kleine Insel)
14 Chorun (große Insel)
Yagan (kleine Insel)
15 Fehde-Inseln

16 Hajur
17 Nambar
18 Hatar (gro
Derran (kle
Dupan (kle
19 Trittstein-I
20 Nidra

Städte:

el)
rdwestlich)
rdöstlich)
(gehören zu Sotat)

A Ninver, in Capchen (Trisanas Zuhause)
B Zakdin, in Hatar (wo Sandris Eltern starben)
C Sommersee, in Emelan
D Hajra, in Sotat (Briars Zuhause)

Der Tempel der Verschlungenen Kreises

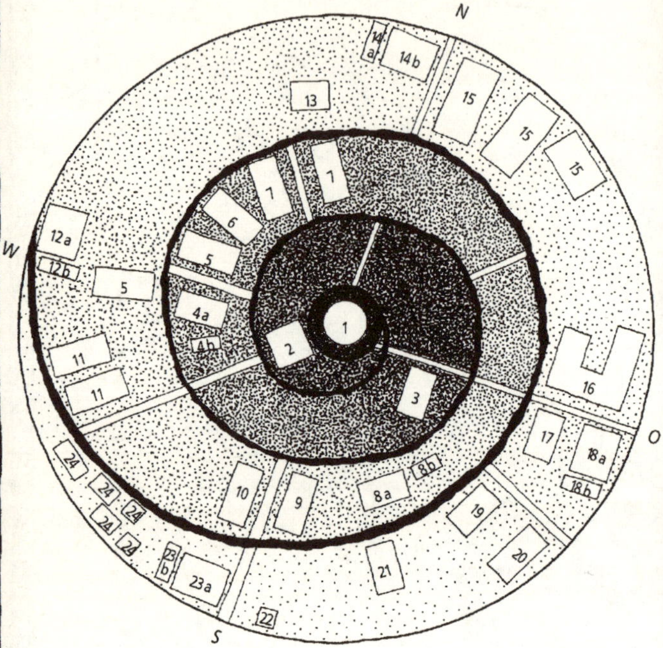

- 1 der Turm
- 2 Verwaltung (Arbeitsräume u. Wohnung d. Obersten Geweihten Mondenstrahl)
- 3 Gasträume
- 4a Mädchen/Frauen Schlafräume
- 4b Schlafräume der Mädchen von Adel
- 5 Krankenstationen
- 6 Töpferei
- 7 Webereien
- 8a Jungen/Männer Schlafräume
- 8b Schlafräume der Jungen von Adel
- 9 Gerichtshof, Bibliothek des Rechtswesens
- 10 Sporthalle: Leibesübungen, Kriegs- und Kampfkunst
- 11 Zimmersleute
- 12a Wassertempel
- 12b dazugehörige Schlafräume (Bäder f. diesen Tempel befinden sich im Tempel selbst)
- 13 Haus Disziplin
- 14a Erdtempel
- 14b dazugehörige Schlafräume, Bäder
- 15 Scheunen, Lagerhäuser, Speicher (Not-Schlafräume)
- 16 Hauptbibliothek, Klassenzimmer
- 17 Vogelhaus (hauptsächlich Brieftauben)
- 18a Lufttempel
- 18b dazugeh. Schlafräume, Bäder
- 19 Gewächshaus des Geweihten Kranichs
- 20 Stall
- 21 Glasbläser
- 22 Eisenbarts Schmiede
- 23a Feuertempel
- 23b dazugeh. Schlafräume, Bäder
- 24 Schmieden

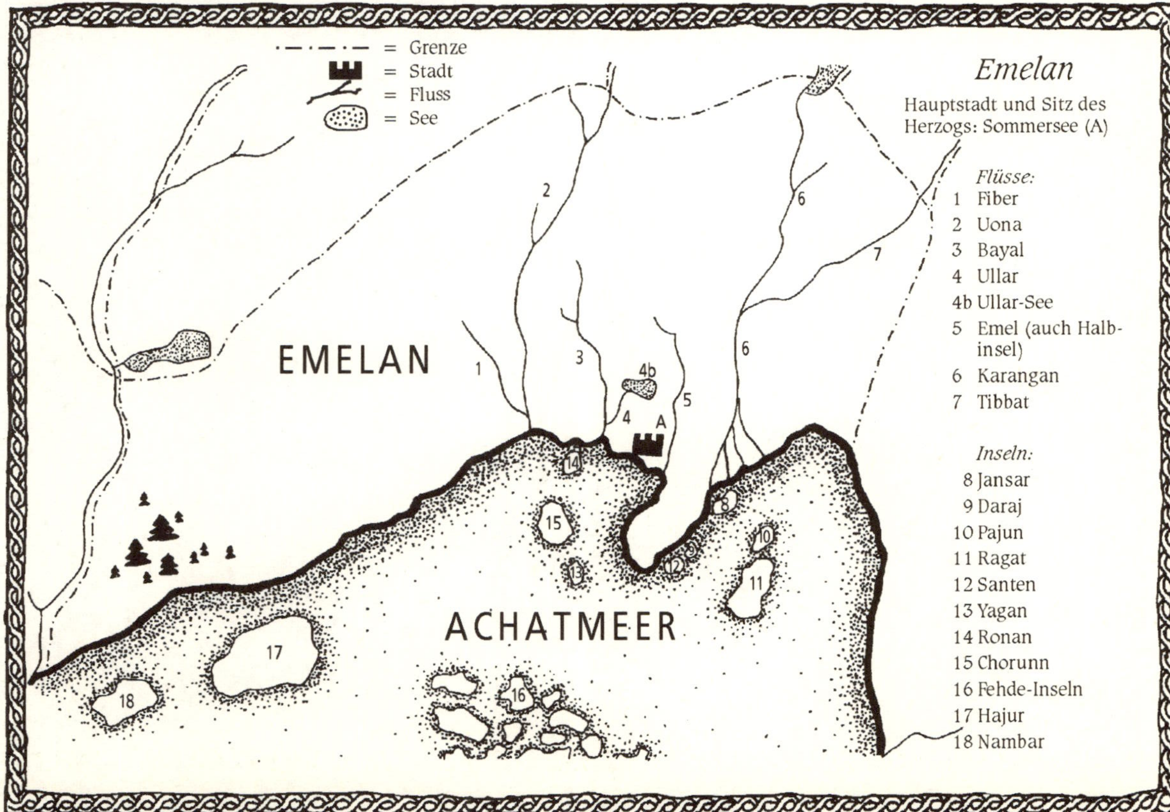

= Grenze
= Stadt
= Fluss
= See
Emelan
Hauptstadt und Sitz des
Herzogs: Sommersee (A)
Flüsse:
1 Fiber
2 Uona
3 Bayal
4 Ullar
4b Ullar-See
5 Emel (auch Halbinsel)
6 Karangan
7 Tibbat
Inseln:
8 Jansar
9 Daraj
10 Pajun
11 Ragat
12 Santen
13 Yagan
14 Ronan
15 Chorunn
16 Fehde-Inseln
17 Hajur
18 Nambar
EMELAN
ACHATMEER

1

Im Palast der Schwarzen Schwäne, Zakdin, Hauptstadt von Hatar

Die blauen Augen weit aufgerissen, starrte Sandrilene fa Toren auf ihre nahezu leere Öllampe. Ihr Mund zitterte, als sie sah, wie die Flamme am Ende des Kerzendochts tanzte, immer kleiner wurde und düstere Schatten auf die Fässer mit Essen und Wasser warf. Wenn diese Flamme erlosch, hatte sie nicht einmal mehr Licht.

»Ich werde verrückt werden«, sagte sie laut zu sich. »Wenn man kommt, um mich zu retten, werde ich vollkommen verrückt geworden sein.« Sie wollte sich nicht eingestehen, wie wenig Aussicht darauf bestand, dass überhaupt jemals Hilfe kam. Wer sollte sie hier finden, in diesem von außen versperrten fensterlosen Lagerraum, der zudem durch Magie verborgen war.

»Ich lenke den Mob ab, führe alle weg von hier, weit weg«, hatte Pirisi durch das Schlüsselloch geflüstert. Sie war dabei in die Sprache ihres Volkes verfallen. »Hier bist du sicher, bis die Pockenepidemie vorbei ist. Dann hole ich dich heraus.«

Aber ihre Amme war nie mehr zurückgekommen. Gleich vor der Tür hatte der Mob sie erwischt und umgebracht, weil sie von den verhassten Händlern abstammte. Niemand außer Pirisi wusste, wo Sandrilene, die von allen nur Sandri genannt wurde, die letzten Tage verbracht hatte.

Das Licht flackerte und wurde immer kleiner.

»Wenn ich es nur irgendwie auffangen könnte!«, jammerte Sandri. »So wie die Magier der Händler den Wind in ihren Netzen fangen . . .«

»Ein Netz ist aus Schnüren«, unterbrach sie sich selbst. »Und eine Schnur besteht aus Fäden . . .«

Sie hatte Faden in dem Stickkorb, den sie noch schnell mitgenommen hatte, als Pirisi sie aus ihrem Zimmer zog. Der Inhalt dieses Korbes hatte sie bisher davor bewahrt, vollständig aufzugeben, denn sie hatte gestickt, bis ihre Augen ihr fast den Dienst verweigerten. Faden hatte sie also wahrhaftig genug.

»Aber ich bin keine Magierin«, sagte sie sich und stützte den Kopf in eine Hand. »Ich bin nur ein Mädchen, noch schlimmer: ein adliges Mädchen. Wie hat diese Magd damals gesagt: ›Taugt für nix als bedient und geheiratet zu werden.‹ Taugt-für-nix, das bin ich . . .«

Tränen stiegen ihr in die Augen und die Flamme der Lampe flackerte noch mehr.

»Weinen hilft auch nicht!«, stieß sie daraufhin verärgert hervor. »Ich muss irgendetwas unternehmen! Irgendetwas, außer zu weinen und mit mir selbst zu reden!« Sie zog ihren Korb zu sich. Mit zitternden Händen holte sie drei Rollen mit Seidengarn heraus, ein grünes, ein blassgraues und ein hellrotes. Rasch legte sie sich das Garn zurecht: eines in ihrem Schoß, eines links und eines rechts von sich.

Von der Flamme waren nur noch ein blauer Kern und ein schmaler orangefarbener Rand zu sehen.

Sandri zog die Enden der Fäden in ihrer linken Hand so fest zu einem Knoten zusammen, wie sie konnte. Sie tastete nach den langen Stecknadeln in ihrem Korb und befestigte den Knoten an einem Fass. Ihre Finger zitterten, Schweißtropfen rannen über ihr Gesicht. Sie wollte gar nicht daran denken, was geschehen würde, wenn das hier nicht funktionierte.

Und das Schlimme war: Es gab eigentlich keinen Grund, weshalb es funktionieren sollte. Pirisi, ihre Amme, hatte Magie gehabt. Sandrilene fa Toren war nur dazu gut, bedient und geheiratet zu werden.

»Ich habe nichts zu verlieren«, sagte sie und holte tief Luft. »Ganz und gar nichts.« Auf den Schiffen der Händler riefen deren Mimander, so nannten die Händler ihre Magier, die Winde, als seien sie Freunde, die eingeladen werden könnten zu bleiben. »Komm schon«, sagte sie zu der ersterbenden Flamme. »Komm her, ja? Du wirst in diesen Fäden viel länger leben können als in der Lampe.«

Das Licht flackerte. Die Flamme schluckte die letzten Tropfen Öl, die sich in der Schale befanden.

Sandri begann einen Zopf zu flechten. Der grüne Faden wickelte sich um ihre Finger wie eine kletternde Weinrebe. Das Grau glitt zu Boden wie eine Schlange. Das Rot verhedderte sich.

»Uvumi – Geduld. Geduld ist alles«, hatte Pirisi oft zu Sandri gesagt. »Ohne Geduld wäre die Magie nie entdeckt worden. Wenn wir hastig über alles hinweggehen, hören wir nie ihr Flüstern im Innersten.«

»Uvumi«, sagte Sandri leise in der Sprache der Händler. Sie glättete die Fäden. Als sie die Augen schloss, merkte sie, dass sie viel ruhiger war, wenn sie ihre Arbeit oder die Lampe nicht sehen konnte. Sie stellte sich vor, wie die Fäden hell leuchteten. Sie riefen Lichtflecken von überall um Sandri herum in sich hinein und verwoben sie dadurch in diesem Flechtwerk.

Das flackernde Licht erlosch. Sandri öffnete die Augen. Der Docht war abgebrannt und schwarz. Um ihren Zopf herum schimmerte gleichmäßig Licht und erfüllte den Raum mit einem weichen, perlmuttartigen Glanz.

»Woher sollte ich wissen, dass ich das tun kann?«, flüsterte Sandri.

Das Zopflicht flackerte.

»In Ordnung«, sagte Sandri und sammelte ihre Fäden ein. »Aber bald muss ich schlafen, weißt du.« Sie wischte sich mit dem Ärmel über die Augen. »Uvumi«, flüsterte Sandrilene fa Toren noch einmal und machte sich wieder an die Arbeit.

Im südöstlichen Achatmeer

Als Daja sich aufsetzte und an sich hinuntersah, dachte sie für einen Augenblick, sie sei ein Geist. Ihre Haut schimmerte weiß. Hatte ein feindlicher Mimander sie von einer braunen Händlerin in eine weiße verwandelt? Warum sollte jemand nur so etwas tun wollen?

Sie fuhr sich mit ihrer geschwollenen Zunge über die aufgesprungenen Lippen, schmeckte Salz und zog über ihre eigene Dummheit eine Grimasse. Das war nicht das Werk eines Mimanders. Es war das, was passierte, wenn ein vom Meer durchnässtes Mädchen einschlief und erst wieder aufwachte, wenn die Sonne hoch am Himmel stand. Sie rieb sich ab, Salzflocken fielen auf ihr behelfsmäßiges Floß. Einige der weißen Körner gerieten in ihre vielen Schnitte und Kratzer und brannten dort wie Feuer.

Das Schiff ihrer Familie war verschwunden, in einem Sturm gesunken, den ihr Mimander nicht hatte aufhalten oder umlenken können. Der Gott der Händler, Koma, der für seine Eigenheiten bekannt war, hatte Daja als Einzige am Leben gelassen. Jetzt saß sie auf einer viereckigen hölzernen Ladeklappe. Um sie herum trieben Wrackteile. Sie sah verworrene Seile, Balken, zerbrochene Kisten, Farbflecke, die von den wertvollen Farbstoffen ihrer Fracht herrührten. Auch Körper trieben im Wasser, die Toten waren Mitglieder der Schiffsbesatzung gewesen. Daja schauderte. Wie lange würde es dauern, bis sie auch tot im Wasser läge? Sollte sie jetzt gleich hineinspringen und alles beenden? Ertrinken ging schneller als verhungern.

Mit einem dumpfen Knall stießen zwei Dinge in Dajas Nähe zusammen: Eine offene Lederkiste prallte gegen einen Mast. Noch einmal stieß die Kiste, von einer Welle emporgehoben, heftig gegen das Holz. Daja konnte nur einen kurzen Blick auf den Inhalt der Kiste werfen, einige verschnürte Bündel und dunkle Glasflaschen. Es war das, was die Händler eine Suraku nannten – eine Überlebenskiste. So etwas gab es auf jedem Schiff. Sie musste sich diese Kiste holen! Daja betete, dass ihr Inhalt nicht durchnässt und unbrauchbar war.

Daja streckte den Arm aus, doch die Kiste befand sich außerhalb ihrer Reichweite. Sie sah sich nach einem langen Holzstab um, ohne Erfolg. Eine Welle erfasste ihr Floß und trieb es von den Wrackteilen fort. Die Kiste blieb zurück.

»Nein«, rief sie aus. »Nein!« Sie bemühte sich mit aller Kraft die kostbare Kiste zu fassen, obwohl inzwischen bereits mehrere Meter Entfernung zwischen ihr und der Kiste lagen. »Komm her! Komm her, ich . . . ich befehle es dir!« Sie musste über ihre eigene Verrücktheit halb lachen, halb weinen. »Na, komm, komm schon«, flüsterte sie, wie sonst immer, wenn sie die Schiffshunde an ihre Futternäpfe gelockt hatte. Sie war doch noch so jung, sie wollte noch nicht sterben. Tränen flossen ihr über die Wangen, als sie sich streckte, die Finger aneinander rieb, als ob sie ihre Tiere heranlocken wollte. Später fragte sie sich, ob sie sich das nur eingebildet hatte, verrückt von der Sonne und in ihrer Angst vor dem Tod. Jetzt starrte sie mit offenem Mund auf die Kiste, die sich vom Mast löste und auf sie zutrieb. Zweimal hielt die Suraku auf diesem Weg an. Beide Male rieb Daja ihre Finger aneinander und wagte es nicht, etwas anderes zu bewegen. Beide Male schaukelte die Kiste weiter, bis sie schließlich an Dajas Hand stieß.

Sehr, sehr vorsichtig holte Daja die Kiste auf ihr Floß. Es war tatsächlich eine Suraku, mit Kupfer überzogen, um den Inhalt vor Feuchtigkeit zu schützen. Die Bündel waren aus Wachstuch. Die Korken in den Flaschen waren mit Wachs versiegelt. Vorsichtig untersuchte sie alles und nahm sich dann eine Flasche. Sie brauchte ihre ganze Kraft, um den Korken herauszuziehen. Als er heraussprang, spritzte ihr Flüssigkeit ins Gesicht. Frisches Wasser! Gierig trank sie fast die ganze Flasche aus, bevor sie vernünftig wurde. Wenn sie jetzt alles aufbrauchte, hatte sie morgen nichts mehr. Sie musste es sich einteilen. Daja verschloss die Flasche wieder mit dem Korken. Als sie die anderen Flaschen untersuchte, stellte sie fest, dass sie ebenfalls Wasser enthielten.

»Vielen Dank, Koma«, flüsterte sie dem Gott des Handels zu.

In den Bündeln fand sie Käse, Brot und Äpfel. Sie aß bedächtig, in winzigen Bissen. Trotzdem sprangen ihre Lippen auf und bluteten. Jeder Gedanke an die Zukunft war im Augenblick wie ausgelöscht. Sie war einfach nur glücklich am Leben zu sein.

Die Suraku reichte noch für drei weitere Tage und hätte vielleicht für zwei mehr gereicht, wenn Daja noch weniger zu sich genommen hätte. Während der ganzen Zeit sah sie kein Zeichen von Schiffen. Die Handelssaison hatte gerade erst begonnen – Kapitäne, die vorsichtiger waren als ihre Mutter, lagen mit ihren Schiffen noch im Hafen.

Als ihr klar wurde, dass sie bald nichts mehr zu essen und zu trinken haben würde, versuchte sie einen Handel mit Koma und seiner Frau, Göttin Oti, abzuschließen. »Ich sehe vielleicht im Moment nicht nach sehr viel aus«, erklärte sie mit krächzender Stimme, »aber in mir steckt mehr, als man denkt! Ich bin stark, ich kenne die meisten Seemannsknoten – außer vielleicht den Trompetenstek, aber daran werde ich arbeiten.« Sie biss sich auf die Lippen. Zu weinen wagte sie nicht – dadurch würde ihr Körper nur unnötig Wasser verlieren.

Von weit weg, so weit, dass es gar nicht wirklich zu sein schien, hörte sie das Knarren eines Segeltuchs. War es ein Traum? Langsam wandte sie den Kopf. Sie befand sich im Tal einer großen Welle – alles, was sie sehen konnte, war Wasser auf jeder Seite. Ihre Nasenflügel blähten sich auf. Neue Gerüche stiegen ihr in die Nase. Sie atmete tief ein und erkannte den schwachen Geruch von Messing, zusammen mit dem tiefen, rostigen Geruch von Eisen. Metall bedeutete Menschen, oder nicht?

»Ahoi!« Die Stimme eines Mannes scholl über das Wasser. »Ahoi! Lebst du noch?«

»Ja!«, rief Daja. Eine Hand ließ sie auf ihrer kostbaren Suraku liegen, die andere streckte sie hoch und winkte vorsichtig. Wenn sie jetzt ins Wasser fiele, das wusste Daja, wäre sie zu schwach, um noch zu schwimmen.

Sie hatte jegliches Zeitgefühl verloren. Es schien eine Ewigkeit zu dauern, bis sie das Plätschern von Rudern hörte und eine Barkasse längsseits kommen sah. In ihrem Bug saß ein hagerer Mann weißer Hautfarbe. Seine großen dunklen Augen lagen in tiefen Höhlen unter dichten Augenbrauen und waren von ebenso dichten, schwarzen Wimpern umrandet. Er trug sein langes, schwarzes Haar, durch das sich silberne Streifen zogen, zusammengebunden. Als Händlerskind bemerkte sie sofort, dass sein gelbes Hemd und seine grauen Kniebundhosen aus Leinen und eine gute Arbeit waren, nicht aus dem billigen Stoff, den Seeleute benutzten.

»Hallo, da drüben«, grüßte er, so beiläufig, als träfen sie sich auf dem Marktplatz. »Mein Name ist Niko – Niklaren Goldauge. Ich habe nach dir gesucht. Tut mir Leid, dass ich dich nicht früher gefunden habe.« Als die Matrosen das Boot näher brachten, streckte er die Hände nach Daja aus und zog sie hinein. Jemand hielt eine Wasserflasche an ihre Lippen.

»Wartet!«, rief sie mit krächzender Stimme, während sie sich hochrappelte. »Meine . . . meine Kiste! Dort!« Sie deutete darauf. »Bitte . . . rettet sie für mich!«

Die Matrosen blickten zu Niko, der nickte. Erst als sie die Kiste ins Boot geholt und neben Daja gestellt hatten, entspannte Daja sich und trank ihr Wasser.

In Hajra, Hafenstadt von Sotat

Das erste Mal, als die hajranische Straßenwache Kakerlak mit der Hand an einer fremden Geldbörse erwischt hatte, tätowierte man ein X auf die Haut zwischen seinem rechten Daumen und Zeigefinger. Dann warfen sie ihn für die Nacht in den Kerker. Kakerlak strich sich über die schmerzende Hand und ging geradewegs auf eine Ecke des Kerkers zu, wo ein Sonnenstrahl durch einen Spalt in der Mauer fiel. Dort wuchs weiches Moos. Er setzte sich und stellte fest, dass das Moos ein gutes Kopfkissen abgab.

Monate später erwischte ein Händler Kakerlak, als der Junge einige Halstücher stibitzen wollte. Die Wache nahm ihn mit, man tätowierte ihm ein X auf die linke Hand und warf ihn in denselben Kerker. Das Moos war gewachsen und bedeckte nun einen großen Teil der Ecke. Es gab ein weiches Sofa ab, auf dem er schlafen und darauf warten konnte, am Morgen freigelassen zu werden.

Nun war Kakerlak zum dritten Mal in diesem Kerker. Die Wache hatte die ganze Bande von Straßendieben bei einem Schmuckhändler erwischt. Die meisten von ihnen hatten bereits auf beiden

Händen ein X eintätowiert, was bedeutete, dass sie kein drittes Mal mehr freigelassen würden. Alle zusammen wurden sie in die große Zelle gesteckt. Das Moos dort bedeckte inzwischen die ganze Ecke und einen großen Teil des Bodens. Es war das bequemste Bett, das Kakerlak je gehabt hatte, und die Fläche war groß genug, um seinen Kameraden noch als Kopfkissen zu dienen.

Während die anderen darum rangelten, einen Teil der Pampe zu bekommen, welche die Wachen Essen nannten, flüsterte Kakerlak seinem Moos zu: »Ich werd nicht mehr zurückkommen, 's dritte Mal ist verflucht. Sie stecken mich in die Minen oder auf ein Schiff oder schicken mich zu den Hafenarbeitern. Wenn ich's nicht schaffe, abzuhauen: lebenslänglich.« Er lächelte schwach. Das Leben war jetzt kurz geworden. An diesen Orten überlebte niemand länger als zwei Jahre und eine Flucht gelang nur selten.

Trotzdem schlief er diese Nacht gut. Als er aufwachte, war es in Hajra Gerichtstag. »Mistkäfer«, schrie eine Wache an der Tür. Die Häftlinge setzten sich auf. »Gampel, Köter, Schleicher, Schleimer.« Kakerlak murrte ärgerlich. Es war Schleimer, der sie alle in diese Lage gebracht hatte, weil er ihnen beim Stehlen zugesehen hatte anstatt nach der Wache Ausschau zu halten. »Mogler, Kröte, Kakerlak.« Kakerlak zögerte.

Der Wachmann knallte mit der Peitsche und blickte ihn an. Kakerlak beschloss sich die Schläge zu ersparen, die er bekäme, wenn die Wache ihn holen würde. Mit einem X auf beiden Händen würde er noch genug Schläge einstecken müssen. »Danke«, flüsterte er dem Moos zu und folgte seinen Kameraden.

Sie marschierten an anderen Kerkern vorbei, dann eine lange Reihe von Stufen hinauf. Oben angekommen, liefen die Wachen schneller, trieben die Gefangenen mit ihren Peitschen vorwärts. Kakerlak schnaufte schwer, als sie in ein Zimmer gedrängt wurden.

Eine Frau in der grauen Robe einer Richterin saß hinter einem großen Tisch. Leute in Straßenkleidung standen hinter ihr. Sekretäre saßen an beiden Tischenden und schrieben eifrig. Kakerlak hörte nicht auf die Aussage, die gegen seine Straßenbande gemacht wurde. Diese Herrschaften hatten ihn bereits verurteilt, warum also auf ihr Geschwätz hören?

Als die Zeugenvernehmung zu Ende war, rief ein Schreiber laut: »Mistkäfer!« Der Anführer wurde vor die Richterin geschoben.

»Hände!«, befahl sie. Die Wachen pressten Mistkäfers Hände auf den Tisch, sodass die beiden Tätowierungen sichtbar waren. Wie Kakerlak hatte Mistkäfer zwei davon.

»Minen«, ordnete die Richterin an. Eine Wache schob Mistkäfer in einen Holzverschlag an der Rückseite des Zimmers.

Kakerlak hörte nicht mehr zu, als die Richterin sich den Rest der Straßenbande vornahm. Stattdessen dachte er an das Moos dort unten in der Zelle, wie friedlich grün es aussah, sobald nur ein winziger Sonnenstrahl es berührte. Das Grün einer lebenden Pflanze fand er viel schöner als das Grün von Smaragden. Deren Grün war eine harte Farbe, der Glanz des Mooses war weich. Die Pflanze schien nicht einmal viel Erde zu brauchen, um zu wachsen, doch sie mochte Wasser. Er hatte ihr einen Teil seiner Wasserration gegeben, als niemand hinsah. Es machte ihm nichts aus, gut zu Pflanzen zu sein, aber er mochte es nicht, dass andere sich darüber lustig machten.

Zwei Paar Hände packten ihn grob und schoben ihn vor den Tisch der Richterin. Er knurrte und kämpfte, als die Wachen seine Hände auf den Tisch pressten. Er wusste, dass es sinnlos war, sich zu wehren, aber es war ihm egal. Sie würden sich später wenigstens an ihn erinnern!

Die Richterin blickte nicht in sein Gesicht, nur auf seine Hände.

»Schiffswerft«, sagte sie und gähnte.

Sie zogen Kakerlak zu einem anderen Käfig als dem, in dem Mistkäfer und Schleicher steckten, da sagte eine männliche Stimme: »Einen Moment.«

Das war keine Bitte, eher ein Befehl. Die Wachen drehten sich um. Kakerlak nicht.

»Kann ich den Jungen noch einmal sehen?«, bat der Mann.

»Bringt ihn her.« Die Richterin klang gelangweilt.

Kakerlak wurde zurückgezerrt und stand nun vor einem Zivilisten. Dies war kein Anwalt oder Soldat. Seine lange, weite Robe war von einem tiefen Blau, gefärbter Stoff, der mindestens einen Silberstern die Elle kostete. Er trug sie offen über locker sitzenden grauen Kniebundhosen, einem hellgrauen Hemd und guten Stiefeln. Er hatte nur ein Messer bei sich, es hing neben seiner Börse an seinem Gürtel.

Er musste also ein Geldsack sein oder ein Offizier. Jedenfalls jemand Wichtiges. Jemand, den Macht so selbstverständlich umgab wie der Umhang, den er trug.

Der Geldsack flüsterte der Richterin etwas zu. Diese verzog daraufhin ihr Gesicht. Er hielt ihr etwas vor die Augen, einen Brief mit einem Siegel darauf. Die Richterin starrte auf Kakerlak, dann nickte sie und der Geldsack machte einen Schritt weg von ihr.

»Wir sind geneigt Gnade ergehen zu lassen, da du noch jung bist.« Die Richterin leierte ihre Sätze, die sie auswendig konnte, schnell herunter. »Du hast die Wahl: die Schiffswerft oder Verbannung aus Sotat und Dienst im . . .« Sie zögerte.

Der Geldsack beugte sich vor und flüsterte ihr erneut etwas zu. Sein langes, mit grauen Strähnen durchzogenes schwarzes Haar fiel nach vorne und verdeckte sein Gesicht. Kakerlak fragte sich, ob er vielleicht nach einem süßen kleinen Jungen suchte, der ihn

bediente, und musste grinsen. Männer, die nach Spielknaben suchten, bereuten es immer, ihn getroffen zu haben.
Der Mann streckte sich und sah ihn direkt an. Es lag etwas Besonderes im Blick dieses Mannes. Kakerlak spürte die Macht dieses Fremden noch stärker, als er diesen Blick sah. Er war warnend und tröstend zugleich.
Kakerlak sah zu Boden.
»Du hast die Wahl zwischen der Schiffswerft oder einer Lehrzeit im Tempel des Verschlungenen Kreises in Emelan«, fuhr die Richterin fort, »bis du den feierlichen Schwur im Tempel ablegst oder bis der regierende Rat beschließt, dass du wieder in die Gesellschaft eingegliedert werden kannst. Tempel oder Schiffswerft, Junge. Wähle.«
Wählen? Am Hafen gab es Wachen, bösartige, wachsame Kerle. Welcher Tempel konnte einen Straßendieb wie ihn schon halten? Und was noch besser war, Emelan war weit im Norden von Sotat, wo niemand wusste, wer er war. »Tempel«, erwiderte er.
»Füllt die Übergabepapiere aus«, sagte die Richterin zu einem Schreiber. »Meister Niklaren . . .«, das war zu dem blau gekleideten Mann gesprochen, ». . . werdet Ihr Euch um ihn kümmern?«
»Natürlich.«
Kakerlak spürte, wie sein Herz schneller schlug. Vielleicht konnte er davonlaufen, bevor sie in Emelan waren? Dann begegnete er dem Blick des Geldsacks und gab diese Idee auf. Der Mann – Meister Niklaren? – sah viel zu klug aus, um auf irgendeinen Trick hereinzufallen.
»Aber ›Kakerlak‹ kann ich nicht in die Papiere schreiben«, jammerte der Schreiber. »Nicht, wenn sie für den Tempel bestimmt sind.«
»Das ist eine Gelegenheit, Junge.« Niklarens Stimme war für die eines Mannes hell. »Du kannst dir einen Namen aussuchen, einen,

den nur du hast. Du kannst wählen, wie du von nun an genannt werden willst.«

Nur solange ich bleibe, dachte Kakerlak. Trotzdem, der Geldsack hatte Recht. Er hatte seinen Namen nie gemocht, aber keiner konnte etwas gegen den Namen einwenden, den man vom Herrn der Diebe bekam.

»Wähle, Junge, und zwar schnell«, fuhr ihn die Richterin an. »Ich habe noch andere Fälle außer deinem.«

Die Schiffswerften waren noch zu nahe, er konnte es nicht riskieren, diese Leute zu verärgern. Welchen Namen würden Leute in einem Tempel mögen? Pflanzen- und Tiernamen, das war es. Er stellte sich Männer und Frauen in langen Gewändern vor, die ihn anlächelten und ihm den Schlüssel zum Tor des Tempels gaben. Pflanzen- und Tiernamen. Ein Bild tauchte vor seinem Auge auf: eine grüne, samtig weiche Ecke – aber das passte nicht. Er brauchte einen harten Namen, einen, der den Leuten klar machte, dass mit ihm nicht zu scherzen war.

Er studierte seine Hände, sah die Narben an seiner rechten Handfläche, ein Andenken an eine Pflanze, die an der Gartenmauer eines Händlers wuchs. In der Sprache der Gauner hießen die zur Abschreckung von Dieben gezüchteten Kletterpflanzen mit den besonders großen Dornen »Briaren«. Briar! Ja das war's. Briar. Der Name gefiel ihm.

»Also, dann eben Briar«, meinte er zögernd.

»Du brauchst auch einen Nachnamen«, sagte der Schreiber und verdrehte die Augen.

Einen Nachnamen?, fragte sich Kakerlak. Wofür das denn?

Die Richterin trommelte ungeduldig auf den Tisch.

»Briar Moss«, stieß er hervor. Niemand würde denken, er sei sanft wie Moos, wenn er den Namen so abwandelte.

»Briar Moss«, wiederholte der Schreiber und füllte das Blatt Papier aus. »Meister Niklaren, ich brauche Eure Unterschrift.«

Briar runzelte die Stirn. »Meister« war die Anrede für Professoren, Richter und Magier. Die Tempelleute nannten Männer und Frauen »Geweihte«. Wer war dieser Mann denn überhaupt?

»Bindet ihn los«, befahl Meister Niklaren den Wachen.

»Entschuldigt bitte, Herr, aber Ihr wisst nicht, wie er ist!«, murrte einer von ihnen. »Er ist der geborene Gewalt. . .«

Niklaren richtete sich auf und sah den Mann durchdringend an. »War diese Bemerkung an mich gerichtet?«

Briar schauerte – war es im Zimmer plötzlich kälter? Die Richterin zog ihre Robe enger um sich. Das Gesicht der Wache wurde kreidebleich. Sein Kollege band Briar los.

»Briar wird ganz bestimmt nicht davonlaufen, nicht wahr, mein Junge?« Niklaren beugte sich vor, um das Schreiben des Sekretärs zu unterzeichnen.

Briar hatte das Gefühl, dass der Fremde Recht hatte. Etwas an diesem Mann ließ die Idee einer Flucht ziemlich unmöglich erscheinen.

Ich bleibe, bis wir zu diesem Tempel gekommen sind, sagte Briar sich. Dort kann ich mich sicher leicht davonmachen.

In der Stadt Ninver, in Capchen

Als Trisana Tandler versuchte sich in der Dunkelheit des Schlafsaals möglichst leise in den Schlaf zu weinen, hörte sie Stimmen. Es war nicht das erste Mal, dass ihr das passierte, aber diese Stimmen waren anders. Diesmal erkannte sie die Stimmen. Sie gehörten den Mädchen, die den Schlafsaal mit ihr teilten.

»Ihre eigenen Eltern sollen sie hier abgeliefert haben, weil sie sie nie mehr wieder sehen wollten.«

Tris, so wurde Trisana zumeist genannt, wusste genau, wer das gesagt hatte: das Mädchen im Bett rechts von ihr. Diejenige, die versucht hatte sich in der Schlange vor dem Speisesaal vor sie zu drängen. Tris hatte sich darüber aufgeregt und ein Geweihter hatte das Mädchen ans Ende der Schlange geschickt.

»Und ich habe gehört, dass sie von Verwandtschaft zu Verwandtschaft gereicht wurde, bis es keinen mehr gab, der sie noch wollte.«

Tris zog an einer der roten Locken, die sich aus ihrem Zopf gelöst hatten. Sie wusste auch, wer das eben gesagt hatte: das Mädchen, das gegenüber, zwei Betten weiter links schlief. Sie hatte erst diesen Morgen versucht von Tris die Lösungen der Rechenaufgaben abzuschreiben. Als Tris das merkte, hatte sie ihr Blatt abgedeckt. Sie konnte Leute, die abschrieben, nicht leiden.

»Habt ihr ihre Kleidung gesehen? Diese furchtbaren Kleider! Die schwarze Wolle ist so alt, dass sie bereits braun wird!«

»Und ihre Nähte platzen fast. So fett, wie die ist!«

Tris war sich nicht ganz sicher, von wem der letzte Satz kam, aber das war letztlich auch egal. Die Stimmen schienen aus jedem Bett im Schlafsaal zu kommen und verletzten sie wie scharfe Klingen. Warum taten diese Mädchen so etwas? Mädchen, mit denen sie noch nicht ein einziges Mal geredet hatte? Machte es ihnen Spaß, gemein zu jemandem zu sein, wenn niemand sie sehen und beschuldigen konnte? Weil es einfach war, in der Gruppe stark zu sein? Ihre Vettern waren genau so, sie folgten jenen, denen es Spaß machte, sich über die Außenseiterin unter ihnen lustig zu machen. Sie folgten ihren Anführern so bedingungslos, wie Entenkinder hinter ihrer Mutter herschwammen.

Als ihre Eltern sie der Obersten Geweihten im Tempel des Steinkreises übergaben, war Tris so beschämt und traurig gewesen, dass sie gedacht hatte, ihr würde gar nichts mehr etwas ausmachen. Anscheinend hatte sie sich da getäuscht.
Sie ballte die Hände unter ihrer Bettdecke. Lasst mich doch in Ruhe, bat sie stumm. Ich habe keiner von euch etwas getan, manche kenne ich ja gar nicht . . .
Niemand bemerkte, dass der Wind aufgefrischt hatte. Er rüttelte an den Fensterläden.
»Ich wette, ihre Eltern hatten zuvor schon versucht sie an die Händler zu verkaufen.«
»Vielleicht, aber nicht einmal Händler würden sie nehmen. Die nehmen doch nichts, was keinen Wert hat!«
Alle fanden das umwerfend komisch.
Einer der Fensterflügel war nicht richtig verschlossen gewesen. Er schwang auf und ließ einen kalten Windstoß herein. Das Mädchen neben dem Fenster schrie auf und sprang hoch, um es zu schließen. Ein weiterer Windstoß warf sie auf ihr Hinterteil, dann fuhr er durch den Raum, zog die Decken von den Betten und stieß Gegenstände von den Regalen. Alle Mädchen bis auf eines schrien lauthals auf.
Zwei Geweihte, die ihre Ordenstracht über ihre Nachtgewänder geworfen hatten, eilten mit Lampen ins Zimmer. Überall, wohin sie blickten, herrschte ein Durcheinander. Bettzeug und Habseligkeiten der Mädchen waren übereinander geworfen. Nur Tris' Bett war unberührt. Das Mädchen darin starrte sie mit von Tränen geröteten, trotzigen Augen an.
Am nächsten Morgen, nach dem Frühstück, brachte man Tris hinunter in das Vorzimmer der Obersten Geweihten des Steinkreises. Ihre wenigen Taschen, die bereits vollständig gepackt waren, stellte man neben sie. Tris hatte kein Wort gesagt. Es hatte ja

keinen Sinn und inzwischen wusste sie, wie dumm es war, mit jemandem reden zu wollen, der entschlossen war sie fortzuschicken.

Während sie wartete und auf die abgewetzten Ledertaschen starrte, bemerkte sie, dass die Tür zum Zimmer der Ehrenwerten Geweihten nicht vollständig geschlossen war.

». . . ich weiß, dass Ihr bereits auf Eurem Weg zum Tempel des Verschlungenen Kreises seid, und ich bitte Euch dringend dieses Mädchen mitzunehmen. Ist diese Bitte so schwer zu erfüllen, Meister Niklaren?«

»Schickt sie später im Frühjahr, wenn die Händler nach Emelan ziehen.« Die helle, klare männliche Stimme klang verärgert. »Ich bin in einer ganz besonderen Sache unterwegs. Wenn ich meine Pläne plötzlich ändern müsste, wäre mir dieses Kind nur im Weg.«

»Wir können sie nicht behalten. Ihre Eltern schworen, dass sie auf Magie geprüft worden sei und keine besäße, aber . . .« Die Stimme der Obersten Geweihten brach ab. Entschlossen fuhr sie dann fort: »Ich weiß nicht, ob sie von einem Geist oder den Elementen besessen ist, um der Mittelpunkt eines solchen Sturms zu sein, und es ist mir auch gleichgültig. Der Verschlungene Kreis ist weitaus besser ausgestattet, um mit einem Fall wie ihrem zurechtzukommen. Dort hat man mehr Erfahrung und dort leben Geweihte, die solchen besonderen Fällen gegenüber aufgeschlossener sind. Zudem gibt es da die besten Magier. Die werden wissen, was man mit ihr tun soll.«

Als Tris dies alles hörte, fühlte sie sich krank. Sie sollte von Geistern oder den Elementen besessen sein? Und welches Schicksal erwartete sie? Einige Leute hatten gelernt mit solchen Kräften umzugehen, andere waren sie losgeworden. Viele jedoch endeten heimatlos und verrückt, wanderten durch die Straßen oder wurden in eine Dachkammer oder Zelle eingesperrt, manche starben sogar daran. Sie schwankte, doch dann ballte sie die Hände zu Fäusten. Sie hatte es satt! Hatte es satt, dass man sie immer loswerden wollte, ungeniert über sie sprach und niemand ihr half! Mit einem donnernden Brausen schlugen Hagelkörner aufs Dach und an die Mauern des Tempels, trafen Holz und Stein wie Hammerschläge. Sie durchstießen die Glasscheiben des Fensters und fielen auf den Boden des Zimmers wie eisige Diamanten. Schwerfällig kniete Tris sich nieder, um sie aufzusammeln.

Die Tür zum Raum der Obersten Geweihten schwang auf und zeigte einen schlanken Mann Mitte fünfzig. Er stand da, die Hände auf den Hüften, und seine dunklen Augen unter den dichten schwarzen Augenbrauen musterten Tris.

Vom Boden aus begegnete sie seinem Blick, die Hagelkörner fielen ihr aus den Fingern. »Es ist unhöflich, jemanden anzustarren«, fuhr sie ihn, immer noch wütend, an.

»Du wurdest auf Magie geprüft?«, fragte er sie unvermittelt.

Warum wollte dieser Fremde sie ärgern? »Vom teuersten Magier in Ninver, wenn Ihr es unbedingt wissen wollt. Und er sagte, ich hätte kein bisschen davon.«

Der Fremde drehte sich zu der Frau in der gelben Ordenstracht um. »Ehrenwerte Geweihte Flügelschlag, ich habe meine Meinung geändert. Ich werde nur zu gern Trisana Tandler zum Tempel des Verschlungenen Kreises in Emelan begleiten.« Er lächelte kurz und streckte Tris seine Hand zum Gruß entgegen. »Ich freue mich sehr dich kennen zu lernen, junges Fräulein.«

Sie ignorierte die ausgestreckte Hand, stand auf und schüttelte ihren Rock aus. »Ihr werdet Eure Meinung bald ändern«, erwiderte sie. »Das hat bis jetzt jeder getan.«

Nachdenklich betrachtete Sandri den rechten Faden. »Zeit, um einen neuen zu nehmen«, sagte sie mit einem Seufzer in die Dunkelheit. Das Grün war jetzt aufgebraucht. Es hatte ihr gute Dienste geleistet, glühte mit einem helleren Licht als das Grau oder Rot. Sie würde es vermissen.

Ellenlange Zopfschnüre lagen in einer Rolle zu ihren Füßen. Sie richtete all ihre Aufmerksamkeit auf diese Zopfschnüre und auf das Licht und machte nur kurze Pausen, in denen sie aß oder schlief oder das stinkende Fass benutzte, das ihr Nachttopf war. Das Licht in den Fäden zu halten nahm sie völlig in Anspruch und ließ ihr weder Zeit noch Energie für Panik.

Sie griff hinter sich in den Arbeitskorb und hielt wie erstarrt inne. Gedämpfte Stimmen waren auf der anderen Seite der Wand zu hören. Das Mädchen schluckte schwer. War es schon so weit gekommen? Begann sie sich nun schon Menschen vorzustellen, die es gar nicht gab?

»Hier entlang, ihr Tölpel!«, schrie eine Stimme.

». . . sehe nichts!«, murrte jemand, etwas weiter entfernt.

Das Licht in ihrem Zopf wurde schwächer. »Wage es nicht«, befahl sie mit einem Flüstern. Doch sie konnte sich nicht länger darauf konzentrieren. Das Schimmern wurde schwächer und verschwand gänzlich.

Atemlos wartete Sandri in der Dunkelheit. Wenn das ein Traum war, wünschte sie, sie würde aufwachen!

»Ihr werdet auch nichts sehen«, erklang eine klare, gebildet klingende Stimme. Deren Besitzer schien beinahe im gleichen Raum wie sie zu sein – oder auf der anderen Seite der Tür. »Was immer hier ist, es wurde durch Magie verborgen.«

Sandri schlug die Hände vor den Mund und begann sich hin und her zu wiegen. Jetzt ist es so weit, dachte sie, ich bin völlig verrückt geworden.

Etwas gelangte in den Lagerraum, ein Luftzug, der jedoch nicht richtig Luft war, sich fast mehr wie ein Schwall Wasser anfühlte. Das meiste bewegte sich über den leeren Säcken, die sie als Bett benutzt hatte, aber etwas löste sich aus dieser kühlen Masse. Es wehte durch das Zimmer und legte sich um ihre Schultern.

»Seht ihr es jetzt?«, fragte die helle Stimme. »Ich will den Schmied hier haben.«

»Sie haben ihn schon, Meister Niklaren.« Diese tiefe Stimme klang ebenfalls sehr nahe.

Metall kratzte auf Metall. Luft bewegte sich. Sandri merkte nicht, dass die Tür geöffnet worden war, bis sie davon angestoßen wurde.

»Urda behüte mich, was für ein Gestank!«, stieß jemand hervor.

»Geh zur Seite, Mann«, befahl die klare Stimme. Ein lichtumwobener Schatten trat in den Raum. »Mein Kind? Mein Name ist Niklaren Goldauge. Ich habe nach dir gesucht.« Er hob eine Lampe, die ihm jemand gereicht hatte.

Das Licht schmerzte in Sandris Augen. Der Schmerz ließ sie aufschreien und ihre Augen bedecken. Sie würde für eine ganze Weile fast nichts sehen können.

2

Sommersee, in Emelan

Sandris Großonkel, Herzog Vedris IV, Herrscher von Emelan, blickte aus den Fenstern der Bibliothek hinaus in den Regen, als zuerst Niko, dann Sandri ihm die Geschichte der letzten vier Monate erzählten. Die Geschichte von Sandris Rettung, Heilung und der langen Reise nach Norden. Wenn er sich seine Gedanken über die Geschichte bildete, blieben diese jedoch hinter seinen tief liegenden braunen Augen und den markanten Gesichtszügen verborgen. Der Herzog war untersetzt, breitschultrig und Respekt einflößend. Dabei bevorzugte er einfache Kleidung. So auch an diesem Tag: ein weißes Batisthemd, braune, wollene Kniebundhosen, eine braune, wollene Tunika und hohe Kalbslederstiefel. Nur der Goldsaum an Kragen und Ärmeln seiner Tunika und der Siegelring an seinem linken Zeigefinger deuteten an, dass er wohlhabend war. Mit seinem rasierten Kopf, der Hakennase und dem fleischigen Gesicht sah der Herzog aus wie einer seiner Kapitäne, die Piraten jagten, und nicht wie ein Adliger, dessen Familie seit achthundert Jahren von diesem Schloss aus regierte. Als sie zu Ende erzählt hatten, drehte er sich um und blickte sie an. »Meister Niklaren, es war äußerst zuvorkommend von Euch, Sandrilene zu mir zu bringen, besonders um diese Jahreszeit.«

»Die Landstraßen waren gar nicht so schlecht, Euer Gnaden«, erwiderte Niko und rührte seinen Tee um. »Und ich konnte doch Sandri in diesem Zustand nicht allein lassen.«

»Ich weiß, ich hätte bis zum Frühjahr warten sollen, Onkel«, fügte das Mädchen hinzu, »aber ich konnte einfach nicht. Hatar . . . das ist jetzt ein einziger großer Friedhof. Ich konnte nicht länger dort bleiben, keine einzige Stunde mehr.« Sie war immer noch blass und schmal nach ihrem qualvollen Aufenthalt im Lagerraum und den anschließenden Wochen der Genesung. Von Kopf bis Fuß in Schwarz gekleidet, wirkte sie wie ein kleiner schmaler Schatten. Nikos Vorschlag, sie nach Norden zum Lieblingsverwandten ihres Vaters zu bringen, war ihr nur allzu recht gewesen.

Vedris lächelte. »Ich verstehe, mein Liebes. Du brauchst dich nicht zu entschuldigen.«

Sandri erwiderte das Lächeln zaghaft. Der Herzog seufzte und fuhr sich über seinen glatt rasierten Kopf. »Ich befinde mich allerdings in einem kleinen Dilemma, wenn du bleiben möchtest«, sagte er bedauernd. Seine Stimme war das Eleganteste an ihm, glatt und samtweich, die Art von Stimme, bei der andere sofort schwiegen. »Möchtest du denn hier bleiben? Oder möchtest du im Frühling weiter nach Norden?«

Sandri schüttelte den Kopf so heftig, dass ihre beiden Zöpfe flogen. »Ich will nicht zu meinen namornesischen Verwandten, Onkel, bitte nicht.«

Der Herzog setzte sich auf die Fensterbank. »Als meine Frau starb, vernachlässigte ich die höfischen Verpflichtungen. Meine Adligen treffen sich in ihren eigenen Häusern. Ohne Gastgeberin und mit Kindern, die erwachsen und verheiratet sind, gibt es keine Dame hier, die ich fragen könnte, ob sie dich unter ihre Fittiche nimmt. Du bist natürlich hier willkommen und kannst bleiben, so lange du möchtest, aber dieses Schloss ist für ein junges Mädchen ein einsamer Ort.«

Sandri blickte auf ihren Schoß. Das klang wirklich nicht sehr verlockend. Der Gedanke, ihre Tage in diesen einsamen Steinhallen zu verbringen, war traurig. Zu packen und ins ferne Namorn zu reisen schien allerdings noch schlimmer, egal, zu welcher Jahreszeit. Sie hatte ihre Verwandten dort noch nie gemocht.

»Dann habe ich die Lösung«, sagte Niko fröhlich. »Ich bin überrascht, dass Ihr selbst sie noch nicht gesehen habt, Euer Gnaden. Sandrilene kann im Tempel des Verschlungenen Kreises leben. Viele Adlige schicken ihre Kinder dorthin. Sie kann die Dinge lernen, die sie braucht, um sich in der Gesellschaft zu bewegen, und sie wird eine gute Erziehung genießen.« Er blickte zu Sandri und erklärte: »Der Verschlungene Kreis ist als Stätte des Lernens und der Magie bekannt.«

Magie?, dachte Sandri wehmütig. Sie hatte geglaubt, alle Magie sei mit Pirisi gestorben. »Ich würde gerne wieder Magie erleben«, flüsterte sie.

»Es ist die nahe liegendste Lösung«, erklärte Niko dem Herzog, der ihn forschend ansah. »Sie wäre ganz in der Nähe und hinter jenen Mauern ebenso sicher wie hier. Ihr könntet einander besuchen, wann immer Ihr möchtet.«

»Sandrilene?«, fragte der Herzog.

Sie lächelte müde. »Ich weiß nicht, Onkel, aber es ist sicher einen Versuch wert, oder?«

Insel Nidra, vor der Küste von Sotat

Es hatte nicht lange gedauert, bis Daja dem Rat der Händler vom Schicksal des Dritten Schiffes Kisubo berichtet hatte. Es war mit einer eiligen Fracht unterwegs gewesen und in einem späten

Wintersturm gesunken. Die fünf Richter – zwei Landhändler, zwei Seehändler und ein Mimander – zogen sich, als sie ihren Bericht beendet hatte, zurück, um über ihr Schicksal zu beraten. Im Gerichtssaal warteten Daja und ihr Retter auf den Urteilsspruch. Daja betete und hoffte. Vielleicht ließ man sie bei jenen ihrer Verwandten leben, die zu alt oder zu jung für das harte Leben auf See waren, in einer der wenigen abgelegenen Städte der Händler. Man gab ihr möglicherweise einen neuen Namen und schickte sie zu einer neuen Familie. Sie wusste von Leuten, die eine zweite Chance bekommen hatten – das war zwar selten, aber es kam vor.
»Mach dich auf das Schlimmste gefasst«, riet ihr Niko mit einem verständnisvollen Blick. »Du weißt, dass sie einzige Überlebende als das schlimmste Omen betrachten.«
Daja schüttelte den Kopf. Es war nicht so, dass sie ihm nicht glaubte. Sie wollte nur nicht zugeben, dass er Recht haben könnte.
Die Tür wurde geöffnet, die Mitglieder des Rats traten ein. Eines davon, eine Frau, trug das große Logbuch, in dem die Namen aller Handelsfamilien, Schiffe und Firmen aufgeführt waren. Sie legte es auf den Richtertisch, öffnete es und schlug eine Seite auf.
Über seinen Armen trug der Mimander einen Stab. Wie jeder Stab eines Händlers war er fünf Fuß lang und aus Ebenholz, ein Symbol des Stolzes und des Rechtes der Händler, sich selbst zu schützen. Messingkappen an beiden Enden bewahrten ihn vor Abnutzung. Die Kappen an jedem anderen Stab im Raum waren mit Gravuren, Verzierungen oder eingelegtem Draht geschmückt. Die Kappen dieses Stabes waren ohne jegliches Zeichen.
Als Daja den Stab sah, begann sie zu zittern. Ein zeichenloser Stab konnte nur eines bedeuten.
»Wie in den Tagen, als unsere Leute zuerst Feuer, Web- und Metallarbeiten zu den Nichthändlern, den Kaqs, trugen«, sagte der

vorsitzende Richter, »so sei es auch jetzt. Daja Kisubo, einzige Überlebende eines Unglücks, wir erklären dich zur Ausgestoßenen, zur Trangshi. Für immer musst du diesen Stab tragen . . .«

Der Mimander hielt Daja den Stab hin und sie starrte darauf. Was war das Zeichen auf ihrem Stab gewesen, der mit ihrem Schiff gesunken war? Tanzende Affen, von denen jeder nach dem Schwanz vor sich fasste. Die Kappe war mit einer Drahtspirale versehen, die Daja als neues Mitglied der Mannschaft auswies. Diese Kappe hier hatte kein Zeichen. Als Trangshi würde es ihr niemals erlaubt sein, die Zeichen ihrer eigenen Taten auf den Stab zu gravieren.

Wie betäubt nahm sie den Stab vom Mimander entgegen.

»Dein Name ist in den Büchern vermerkt«, fuhr der Vorsitzende fort. »Es ist dir verboten, mit Händlern zu sprechen, sie zu berühren oder ihnen zu schreiben. Damit sollen sie vor dir beschützt werden. Wenn du nicht möchtest, dass die anderen dein Pech verfolgt, tu das Richtige. Bleibe ihnen fern.«

Die Frau mit dem Logbuch tauchte ihre Feder ein und begann zu schreiben, hielt Dajas neuen Status fest, damit alle Händler es wussten.

»Sie könnten auch anders entscheiden«, protestierte Niko. »Sie haben die Riten, um sie vom Pech zu befreien, Riten, um aus diesem Waisenkind eine Neugeborene für eine neue Familie zu machen, schuldlos an allem, was vorher geschehen ist.«

Der Mimander steckte seine in gelbe Handschuhe gehüllten Hände in die weiten gelben Ärmel. Daja konnte seine Augen hinter dem dünnen safrangelben Schleier kaum erkennen. »Wir haben diese Entscheidung gefällt, nachdem wir das Orakel befragt haben. Mit dem heiligen Öl und meinem eigenen Blut auf einem heißen Messingteller habe ich die Zeichen für ihre Zukunft gelesen. Ihr

Schicksal ist es, Trangshi zu sein. Es gibt nichts, was Ihr sagen könnt, um das zu ändern, Niklaren Goldauge.«

»Es ist schon in Ordnung«, flüsterte Daja Niko zu. »Sie wollen nur verhindern, dass mein Pech auch noch anderen Unglück bringt. Ich verstehe das.«

Ihr Retter starrte die Richter böse an und nahm Dajas Arm. »Ich bringe sie zum Tempel des Verschlungenen Kreises«, erklärte er dem Rat und seine dunklen Augen funkelten vor Wut. »Dort wird man sie willkommen heißen, mit oder ohne Händlerglück!«

In Sotat

In ihrer ersten Nacht außerhalb der Mauern von Hajra schliefen Niko und Briar inmitten eines Händlerlagers. In der zweiten Nacht machten sie in einem Gasthaus Rast, das am Wege lag. Briar inspizierte das Zimmer, das Niko ihm zugewiesen hatte, und überlegte, ob er vielleicht mal die Küche plündern sollte, als Niko rief: »Kommst du, bitte? Ich habe einige Hemden, die dir passen könnten.«

Arglos ging Briar in Nikos Zimmer, um beim Anblick einer großen Wanne, die mit heißem Wasser gefüllt war, zurückzuschrecken. Daneben stand ein Hocker mit frischer Kleidung, einem Schwamm, Handtüchern und Seife darauf. »Spring rein«, sagte Niko freundlich. »Die Wirtin sagt, du darfst nicht in einem ihrer Betten schlafen, solange du nicht gebadet hast. Ich muss zugeben, dass auch ich gegen eine solche Veränderung nichts einzuwenden hätte.«

Briar machte einen Schritt zurück. »Das ist ungesund«, erklärte

er Niko. »Vielleicht wärt Ihr nicht so knochig, wenn Ihr das auch nicht so oft tätet.«
Starke Arme umfassten ihn. Ein Stallknecht hatte hinter der halb geöffneten Tür gestanden.
»Meine Figur hat mit dem Baden überhaupt nichts zu tun«, erwiderte Niko. »Ziehst du dich nun selbst aus oder müssen wir es für dich tun?«
Schließlich endete es damit, dass er und noch drei Knechte Briar mit heißem Wasser, Seife und einer Bürste abschrubben mussten. Die Flüche des Jungen in fünf verschiedenen Sprachen ließen Niko ungerührt, die Knechte waren allerdings beeindruckt.
»Ich hätte nie gedacht, dass ein Mensch allein das alles von sich geben könnte«, meinte einer von ihnen.
»Kann man auch nicht – zumindest nicht alle auf einmal«, erwiderte der andere.
Briar schwieg den ganzen Weg nach unten. Der Anblick des übervoll gedeckten Abendbrottisches lockte ihn allerdings ein wenig aus seiner Reserve. »Sobald wir aus Sotat draußen sind, trennen sich unsere Wege«, sagte er zu Niko. »Selbst die Straßenwachen quälen andere nur, wenn diese etwas Schlimmeres getan haben.«
»Du kannst natürlich machen, was du willst«, erwiderte Niko und setzte sich. »Rind oder Huhn?«
»Beides. Und etwas von diesem gelben Käse.«
»Es scheint mir nur ein Jammer zu sein«, sagte der Mann und reichte die Käseplatte weiter. Aus der Tasche seines Gewandes zog er eine Hand voll welkender Pflanzen und legte sie auf den Tisch. »Die sind aus deiner Kleidung gefallen. Dies hier«, er berührte einen Stängel mit Blättern, der mit einer kleinen lilafarbenen Blüte gekrönt war, »ist Thymian. Die anderen kenne ich nicht.«

Obwohl er vorgab die Pflanzen, die er während der letzten zwei Tage gepflückt hatte, nicht zu sehen, wurde Briar rot. »Was ist ein Jammer?«

»Der Tempel des Verschlungenen Kreises hat die schönsten Gärten und die besten Gärtner nördlich des Achatmeeres. Leute, die mehr als ich über die Pflanzen der ganzen Welt wissen.« Niko nahm sich etwas vom Fisch, steckte es in den Mund und kaute sorgfältig, ohne seinen Tischkameraden anzusehen. Als er hinuntergeschluckt hatte, fügte er hinzu: »Dort befindet sich außerdem eine der beiden großen Magierschulen nördlich des Achatmeeres. Ich selbst habe an der Lichterbrücke studiert, der Universität für Magier, aber in gewisser Weise halte ich die Magier im Verschlungenen Kreis für etwas . . . aufgeschlossener.«

»Ach, Magier! Wen kümmern die schon?« Briar verschlang seine Mahlzeit und wollte nicht mehr weiterreden, bevor das Essen sich nicht in seinem Bauch befand, wo niemand es ihm wegnehmen konnte. Pflanzen von überall aus der Welt? Wie würde das wohl sein?

»Soviel ich weiß, gibt es einen Geweihten im Verschlungenen Kreis, der Gemüse und Obst, ja selbst Bäume in einem Gebäude wachsen lässt«, bemerkte Niko. Er blickte dabei nicht zu Briar, sondern sah scheinbar unbeteiligt aus dem Fenster hinaus.

Briar konnte sich das gar nicht vorstellen.

»Eines muss ich allerdings sagen.« Niko legte Gemüse auf den Teller des Jungen. »Wenn ich abends ständig Stallknechte bestechen muss, damit sie mir helfen dich zu baden, könnte das auf die Dauer weniger Geld für Essen wie dieses bedeuten, solange wir unterwegs sind.«

Briar sah ihn aufgebracht an. Niko ignorierte diesen Blick und aß einfach weiter.

Ich bleibe bis zur Grenze, dachte der Junge. Noch ein paar Mahlzeiten wie diese wären nicht schlecht – also sollte ich das mit dem Waschen vielleicht versuchen. Vielleicht sehe ich mir auch diesen Verschlungenen Kreis noch an, vielleicht auch nicht.

Achatmeer, vor Capchen

Während der ersten Nacht auf dem Meer draußen lud der Kapitän Tris und Niko ein das Abendessen mit den Offizieren einzunehmen. Der Kapitän selbst kam später, was Tris die Gelegenheit gab ein eigenartiges Gebilde an der Wand neben seinem Kartentisch zu betrachten. Es sah aus wie eine Sammlung von Knoten, die in dicke Schnüre gebunden waren, jeder einzelne hing an einem Nagel. Sie zählte zwei grüne, einen gelben, einen blauen und einen, der grün mit einem dünnen gelben Faden darin war, ein sechster war grün mit einem blauen Faden. Sie wollte sie schon berühren, tat es dann aber doch nicht. Die Fäden schienen zu schimmern, versprachen denjenigen zu schrecken, der unvorsichtig genug war sie zu berühren.

»Ja, das ist mein Schatz, Kindchen.« Der Kapitän war hereingekommen. »Das Glück im Wind, das ist es.«

Tris schob ihre Sehgläser die Nase hinauf. »Ich verstehe nicht.«

»Es ist die Arbeit von Mimandern – den Magiern der Händler«, erklärte er. »Für ein kleines Vermögen nehmen sie eine Schnur und knoten ein wenig Wind für dich hinein. Siehst du, die grüne ist für den Norden, Gelb für Osten, Rot für Süden, Blau für Westen, genau wie sie es in den Tempeln des Lebenskreises tun. Sie sind dazu da, uns aus engen Stellen zu blasen. Und ich habe noch eine für Nordwesten und eine für Nordosten. Die werden mich in den sicheren Hafen von Emelan blasen, wenn ich es jemals brauchen sollte.« Er führte Tris zu ihrem Stuhl. »Es gibt Menschen, die Wind in einen Knoten einbinden können?«, fragte sie und sah ihn misstrauisch an. »Sie wollen mir einen Bären aufbinden.«

»Es ist ein Bär, für den ich mit Gold bezahlt habe«, erwiderte der Kapitän, nachdem er sich gesetzt und Schinkenstreifen auf seinen Teller gelegt hatte. »Sei ein gutes Mädchen und reich Meister Niklaren das Brot.«

Sie aß schweigend und achtete kaum auf die Unterhaltung der Männer. Diese Knoten gingen ihr nicht aus dem Kopf. Wie konnte jemand Wind mit einem Knoten in eine Schnur binden? Sie hatte niemals vorher davon gehört – war das etwas, was nur Händler wussten?

Während der Bootsmaat ihre Becher füllte, sah sie, dass Niko sie beobachtete. Wieder verrieten diese großen, dunklen Augen in keinster Weise, was er dachte. Weshalb muss der Mann mich immer so anstarren?, fragte sich Tris. Hat seine Mutter ihm nicht beigebracht, dass das unhöflich ist?

»Was habt Ihr denn?«, sprach sie ihn unvermittelt an. »Wenn irgendetwas ist – fragt mich doch!«

Nikos Lider flatterten leicht – lachte er sie aus? »Das kann ich nicht«, antwortete er und brach ein Stück von dem Fladenbrot ab. »Jede Frage könnte dein Denken einschränken und die Art, wie du handelst. Verstehst du, Tris, augenblicklich ist dein Geist ungeformt. Wenn ich dich jetzt auf die falschen Ideen bringe, könnten sie verdecken, was in dir steckt.«

Sie dachte einen Moment darüber nach. »Das macht keinen Sinn«, erwiderte sie schließlich. »Ich hätte gern eine Antwort, die Sinn macht, bitte schön.«

»Noch nicht, Trisana. Wir müssen uns erst noch besser kennen lernen.«
»Das ist einfach seine Art, Kleine«, erklärte der Kapitän und reichte Tris eine Schüssel mit Oliven. Sie bedankte sich mürrisch und nahm sich welche. »Meister Niko ist oft ganz in sich gekehrt und manchmal so schwer zu verstehen wie ein Orakel.«
»Das ist die Erziehung an der Universität«, erklärte Niko ihnen. »Sie lehrt uns jeden Tag eine Stunde lang uns nur auf uns selbst zu konzentrieren.«
»Universität?«, fragte Tris nun doch interessiert. »Einige meiner Vettern sind an Universitäten. An welcher wart Ihr?«
Nach einem kurzen Zögern antwortete Niko knapp: »Lichterbrücke, in Karang.«
Tris schob eine Olive auf ihrem Teller herum. »Mein Vetter Amerin studiert dort. Er soll Magier werden. Vielleicht kennt Ihr ihn? Amerin Tandler?«
»Ich war seit fünf Jahren nicht mehr dort«, antwortete Niko. »Wahrscheinlich kenne ich ihn nicht.« Er goss ihr frischen Granatapfelsaft ein und sagte dann: »Möchtest du selbst eine Magierin werden?«
Wie konnte er sie so ärgern? Wie konnte er so tun, als ob sie das besäße, von dem sie genau wusste, dass sie es nicht besaß. »Nein! Ich hasse Magier! Sie bringen die Menschen nur durcheinander!« Tris sprang auf und rannte aus der Kabine.
Allein auf Deck, hörte sie Donner in der Ferne grollen. Der Sturm, der den ganzen Tag schon gedroht hatte, brach aus. Tris rannte hinüber an die Reling und hob das Gesicht, gerade als eine hohe Welle gegen das Schiff rollte. Sofort war sie durchnässt und ihr Ärger wie weggewaschen. Sie wischte das Wasser von ihren Sehgläsern und fragte sich, wie es kam, dass sie sich in ihrer

Kabine so schlecht fühlte, aber hier, wenn das Deck unter ihren Füßen rollte, bestens. Es muss der Geruch sein, dachte sie. Die Kabine roch nach der Fracht, die das Schiff befördert hatte, und vielleicht noch nach etwas anderem. Hier draußen fühlte sie sich herrlich. Die Natur wütete um sie herum und ließ Trisanas Zorn und ihre Tränen bedeutungslos erscheinen. Es war wunderbar, sich so gehen zu lassen.

Tris blickte auf die aufgewühlte See und bemerkte schwache Schatten auf den gischtgekrönten Wellen. Woher kam das Licht? Selbst Fackeln würden bei diesem Unwetter nicht brennen. Sie drehte sich um, konnte jedoch nichts entdecken. Da zog etwas oben am Hauptmast ihre Aufmerksamkeit auf sich. Dort, an der Spitze, bewegte sich ein schwaches Licht. Es musste Runogs Feuer sein, die geisterhafte Flamme, von der die Seeleute glaubten, dass sie das Licht des Wassergottes Runog sei, das ihn führte, wenn er gute Schiffe segnete oder böse zum Sinken brachte.

Schimmernd erreichte das Licht einen Quermast und Tris sah mit einem Mal ein leuchtendes Kreuz hoch über sich. Nun sprang eine Feuerkugel zu einem anderen Mast und verharrte dort an der Spitze. Tris lachte fröhlich über das Wunder, das sie sah.

Als sei das Licht ein lebendes Wesen, das von dem Geräusch angezogen wurde, glitt es beide Masten in schimmernden Strahlen hinab. Sobald es nahe am Deck war, verwandelte es sich in beinahe kopfgroße Bälle und schwang sich in die Luft. Ohne weiter nachzudenken, streckte Tris beide Hände aus und fing die Lichterkugeln auf. Ihre Haut prickelte. Jedes Haar auf ihrem Kopf stand zu Berge. Ihr Wollschal sprühte Funken. Dann erlosch Runogs Feuer plötzlich und Tris verspürte kein Kribbeln mehr. Nur ihr Haar stand jetzt noch stärker gekräuselt vom Kopf ab. Sie versuchte vergeblich es mit den Händen flach zu drücken, bevor einer kam und sie so sah.

Jemand hielt ihr einen Kamm vor die Nase. Tris drehte sich um und stand Niko gegenüber. »Ich nehme an, Ihr habt mich beobachtet.«
»Du hast selbst gesagt, dass ich das immer tue«, erinnerte er sie. »Und in gewisser Weise hast du Recht. Ich beobachte immer, wenn auch nicht aus den Gründen, die du annimmst.«
»Und . . . seht Ihr ein Ungeheuer vor Euch, so wie alle anderen es tun?«, fragte sie und bemühte sich mit dem Kamm durch ihr widerspenstiges Haar zu fahren. »Bin ich jemand, der fortgeschlossen werden muss?«
Niko trat näher zu ihr und legte eine Hand auf ihre Schulter. »Ich sehe ein junges Mädchen, das sehr schlecht behandelt worden ist.« Auch wenn sie noch so genau hinhörte, Tris konnte kein Mitleid aus seiner Stimme heraushören. Andernfalls hätte sie womöglich nach ihm geschlagen. »Alles, was der Verschlungene Kreis dir anbieten kann, wird besser sein als das, was du bisher hattest.«
Sie gab ihm den Kamm zurück und schüttelte seine Hand ab. »Ich brauche meine Bürste«, erwiderte sie und ging unter Deck. In ihrer Kabine ließ sie sich zitternd auf ihren Gepäckstoß sinken. Sie wusste, es war dumm, zu hoffen, dass er Recht hatte – schließlich waren ihre Wünsche bisher nie in Erfüllung gegangen –, aber sie konnte einfach nicht anders. Vielleicht war Runogs Feuer ein Zeichen dafür, dass sie hoffen durfte.

3

Im Tempel des Verschlungenen Kreises in Emelan

Sandri spielte gelangweilt mit ihrer Gabel. Sie wünschte nur, dass endlich serviert würde. Dann würden die anderen Mädchen an ihrem Tisch vielleicht aufhören zu plappern und ihre schmerzenden Ohren bekämen eine Ruhepause. Es war einfach so, dass sie niemals etwas sagten, was von Interesse war. Sie redeten nur von schönen Kleidern und Heirat. Inzwischen, nach fast acht Wochen in der Gesellschaft dieser Töchter aus gutem Hause, war Sandri sicher, dass sie an keinem von beidem interessiert war.

Um sie herum hallte der Speisesaal, die Mahlzeiten hier waren ein einziges Durcheinander. Doch dann breitete sich von der Tür her Stille aus.

»Oh nein . . . inzwischen lassen sie ja wirklich jeden hier rein, oder?«, wisperte Liesa fa Nadlen einer Freundin zu. Sandri blickte in die Richtung, in die Liesa starrte.

Ein Mädchen stand in Türnähe, Becher, Teller und Besteck an ihre Brust gedrückt. In seiner Tunika, die bis zu den Oberschenkeln ging, und eng anliegenden Beinkleidern, beides in einem angenehmen Rot, konnte es nur eine Händlerin sein. Das Mädchen war groß, mit breiten Schultern und einer kräftigen Taille. Seine Haut hatte die Farbe des neuen, in Mode gekommenen Getränks namens Schokolade. Ihr schwarzes Haar trug die Händlerin in zahllosen kurzen Zöpfen. Die Lippen hatte sie aufeinander gepresst, als wolle sie verhindern, dass sie zitterten.

»He, Händlerin«, rief ein Junge, »wen hast du denn heute ausgeraubt?«
»Wessen Säugling hast du denn umgebracht, um Wind für deine Segel zu zaubern?«, rief jemand anderes.
»Such dir einen Platz«, befahl die Geweihte, der der Speiseraum unterstand, mit scharfer Stimme. »Niemand kann servieren, bevor du nicht einen Platz hast.«
Überall machten Mädchen und Jungen sich breit, spreizten die Beine oder legten Bücher und Hefte neben sich. Sie wollten keine verhasste Händlerin an ihrem Tisch.
Sandri stand auf. Liesas Stimme durchdrang das Rauschen in Sandris Ohren, das durch die brennende Wut, die Sandri spürte, ausgelöst wurde: »Sandrilene! Was tust du?«
Sie ignorierte diese Frage und ging entschlossen durch den Raum. Die Händlerin sah sich alle an, das Kinn vorgestreckt, die dunklen Wangen gerötet. Erst als Sandri, die kleiner und schmaler war als sie, vor ihr stehen blieb, senkte sie den Blick.
»Mein Name ist Sandri. Bitte, komm doch mit an meinen Tisch.«
Sie sah, dass das andere Mädchen verwirrt blinzelte. Daher fasste Sandri den Ellbogen der Neuen und zog sie in Richtung ihres Tisches.
Einen Augenblick lang dachte Sandri, dass die Händlerin sich weigern würde mit ihr zu gehen, denn sie rührte sich nicht von der Stelle. Doch dann schien sie sich zu entspannen. »Meinetwegen, Kaq«, murrte sie in Händlersprache. »Aber niemand wird dir dafür danken.« Sie ließ sich von Sandri zwischen den Tischreihen entlangziehen.
»Wenn ich nach Dank suchte«, erwiderte Sandri in der gleichen Sprache, »wäre ich wirklich schlecht dran. Aber da ich nicht danach suche, werde ich ihn auch nicht vermissen.«

Das dunkelhäutige Mädchen versteifte sich. Schließlich sagte sie: »Dein Akzent ist einfach furchtbar.«
Sandri strahlte sie an. »Ja . . . ich weiß.«
»Wir wollen sie nicht bei uns«, protestierte Liesa, als Sandri und das Mädchen den Tisch der Adligen erreicht hatten.
»Sie ist mein Gast«, stellte Sandri geradeheraus fest. »Sie . . . Wie heißt du?«, fragte sie in Händlersprache.
Daja hätte am liebsten nicht geantwortet. Doch als sie die Wut auf den Gesichtern der anderen Mädchen sah, musste sie grinsen. Ihre weißen Zähne leuchteten gegen die dunkle Haut. »Daja Kisubo.«
»Die hochwohlgeborene Daja ist mein Gast«, erklärte Sandri in Liesas Richtung.
Ein Mädchen murrte: »Wenn die hochwohlgeboren ist, bin ich eine Katze.«
Sandri streckte die Hand aus und hob den Milchkrug vom Tisch. Sie trug ihn zu derjenigen, die gerade gesprochen hatte. »Ich bin Sandrilene fa Toren, Tochter von Graf Mattin fer Toren und der Gräfin Amiliane fa Landreg. Ich bin die Großnichte Seiner Gnaden, Herzog Vedris dieses Reiches von Emelan, und Base Ihrer Kaiserlichen Hoheit, Kaiserin Berenene des Reiches Namorn. Du bist Esmelle ei Pragin, Tochter von Baron Witten en Pragin und seiner Frau Colledia vom Haus Stellmacher – eines Bürgerhauses also. Wenn ich dir sage, dass meine Freundin hochwohlgeboren ist, dann solltest du«, nachdrücklich goss Sandri Milch auf Esmelles Teller, »am besten gleich anfangen zu schlecken, Kätzchen.« Sie setzte den Milchkrug ab und kehrte an ihren Platz zurück.
Daja stand immer noch. »Du hast damit niemandem einen Gefallen getan«, sagte sie in Händlersprache. »Mir nicht, dir nicht und nicht einmal ihnen.«
»Das ist mir egal.« Sandri sprach wieder in Allgemen, der Landes-

sprache, sodass jeder sie verstehen konnte. »Mein Vater sagte immer, dass der Adel kein Recht hat, unhöflich zu sein. Wir sollten eigentlich Vorbild sein.« Sie setzte sich auf ihren Stuhl und blickte zu Daja auf. »Willst du dich nicht setzen?«, fragte sie. »So groß, wie du bist, siehst du aus, als ob du es dir nicht leisten könntest, eine Mahlzeit auszulassen.«

Zum ersten Mal seit dem Untergang des Dritten Schiffes Kisubo lächelte Daja. Vorsichtig setzte sie sich. »Ich hoffe, es gibt nicht noch andere Adlige wie dich.« Es klang melodiös, wenn sie Allgemen sprach. »Ich glaube nicht, dass ich so viel Aufregung aushalten könnte.«

»Trisana, hör mir zu . . . es ist nur zu deinem Besten.« Die blau gekleidete Geweihte stand direkt vor dem Mädchen. »Dieses eigenartige Gehabe, das du an den Tag legst, verhindert, dass du mit anderen Mädchen Freundschaft schließt. Die anderen sind draußen und genießen dieses herrliche Wetter. Das solltest du auch.«

Ob sie wohl jemals den Mund hält?, fragte sich Tris, während sie eine Seite in ihrem Buch umblätterte.

»Hör mir doch bitte einmal zu!« Die Geweihte Hirzenhorn fasste Tris am Arm und zog sie hoch, bis sie auf ihrem Bett saß, anstatt zu liegen. »Setz dich gerade hin und leg das Buch weg!«

Tris versuchte sich aus dem Griff der Frau zu winden, jedoch ohne Erfolg. Sie blickte hinauf in Hirzenhorns Gesicht und ihre Augen glitzerten hinter ihren Sehgläsern wie graues Eis. »Lasst los«, sagte sie leise.

»Dies ist zu deinem eigenen Wohl«, sagte die Geweihte zu ihr. »Was immer deine Eltern veranlasst hat dich in die Obhut der Tempel des Lebenskreises zu geben . . .«

Sie wollten mich nicht, also halt den Mund!, dachte Tris unglücklich und ihre blasse Haut rötete sich vor Scham. Halt den Mund, halt den Mund, halt den Mund!

Auf der anderen Seite des Zimmers schlugen die Fensterläden zu und flogen wieder auf.

Die Geweihte Hirzenhorn zuckte zusammen und lockerte den Griff um den Arm des Mädchens. »Jetzt hör zu. Du bist nun schon seit sechs Wochen hier und benimmst dich, als seist du eine königliche Hoheit, was du nicht bist.« Die Geweihte zuckte zusammen, als irgendwo eine Tür zuschlug. »Du musst netter zu den anderen sein.«

Tris konnte nicht antworten. Ihr Kopf begann zu schmerzen und ihr Magen hob sich unangenehm. In ihren Ohren baute sich ein enormer Druck auf, sodass sie dachte, ihr Trommelfell würde platzen. Das Zimmer drehte sich vor ihren Augen.

»Ihr möchtet, dass ich hinausgehe?«, fragte sie aufgebracht. »Ich gehe.« Sie rannte zur Tür und stieß sie auf. »Vielleicht möchtet Ihr ja mitkommen!«

Die Luft im Zimmer wurde immer dicker. Hirzenhorn fing an zu torkeln. »Wenn du mich krank gemacht . . .«

Ein Wasserkrug rutschte von einem Nachttisch und zerschellte am Boden. Die aus Metall und Email gemachte Statue von Yalina, der Göttin des Wassers, fiel von dem Regal, auf dem sie stand. In der Ecke stürzte ein freistehender Kleiderschrank um.

Die Geweihte rannte zur Tür, die Tris immer noch für sie aufhielt. »Ein Erdbeben!«, schrie sie. »Es ist ein Erdbeben!«

»Gut beobachtet«, murrte Tris und folgte ihr nach draußen.

Der Boden beruhigte sich fast sofort, doch die Bewohner des Tempelbezirks blieben noch eine Weile im Freien. Viele hatten Angst. Es war das erste größere Beben seit über einem Jahr. War das eine Ankündigung von weiteren, größeren Beben, die kommen sollten?

Tris gähnte. Ihre Übelkeit war mit dem Beben verschwunden und sie hielt die Furcht der anderen für dumm. Bis auf den zerbrochenen Krug und den kaputten Holzschrank war kaum Schaden entstanden – nicht genug für das Theater, das ihrer Meinung nach darum gemacht wurde. Außerdem war sie sicher, dass es an diesem Tag zu keinem größeren Beben mehr kommen würde, obwohl sie nicht hätte sagen können, woher sie das wusste.

Sie blickte sich um und sah, dass die Geweihte Hirzenhorn bei den anderen beiden Geweihten stand, die die Aufsicht über den Schlafsaal der Mädchen hatten. Die Frauen sprachen schnell und beobachteten Tris. Sie hörte sie sagen: ». . . wusste, dass so etwas passieren würde.«

Das war genug. Sie hatte andere so etwas schon dutzende von Male sagen hören. Als Nächstes käme: »Wir wollen nicht, dass sie weiter hier bleibt.« Mit dem Buch in der Hand ging Tris in den hinteren Teil des Gartens, kletterte über den niedrigen Zaun und entkam in die große Bibliothek des Verschlungenen Kreises.

Zwei Wochen nach ihrem ersten Zusammentreffen mit Sandri beschloss Daja einen Abendspaziergang zu machen, bevor die Geweihten alle Zöglinge für die Nachtruhe hineinriefen. Daja lief viel, denn sie fühlte sich innerhalb der zwölf Fuß dicken Mauern des Verschlungenen Kreises wie gefangen. Sie wünschte, sie wäre an Bord eines robusten kleinen Schiffes, das nach Südwesten fuhr, durch die Lange Meerenge und die Feuerbucht, in die Weiten des Endlosen Ozeans. In den letzten Jahren hatte sie davon gehört, dass es Inseln dort im Endlosen Ozean geben sollte, auf denen merkwürdige Tiere lebten und Eingeborene mit kupferfarbener Haut. Sie hätte sie gern gesehen.

Ihren Stab, der an der Wand zwischen ihrem Bett und dem

Nachtkästchen lehnte, mochte sie nicht anschauen. Seine Messingkappe schimmerte wie Gold, zeigte ihr verzerrtes Spiegelbild. Sie hatte seinen Anblick satt und alles, was er repräsentierte.
Daja ließ ihn dort stehen und ging hinaus. Die Sonne stand bereits hinter den Mauern, die den Tempelbereich umgaben, und warf lange Schatten. Daja versuchte sich zu orientieren. Dort stand der Turm, der den Dreh- und Angelpunkt, das absolute Zentrum des Verschlungenen Kreises bildete.
Daja ging los, bahnte sich ihren Weg durch die Vielzahl kleiner Gärten, die sich zwischen jedem Gebäude innerhalb der Mauern befanden. Obwohl sie versuchte an etwas anderes zu denken, konnte sie nicht vergessen, dass sich die Schmieden des Tempels nur einen kurzen Spaziergang entfernt befanden. Für einen Augenblick meinte sie die Hitze des Schmiedefeuers auf ihrer Haut zu fühlen und den Geruch von Eisen und Bronze zu riechen.
Ihr Interesse an Schmiedearbeiten war ihrer Familie immer peinlich gewesen. Daher versuchte sie so sehr nicht an die Schmiede zu denken, dass sie um sich herum alles vergaß, bis eine heisere Stimme hervorstieß: »Schnappt euch die stinkende Händlerin!«
Daja wirbelte jetzt alarmiert herum, aber es war zu spät. Hände packten sie roh und zogen sie zwischen einen Gartenschuppen und eines der Waschhäuser. Jemand versuchte ihr den Mund zuzuhalten. Sie drehte ihren Kopf weg und stieß mit den Füßen. Sie traf etwas Hartes und ein Junge schrie auf.
»Kaqs!«, stieß sie hervor, auf sich selbst mindestens genauso wütend wie auf die anderen. Wie konnte sie so unvorsichtig sein?
»Zu feige für einen richtigen Kampf . . .«
»Bringt sie zum Schweigen!«, befahl ein Mädchen. Sie teilte mit Daja den Schlafsaal. »Wenn jemand hört . . .«
»Niemand will dich hier, Händlerin!«, stieß diejenige, die versucht

hatte sie von hinten zu fassen, schwer atmend hervor. Daja schlug um sich, versuchte sich zu befreien. »Du vergiftest unsere Luft . . .« Sie stieß wieder mit dem Fuß und traf auf etwas Weiches. Jemand erbrach sich.

Licht flackerte auf. Niko stand in der Öffnung zwischen den Gebäuden und der Straße und seine erhobene Hand leuchtete hell. Er war in Begleitung einer älteren Frau. Es war die Oberste Geweihte Mondenstrahl, welche die Verantwortung für den Verschlungenen Kreis trug.

Dajas Angreifer, drei Mädchen und zwei Jungen, flohen. Daja selbst stolperte und fiel, als der Junge, der sie festgehalten hatte, sie losließ. Hände, so dunkel wie ihre eigenen, halfen ihr auf die Füße. Daja blickte in Mondenstrahls weise braune Augen. »Bist du verletzt?«, fragte sie. Ihre Stimme war klar, leise und freundlich.

»Nur in meinem Stolz«, murrte Daja. »Ich war so dumm mich von Kaqs überrumpeln zu lassen.«

»Ich hatte gehofft, unsere Schüler seien Händlern gegenüber aufgeschlossener. Ich bin enttäuscht, dass ich mich so geirrt habe.« Nun, da sie wusste, dass Daja nicht verletzt war, klang die Stimme der Geweihten Mondenstrahl kühl und ausdruckslos. Sie steckte ihre Hände in ihre Ärmel und blickte zu Niko. »Vielleicht ist der Schlafsaal der Mädchen nicht der beste Platz für Daja. Ich möchte gern, dass sie sich dort sicher fühlt, wo sie lebt.«

»Disziplin also?«, schlug Niko vor. »Nein, es ist keine Bestrafung«, beeilte er sich Daja zu versichern. »Es ist der Name eines kleinen Hauses nahe dem Erdentempel.«

»Du wirst gleich morgen früh dort hinziehen«, ordnete die Geweihte an. Sie legte ihre Hand, die sich kühl und trocken anfühlte, auf Dajas Wange. Das Mädchen roch den Duft von Zimt. »Glaubst du, man wird dich heute Nacht noch einmal belästigen?«

Daja schüttelte den Kopf. Nachts kam der Ärger nur in Form von Schmähreden. Schläge waren nicht zu befürchten, dafür kontrollierten die Geweihten den Schlafsaal zu oft.
»Haus Disziplin wird besser für dich sein, Daja.« Niko legte den Arm um ihre Schultern. »Du wirst zum Beispiel dein eigenes Zimmer haben. Ruhe allein kann ein Segen sein.«
Ich bin dazu verurteilt, den Rest meines Lebens unter Kaqs zu verbringen, dachte das Mädchen traurig, als es in den Schlafsaal zurückkehrte. Es gibt keine Segnungen mehr für mich.
Als sie die Außentür öffnete, hörte sie Mondenstrahl sagen: »Und jetzt möchte ich diejenigen finden, die das getan haben.«

Das einzige Problem beim Schlafen unter seinem Bett war, dass es keine richtig sicheren Ausgänge gab. Das musste Briar in seiner dritten Nacht im Schlafsaal der Jungen erfahren. Zu Hause hätte niemand ihm auflauern können, wie es die anderen Jungen jetzt taten und ihm die Seiten des Bettes versperrten. In Sotat wäre er in einen Tunnel und dann im Labyrinth der Schneidergassen verschwunden, bevor man seinen Hauptzugang hätte versperren können.
Er war so damit beschäftigt gewesen, die Pflanzen zu untersuchen, die er während des Tages gestohlen hatte, dass er sie nicht hatte kommen hören. Ich verdiene die Schläge, dachte er und seine graugrünen Augen zeigten nichts von seinen Gefühlen. Mich von einer Horde von mistfüßigen Tölpeln überrumpeln zu lassen!
Zwei von ihnen zerrten ihn unter dem Bett hervor und fassten ihn bei den Armen. Das fette Großmaul von drei Betten weiter stand vor ihm, eine Hand in die Hüfte gestützt. Er stieß den Zeigefinger seiner anderen Hand in Briars Gesicht. »Du hast meine Anstecknadel gestohlen, Galgenvogel!«, schrie er. »Ich will sie wiederhaben!«

Briar kannte die Nadel, um die es sich handelte. Der Junge hatte sie am Vortag jedem gezeigt. »Ich?«, fragte er entsetzt. »Dieses Stück Plunder klauen? Dafür würde ja kein Hehler mehr als einige Kupfersterne zahlen!«

»Lügner!«, schrie der Junge. »Sie hat mich zwei Silbermonde gekostet!«

Briar hob die Augenbrauen. »Für versilbertes Blech und eine wertlose Glasperle? Dann hat man dich reingelegt, und zwar ordentlich.«

Zwei der anderen Jungen leerten den Inhalt der schmalen Kleiderkommode am Fußende des Bettes und verstreuten ihren Inhalt auf dem Boden. Ein anderer zog alles aus Briars Höhle unter dem Bett hervor und durchwühlte das Grünzeug, das Briar gerade untersucht hatte. »Seht euch das an!«, sagte er lachend. »Hat dir jemand erzählt, dass tote Pflanzen wertvoll seien, Straßenköter?«

»Hier haben wir ja etwas ganz Hinterhältiges!« Einer derjenigen, die seine Kleiderkommode durchsucht hatten, hielt zwei der Messer hoch, die Briar während der Reise zum Tempel unterwegs hatte mitgehen lassen.

»Wolltest uns wohl im Schlaf ermorden und alle ausrauben?« Der Finger des Anführers stieß Briar grob an die Nase.

So schnell wie ein Blitz fuhr Briar mit dem Kopf nach vorne und biss in den ausgestreckten Finger. Sein Opfer schrie auf, doch Briar lockerte seinen Biss nicht. Die zwei Jungen, die ihn festhielten, verdrehten ihm die Arme auf den Rücken. Briar wurde einen los, indem er mit dem Knie zustieß, bis der zu Boden sank. Dann ließ er den Finger des Anführers los und stieß mit dem Kopf nach hinten. Er traf den zweiten Jungen, der ihn festhielt. Sein Opfer stürzte mit blutender Nase zu Boden.

Briar ließ sich fallen und rollte sich von den Jungen weg, seine rechte Hand fuhr an seinen Knöchel, die linke unter den rechten Arm. Während er auf die Füße taumelte, zeigte er ihnen seine Messer.

»Haut ab, ihr Pfeifen, wenn ihr nicht ein noch größeres Maul haben wollt, als ihr besitzt«, warnte er sie leise.

Etwas Weiches wie Wolken wickelte sich um seine Arme und hielt sie an seinen Seiten fest. Er konnte es nicht sehen, aber er fühlte es, als es seine Beine hinunterfloss. Als es sich festzog, zurrte es seine Füße zusammen und brachte ihn aus dem Gleichgewicht. Er kämpfte dagegen an, während er fiel, jedoch ohne Erfolg.

Ein Fuß drehte ihn um. Briar beruhigte sich, als er sah, wer über ihm stand: zwei Geweihte, ein Mann und eine Frau. Beide trugen die gelbe Ordenstracht des Lufttempels, die Robe der Frau hatte am Saum noch einen schwarzen Streifen.

»Ich wusste doch, was passieren würde, wenn sie diesen Straßenjungen hereinließen!« Der Geweihte zog Briar an seinem Hemd hoch. »Du verlässt diesen Schlafraum. Wenn es nach mir ginge, würdest du den Verschlungenen Kreis überhaupt verlassen.«

»Was habt Ihr mit mir gemacht?«, fuhr Briar sie an, als die Frau versuchte die Messer aus seinen Fingern zu lösen.

Sie lächelte. »Gefallen dir unsere Luftfesseln nicht, Junge?«, fragte sie. »Hast du diese Art von Magie noch nie vorher gesehen?«

Briar wurde still. Magie? Aber das ist doch nur Schwindel!, dachte er schockiert. Dann blickte er an seinem Körper hinunter. Dieser Schwindel, den er nicht sehen konnte, hatte seine Beine zusammengeklebt und hielt seine Arme an seinen Seiten fest. Als die Frau die Fessel fester zog, gab er seine Messer frei. Es hatte keinen Sinn, weiterzukämpfen.

»Er hat meine Anstecknadel gestohlen!«, schrie der Junge vor ihm.

»Sie hat mich drei Silbermonde gekostet!« Falls seine Freunde bemerkt hatten, dass der Preis gestiegen war, hielten sie den Mund.

Briar seufzte. »Und ich habe dir gesagt, dass ich nie so tief sinken würde. Dort drüben ist der Galgenvogel, der sie geklaut hat.« Er nickte in Richtung des Jungen, der sich über seine Pflanzen lustig gemacht hatte. »Sie liegt unter seinem Kopfkissen.«

Der Beschuldigte zuckte zusammen. Zwei Jungen gingen zu seinem Bett und hoben das Kissen hoch. Da lag die gestohlene Nadel, neben verschiedenen Dingen, die anderen Jungen gehörten.

»Er hat sie dort hingelegt!«, schrie der Dieb. »Er . . . er wusste, dass wir ihm auf der Spur waren und . . . und dann hat er sie in mein Bett gelegt!«

»Wirst du das auch vor einem Wahrheitsfinder schwören?«, fragte die Geweihte. »Einer der besten ist hier, um unsere Ehrenwerte Mondenstrahl zu besuchen.«

Der Dieb schluckte schwer und senkte den Kopf.

»Wie auch immer, ich möchte ihn hier nicht mehr haben«, schimpfte der Mann, der Briar festhielt. Er schüttelte den Jungen nachdrücklich. »Messer haben in einem Schlafraum nichts zu suchen!«

»Kommt auf den Schlafsaal an«, meinte Briar leise. Die unsichtbaren Fesseln um seine Beine verschwanden und die beiden Geweihten schoben ihn unwirsch zur Tür.

Tris Tandler stützte sich auf das Fensterbrett im Verwaltungsgebäude des Verschlungenen Kreises und blickte zu den Wolken. Durch die geschlossene Tür der Arbeitsstube der Obersten Geweihten hörte sie Hirzenhorns Jammern. Die Geweihte wollte sie aus dem Schlafsaal der Mädchen heraushaben.

Da haben wir es wieder einmal, dachte Tris ärgerlich. Wir wollen dich nicht . . . geh woanders hin.

Sturmwolken zogen vorbei, schwer mit Regen und Donner. Blitze tanzten darin, wuchsen, während sie hin und her sprangen, gewannen mit jedem Zucken an Kraft. Tris konnte ihren blassen, kalten Duft fast riechen, die Haut auf ihren Armen prickelte.

Der Blitz schlug nur etwa zehn Fuß entfernt ein, verbrannte einen jungen Baum. Die Ohren des Mädchens dröhnten, wie elektrisiert standen ihr die Haare zu Berge. Im Zimmer der Obersten Geweihten schrie Hirzenhorn voller Angst auf. Tris lächelte.

»Geht es dir gut, Tris?«, fragte eine helle, vertraute Stimme laut. »Du hast genau hingesehen.«

Tris ignorierte Niko und versuchte ihre roten Locken zu bändigen.

»Es ist eigenartig, zu sehen, dass der Blitz in einen kleinen Baum einschlägt, wo doch viel größere da sind oder auch Gebäude«, fügte er hinzu.

Tris schob ihre Sehgläser die Nase hoch und drehte sich um, um ihren früheren Reisegefährten anzublicken. Dazu musste sie sich allerdings zurücklehnen. Er war ein gutes Stück größer als sie. »Was haben Gebäude und Bäume damit zu tun?«, wollte sie wissen.

»Der Blitz schlägt in das ein, was den Wolken am nächsten ist«, antwortete er.

»Auch in den Turm?«, fragte sie und blickte zu dem hohen Turm hinüber.

»Das hat er schon, aber der Turm ist geschützt. Auf dem Glockenturm befindet sich ein Stab, an dem ein Draht befestigt ist, der in den Boden führt. Der Blitz wird zuerst vom Stab angezogen und der Draht führt sein Feuer in die Erde, wo es stirbt. Außer an einem Tag wie heute, wo der Blitz, so scheint es, eingeladen wurde woanders einzuschlagen.«

»Ist das Niko, den ich da höre?« Die Ehrenwerte Mondenstrahl öffnete ihre Tür und blickte heraus. Ihre pflaumenfarbenen Lippen lächelten ihn in einem Willkommensgruß an, ihre braunen Augen strahlten. »Kommt herein, ich brauche Euch.«

Tris drehte sich wieder zum Fenster zurück.

Eine Hand, warm, fest, fast tröstend, legte sich auf ihre Schulter. Bevor Tris sich davon freimachen konnte, sagte Niko: »Magier haben eine sehr weise Regel: Richte vor allem keinen Schaden an!«

Noch ehe Tris sich eine Antwort überlegen konnte, hatte Niko schon das Zimmer der Obersten Geweihten betreten und die Tür hinter sich geschlossen.

Die Außentür knallte zu und zwei weitere Personen traten ein. Die eine war eine blasse, schwitzende Geweihte in der blauen Ordenstracht des Wassertempels. Tris wusste, dass sie sich um die »Perlenschale« kümmerte, wo die wohlhabenden Mädchen wohnten. Ihre Begleiterin war in Trisanas Alter. »Setz dich dort hin, weg vom Fenster«, sagte die Geweihte zu ihrem Schützling. »Ich möchte nicht, dass du vom Blitz getroffen wirst, nicht bevor ich dich hier wohlbehalten abgeliefert habe – gnädiges Fräulein! Um Gottes willen, das war nah!« Sie schob das Mädchen auf eine Bank an der Wand und eilte dann, ohne anzuklopfen, in das Zimmer der Obersten Geweihten. »Ehrenwerte Mondenstrahl, ich habe genug!«, rief sie aus und schlug aufgeregt die Tür hinter sich zu.

»Hast du diesen Blitz gesehen?« Das neue Mädchen war eher aufgeregt als verängstigt. »Mir ist regelrecht das Haar zu Berge gestanden. Ich dachte schon, die Geweihte würde davonlaufen!« Wenn die Worte der Geweihten sie verärgert hatten, zeigte sie es nicht. »Ich war noch nie so nahe bei einem Gewitter!«

Tris musterte die Fremde. Als Abkömmling einer Kaufmannsfamilie wusste sie wohl, dass die Kleidung des Mädchens – ein ärmelloses schwarzes Überkleid mit engem Oberteil und Gagatknöpfen, ein weißes Batistunterkleid mit Puffärmeln – teuer war. Alles an ihr, von dem durchsichtigen schwarzen Schleier über den hellbraunen Zöpfen bis zu der Goldstickerei auf den Lederpantoffeln, zeugte von edlem Blut und Reichtum.

Ohne ein Wort drehte sich Tris zum Fenster zurück. Diese Adlige würde ihren Irrtum bald genug erkennen. Dann würde sie sich schämen, wenn sie daran dachte, dass sie mit einer Kaufmannstochter gesprochen hatte. »Es ist nur ein Blitz«, erwiderte sie.

Das Mädchen kam zu ihr. »Oh, sieh nur, dieser arme Baum ist ganz verkohlt.« Sie lehnte sich eifrig aus dem Fenster. Das Band, das ihren Schleier hielt, rutschte und bauschte die schwarze Seide auf ihrem Kopf auf. Die Fremde drehte den Kopf und sah Tris aus himmelblauen Augen an. Dabei fuhr sie mit der Hand zu ihrem Schleier. »Diese Dinger halten doch nie.« Sie zog ihn herunter. »Und kein Spiegel, um mir das Haar zu richten. So ein Pech. Aber ich hasse Schleier sowieso.«

Die Tür des Nebenzimmers wurde geöffnet. Die Ehrenwerte Mondenstrahl kam heraus, gefolgt von den beiden Geweihten, die die Mädchen hergebracht hatten. »Ihr zwei könnt euch nicht in die Ordnung der Schlafsäle einfügen.« Die Ehrenwerte Geweihte lächelte sie an, als erwarte sie, dass sie ihre Belustigung mit ihr teilten. »Mir wurde gesagt, dass die anderen Mädchen durch eure Anwesenheit verdorben würden. Nun ja. Heute zieht ihr ins Haus Disziplin. Das befindet sich am Nordtor. Ich denke, dort seid ihr besser aufgehoben.« Sie wandte sich an die beiden Geweihten. »Packt ihre Sachen und sendet sie ins Haus Disziplin. Niko, würdest du die hochwohlgeborene Sandrilene und Trisana zu ihrem neuen Heim begleiten?«

Niko tat einen Schritt aus dem Büro. Er musterte die Mädchen und strich sich dabei über seinen Schnurrbart. »Ich hätte nicht gedacht, dass sie so schnell im Haus Disziplin enden . . .«

Die Ehrenwerte Mondenstrahl seufzte. »Niko . . .«

»Ich habe versucht mich einzuleben. Ehrlich, ich habe es versucht.« Sandris Blick war auf Niko gerichtet. »Werde ich an diesem neuen Ort besser zurechtkommen?«

Die Geweihte, die bisher für ihren Schlafraum zuständig war, schnaubte verächtlich.

»Ich will mich gar nicht einleben«, murrte Tris.

Niko lächelte spöttisch. »Es ist mir ein Vergnügen, sie zur Disziplin zu bringen«, sagte er.

4

Niko führte sie entlang des spiralenförmigen Wegs, der dem Verschlungenen Kreis seinen Namen gegeben hatte. Er folgte seinen breiten Windungen statt den Weg abzukürzen, indem er einen der vielen geraden kleinen Pfade nahm. Sandri sprach mit ihm und ging dabei teilweise rückwärts, damit sie sein Gesicht sehen konnte. »Wie lange seid Ihr denn schon hier? Ich wünschte, Ihr hättet mir gesagt, dass Ihr zurück seid. Es ist schön, Euch wieder zu sehen.«

Niko lächelte. »Ich freue mich auch dich zu sehen. Du siehst schon viel besser aus.«

Sandri lächelte und wäre fast über einige Steine gefallen. Tris fasste sie am Arm und ließ los, sobald Sandri ihr Gleichgewicht wieder gefunden hatte.

»Danke!«, sagte Sandri fröhlich. »Manchmal bin ich so mit Reden beschäftigt, dass ich vergesse . . . Ist alles in Ordnung mit dir?«

Tris war mitten auf dem Weg stehen geblieben. Noch vor einem Augenblick war ihr Gesicht gerötet gewesen, doch jetzt war es bleich, fast grau. »Halte sie«, sagte Niko leise und fasste Tris am anderen Arm. Sandri gehorchte.

Unter ihnen rollte die Erde wie ein Gigant, der sich im Schlaf dreht, und beruhigte sich wieder. Alle drei schwankten sie.

Niko runzelte die Stirn. »Noch ein Beben! Das wievielte schon seit der Tagundnachtgleiche im Frühjahr? Das fünfte?«

»Das sechste«, stieß Tris hervor. Ihr Gesicht wurde rot, als er sie ansah, und sie machte sich von ihm und Sandri los.

»Möchtest du mir darüber etwas erzählen?«, fragte Niko. »Ich erinnere mich nicht daran, dass du auf unserem Herweg solche außerordentlichen Kräfte hattest.«

»Nein, ich möchte nicht darüber reden«, fuhr Tris ihn an. »Ich will über gar nichts mehr reden!« Sie wischte sich ihr schweißnasses Gesicht am Ärmel ihres hässlichen Wollkleides ab.

Sandri bemerkte, dass Niko noch etwas zu Tris sagen wollte, sie dann jedoch ansah und seine Meinung zu ändern schien.

»Ich hoffe, diese kleinen Beben sind nicht Zeichen eines bevorstehenden großen Bebens«, meinte er ruhig und führte sie weiter.

Die Mädchen erschauderten und zogen zum Schutz den Gotteskreis vor ihrer Brust.

Niko verließ die Straße, bevor sie den Nordeingang des Tempelgebiets erreicht hatten, öffnete ein kleines Gatter und führte sie einen Pfad entlang zu einem Häuschen aus Stein. Von Gärten eingerahmt, machte das Haus einen ordentlichen und sauberen Eindruck, das Dach war schön gedeckt, Fensterläden und die Tür waren in dunklem Grün gestrichen. Auf jeder Seite des weiß verputzten Hauptgebäudes befanden sich Anbauten. Einer war aus massivem Holz mit Fenstern, der andere war eigentlich nur ein Holzgestell, dessen offene Seiten mit durchscheinendem Stoff abgeschirmt waren.

»Herrlich!« Sandri betrachtete neugierig diesen Anbau. Der Stoff war dünn genug, dass Licht hindurchscheinen konnte, aber keine Insekten hindurchkamen. »Ich wüsste zu gern, wie das gewebt wurde.«

»Du kannst es dir später genauer ansehen«, sagte Niko. »Geht hinein. Das ist Haus Disziplin, euer neues Heim.«

Als sie eintraten, sahen sie einen Jungen mit schlecht geschnittenen schwarzen Haaren an den getrockneten Kräutern schnuppern, die in Büscheln über dem Herd hingen. Sobald er die Mädchen sah, wich er zurück, als ob er bei etwas erwischt worden sei, was er nicht tun sollte.

»Guten Morgen, Briar«, sagte Niko. »Ich habe dir noch einige Hausgenossen gebracht.«

Der Junge blickte sie an, seine Augen waren von einem erstaunlichen Graugrün, sein Gesicht gebräunt, mit einem angenehmen goldenen Schimmer. »Oh, wunderbar!«, antwortete er. »Noch mehr Mädchen.«

»Es könnte schlimmer sein.« Die leise, fast singende Stimme kam aus einem Zimmer zu Tris' Linken. »Es könnten noch mehr Jungen sein.« Ein großes Mädchen schwarzer Hautfarbe, gekleidet in eine scharlachrote Tunika und Beinkleider von der gleichen Farbe, kam heraus. Sie trug eine hölzerne Kiste, gefüllt mit kleinen Besitztümern. Ihr Gesicht war rundlich, eingerahmt von zahllosen kurzen Zöpfen. Sie grüßte Niko mit einem Nicken und dieser wiederum lächelte zurück.

»Daja!« Sandri lachte sie an – es war gut, ein vertrautes Gesicht zu sehen. »Du wohnst hier?«

»Seit gestern«, erwiderte das Mädchen.

»Wir werden wirklich bestraft«, murrte Tris. Jetzt sollte sie mit einer Händlerin zusammen wohnen?

»Hast du ein Problem mit mir, Kaq?«, wollte Daja wissen und ihre schwarzen Augen funkelten.

»Daja!«, rief Sandri schockiert aus. Kaq mochte das Wort sein, das Händler für Nichthändler benutzten, aber es war auch ein sehr unhöfliches Wort.

Eine große Frau in dem dunkelgrünen Gewand einer Geweihten

der Erde kam durch eine Seitentür. Wie Briars Teint war auch ihre Haut goldbraun. Sie trug ihr lockiges, schwarzes Haar kurz geschnitten und ihr Lächeln war aufrichtig und herzlich. »Na, Niko, noch mehr verzweifelte Außenseiter für uns? Sie müssen ja Frühjahrsputz machen im Turm.«

»Geweihte Lerchenfroh«, sagte Niko, »Ich möchte Euch Sandri und Tris vorstellen.« Zu den Neuankömmlingen gewandt, fügte er hinzu: »Die Geweihten Lerchenfroh und Rosendorn sind für das Haus Disziplin verantwortlich.«

»Willkommen, ihr beiden«, sagte Lerchenfroh und legte eine Hand auf die Schulter jedes Mädchens. »Möget ihr glückliche Leben hier weben.«

Sandri machte einen Knicks. Tris versuchte es ihr nachzutun, schwankte jedoch und wäre fast gefallen. Der Junge schnaubte und Tris wurde rot.

»Das hier ist Briar.« Lerchenfroh deutete auf den Jungen, der mit seinen nackten Füßen unruhig über den Holzboden scharrte. Er war größer als die Mädchen, trug derbe Kniebundhosen aus einfachem braunem Stoff und ein weißes Hemd. Wo die Ärmel sein sollten, waren nur Löcher – er hatte sie abgeschnitten. Lerchenfroh deutete auf die Händlerin. »Und Daja.«

»Wir kennen uns«, sagten Daja und Sandri im Chor und grinsten einander an.

»Das hier ist mein Zimmer«, erklärte Briar geradeheraus und ging zu einer offenen Tür zu Sandris Rechten. »Ich bin zuerst hierher gekommen und ich behalte es. Ihr Kuller bleibt draußen!«

»Kuller?«, fragte Sandri verwirrt. »Was meint er denn damit?«

»Kuller ist Diebessprache für Kinder«, erklärte Lerchenfroh. »Und nun . . . es gibt noch ein Zimmer im Erdgeschoss.« Sie blickte das schwarze Mädchen an. »Daja sagte, sie ziehe eines der Zimmer im

Obergeschoss vor. Wir haben oben noch ein anderes freies Zimmer.«

»Unsere eigenen Zimmer?«, fragte Tris verwundert. »Ich dachte, das hier sei ein Ort der Strafe.«

»Er ist für jene gedacht, die . . . mit den anderen Kindern im Verschlungenen Kreis nicht so gut zurechtkommen«, erwiderte Lerchenfroh.

»Kann ich das Zimmer im Obergeschoss sehen?«, fragte Tris und dachte: Ich will so weit weg von diesem Jungen wie nur möglich!

»Komm mit«, sagte Daja. »Ich zeig es dir, Kaufmannstochter.« Sie stieg eine steile, schmale Treppe hinauf. Tris folgte ihr.

Die Geweihte Lerchenfroh begann den Tisch neben dem Küchenherd zu decken. Sandri ging auf das freie Zimmer im Erdgeschoss zu und blickte zu Briar und Niko. Der Junge fasste Niko am Arm und zog ihn zu sich. Sandri betrat das leere Zimmer und verschwand hinter der Tür, aber sie konnte Briars heiseres Flüstern hören: »Ich war es nicht, der geklaut hat, Meister Niko. Wenn sie Euch erzählt haben, ich wär's gewesen . . .«

»Ich weiß, dass du es nicht warst«, erwiderte Niko genauso leise. »Aber . . . Messer, Briar?«

»Ich brauche . . .«

»Messer?«

»Ihr wisst nicht, wie es ist . . .«

»Messer?«

Briar gab auf.

»Ich will sie haben«, sagte Niko geradeheraus. »Alle.«

»Aber dann bin ich nicht mehr sicher«, protestierte Briar. »Was ist, wenn ich mich verteidigen muss?«

»Die Messer, Briar! Wenn du sie hast, gerätst du auch in Versuchung, sie zu benutzen. Also, wenn ich bitten darf.«

Sandri spielte nachdenklich mit ihrem Zopf. Was hatte sie da gerade gehört? Schließlich zuckte sie mit den Schultern. Sie konnte sich nicht vorstellen, dass Niko sie irgendwo hinbringen würde, wo sie in Gefahr wäre. Deshalb dachte sie nicht weiter darüber nach und sah sich erst einmal in ihrem neuen Zuhause um.

Das Zimmer war einfach und sauber, seine Wände weiß gekalkt. Das Bett, der Nachttisch, Hocker und Kleiderschrank – alles war aus einfachem Holz, aber robust. Der Tisch war von etwas besserer Qualität, genau wie der dazugehörige Stuhl. Durch das Vorderfenster hatte sie einen Blick auf den Pfad zur Tür und den spiralförmigen Weg davor. Das zweite Fenster gab den Blick frei auf den Anbau mit dem Holzgestell und der Stoffverkleidung. Lange Balken stützten das Dach ab und ließen die Seiten offen. In dem Raum standen lange Tische, es gab ein großes und ein kleineres Spinnrad und zwei hängende Webrahmen. Körbe auf dem Boden enthielten Bündel gebleichter und ungebleichter Wolle, wie auch Zwirnrollen und Knäuel gesponnener Wolle, Flachs, Baumwolle und Seide. In der Nähe der Rückwand stand ein großer Webstuhl. Auf seinem Rahmen hing ein schimmernder Stoff, dessen Muster Sandri nicht genau erkennen konnte. Die Geweihte Lerchenfroh webt diese Stoffe, dachte sie aufgeregt. Sie könnte mir beibringen zu . . .

Ihre Laune sank schlagartig wieder. Sie war Sandrilene fa Toren, Abkömmling königlicher Hoheiten von zwei Ländern. Es war ihr nicht gestattet, zu weben oder überhaupt mit Wolle, Baumwolle oder Flachs umzugehen. Seide durfte sie vielleicht anfassen, aber selbst Pirisi hatte gesagt, dass sie mehr Zeit mit ihren Näharbeiten verbrachte, als angemessen war. Baumwachtel, die Geweihte im Schlafsaal der Perlenschale, hatte ihr einen Vortrag darüber ge-

halten, dass ihre Finger unter der Nadelarbeit litten, und sie dazu verurteilt, sich drei Nächte lang die Hände mit Heilsalbe einreiben zu lassen und dann mit in Baumwollbinden eingewickelten Händen zu schlafen.
Vielleicht ist Lerchenfroh anders, dachte sie mit ein klein wenig Hoffnung. Vielleicht.

Tris steckte ihren Kopf durch das hohe Fenster im Obergeschoss. Unter ihr, hinter dem soliden Holzschuppen befand sich ein Garten, der die Rückseite und die Seiten des Hauses umschloss. Eine Gestalt in einer grünen Ordenstracht kniete zwischen den Pflanzenreihen. Tris verzog das Gesicht. Es würde doch hoffentlich niemand von ihr erwarten, im Garten zu arbeiten? Sie hasste Schmutz.
Hinter dem Garten lagen Weinstöcke, was Bienen bedeutete – noch etwas, was sie mied. Dahinter jedoch . . .
Ihr Blick traf die Mauer, die das Tempelgebiet umgab. Solide aus grauem Stein gebaut, erhob sie sich zwanzig Fuß hoch. Es gab Stufen, die nach oben führten – schmale Stufen, die etwa alle zweihundert Meter in den Stein gehauen waren. Alle vierhundert Meter erhob sich ein schmaler Turm über den Mauerweg.
Tris blinzelte. Wenn sie auf diese Mauer stieg, würden die Winde sie treffen, ob sie vom Meer hereinkamen oder vom Land. Kein Gebäude oder verwinkelte Straßen könnten sie aufhalten und ihnen ihre Stärke nehmen. Als Stadtmädchen hatte sie immer gewusst, dass die Luft, die sie spürte, viel von ihrer urwüchsigen Kraft verloren hatte, wenn sie die Stadtmauern überwunden und alle Gerüche fleißiger Menschen aufgenommen hatte.
Sie schaute nach unten und lächelte. Das Dach des Schuppens unter ihrem Fenster war leicht zu erreichen.

»Möchtest du das Zimmer hier?«, fragte die Händlerin von der Tür aus. »Ich behalte das andere, wenn dir dieses gefällt.«
»Ist mir recht.« Tris merkte, dass sie sich sehr weit aus dem Fenster gelehnt hatte, und kam wieder ins Zimmer. »Das ist schon in Ordnung.« Sie ließ sich auf das Bett fallen und starrte an die Decke. Das ist der Ort, an den sie einen zur Strafe hinschicken, dachte sie und vergaß, dass Daja noch immer da war. Wenn ich hier rausgeschmissen werde, habe ich keinen Platz mehr, wohin ich gehen kann. Niemand in Capchen will mich.
Dann sollte ich mich wohl am besten aus Schwierigkeiten raushalten. Wenn ich kann. Wenn nicht irgendetwas passiert – aber dummerweise passiert immer etwas.
Und was macht Niko hier?, fragte sie sich. Ich dachte, er sollte in diesem Frühjahr besondere Aufgaben erledigen – außer er hatte sie bereits alle erledigt. Sie seufzte, in ihrem Kopf drehte sich noch immer alles.
Daja merkte, dass das andere Mädchen sich in Tagträumen verloren hatte. Kaqs, dachte sie verächtlich und kehrte in ihr eigenes Zimmer zurück. Sie sehen dich nur an, wenn sie etwas von dir wollen.
Liebevoll fuhr sie mit der Hand über die Kiste, ihre Suraku, am Fußende ihres Bettes. Mit dem Zeichen der Kisubo, das auf allen Seiten ins Leder eingeprägt war, wusste sie, egal, wohin sie sie stellte, dass sie zu Hause war.
Sanft fuhr Daja mit einem Finger über die Zeichen ihrer Familie. Wenn ich hier versage, wohin kann ich dann gehen?, dachte sie, nicht ahnend, dass Tris sich eben das Gleiche gefragt hatte. Ich bin Trangshi, ohne Familie, ohne ein Heim.
Dann darf ich eben nicht versagen, sagte sie sich und holte tief Luft. Vielleicht wird es gar nicht so schlimm. Sandri mag ich ja ganz gern und sie spricht sogar Händlersprache.

»Hallo.« Sandri stand in der Türe, als ob Dajas Gedanken sie gerufen hätten. »Ist das dein neues Zimmer?«
»Welch eine dumme Frage!« Daja holte aus der Kiste den Weihrauchtopf, Kerzen und Götterbilder heraus. Sie brachte sie zu einem kleinen Tisch in der Ecke und arrangierte sie dort.
»Ich bin hin und wieder dumm«, gab Sandri zu. »Meine Mutter sagte das jedenfalls.«
»Wenn du es weißt, kannst du auch damit aufhören.« Sorgfältig stellte Daja eine Kerze hinter das Bild des Händlergottes Koma.
»Dann warst du niemals dumm, denn sonst wüsstest du, dass es dich manchmal ohne Vorwarnung überfallen kann.«
Verblüfft sah Daja Sandri an und merkte, dass deren blaue Augen voll Übermut glitzerten. »Ach, du«, sagte sie und winkte ab. »Dann komm schon rein. Setz dich.«
»Vielen Dank.« Sandri ging zum geöffneten Fenster und setzte sich auf das Fensterbrett. »Ist dieses Haus ein netter Ort?«
»Ich bin ja auch erst einen Tag hier, aber . . . na ja, diese Lerchenfroh ist sehr nett.« Daja entzündete ein Weihrauchstäbchen vor dem Holzschild, in dem die Namen ihrer Familie eingraviert waren. »Du wirst sie mögen. Und was Rosendorn, die andere Geweihte, betrifft . . . Sie ist wie . . . ich glaube, man nennt sie Stachelschweine . . .«
»Ich habe sie gesehen. Sie sind wie Schweine oder Murmeltiere, mit vielen langen Stacheln auf dem Rücken.«
»Du hast sie in einer Menagerie gesehen?«
»Nein, in Bihan, vor drei Jahren. Im Wald. Meine Eltern . . .« Sie verstummte, dann fuhr sie fort, betont fröhlich. »Meine Eltern reisten gern.«
»Und wie bist du dann hierher gekommen, wenn du in Bihan warst?«

»Oh . . . mein Großonkel lebt in Sommersee.« Sie blickte aus dem Fenster. »Meine Eltern sind im letzten Herbst gestorben, als in Hatar die Pocken wüteten, und er war der nächste Verwandte. Der Rest meiner Familie lebt in Namorn.«

Als ob sie es noch einmal hörte, erinnerte sich Daja daran, was Sandri vor zwei Wochen zu den anderen Mädchen gesagt hatte: . . . die Großnichte Seiner Gnaden, Herzog Vedris des Reiches Emelan und Base Ihrer Kaiserlichen Hoheit, Kaiserin Berenene des Reiches Namorn. Wenn Sandri jetzt von ihren Verwandten sprach, als seien sie ganz normale Leute, wollte sie anscheinend nicht, dass jeder wusste, dass sie praktisch eine königliche Hoheit war.

»Ach deshalb trägst du Schwarz«, meinte Daja. »Jemand hat mir mal erzählt, dass Ka. . . Landbewohner Schwarz tragen, wenn sie in Trauer sind.«

»Das bist du aber auch, oder?« Sandri deutete auf Dajas Kleidung.

Daja glättete ihre karmesinrote Tunika. »Ich . . .«

»Händler trauern in Rot?«, fragte eine Stimme spöttisch. Briar stand in der Tür, gegen den Pfosten gelehnt.

»Rot steht für das Blut«, erklärte Daja. Sie war von seinem Ton nicht beleidigt. Kaqs waren nun mal ignorant. Man konnte von ihnen nicht erwarten, dass sie so höflich wie normale Menschen waren. »Selbst ein . . .«, fing sie an und wählte ihre Worte anders, als sie Sandris Blick sah. »Selbst ein Schlammroller wie du sollte so viel wissen.« In Händlersprache fügte sie zu Sandri hinzu: »Und er ist doch ein Kaq.«

»Ich habe mein Leben nicht mit den Fingern in meinen Ohren verbracht«, erwiderte Briar unbeholfen, aber eindeutig in Händlersprache. »Und ich bin nicht dumm.« Dann redete er in Allgemen weiter: »Ist mir rätselhaft, wie ihr Typen euch nicht die Zähne an diesem Gequatsche ausbeißt.«

Daja zeigte ihm ihre Zähne mit einem breiten, warnenden Grinsen. »Unsere Zähne sind stärker als eure, deshalb.«

Noch bevor Briar antworten konnte, sagte Sandri hastig: »Wenn wir das gleiche Haus teilen werden, sollten wir dann nicht versuchen uns zu vertragen?«

»Kümmere dich nicht um den«, riet ihr Daja. »Er ist einfach nur grob und dumm.«

»Nicht so dumm, wie du noch vor kurzem dachtest«, zog er sie auf.

Hinter ihm meldete sich Tris zu Wort: »Ich komme um vor Hunger. Wann essen wir denn?«

»Das Essen steht schon auf dem Tisch!«, rief Lerchenfroh von unten herauf.

Tris eilte zur Treppe. Briar versuchte sich an ihr vorbeizudrängen, aber sie war schneller.

»Wir sollten ihn besser im Auge behalten«, sagte Daja zu Sandri und schloss die Tür ihres Zimmers hinter sich. Sandri sah sie fragend an. Daja deutete auf die Stelle zwischen ihrem rechten Daumen und dem Zeigefinger. »Er trägt das doppelte X – zweimal als Dieb erwischt. Ich rate ihm nur von meinen Sachen wegzubleiben.«

Ein Kopf tauchte in der Treppenöffnung auf – Briar war noch nicht ganz nach unten gegangen. »Du denkst wohl, ich bin bescheuert? Jeder weiß, dass die Händler ihre Sachen verwünschen, sodass derjenige, der sie klaut, ein furchtbares Ende nehmen wird.«

»Klaut?«, fragte Sandri und trat auf die Leiter. »Was ist das denn?«

Briar sprang nach unten, ihr aus dem Weg. »Stehlen. Klauen oder stehlen.«

»Wunderbar«, seufzte Tris. Sie war bereits unten und schnitt Scheiben von einem Laib grobkörnigen Brotes ab. Die Geweihte

Lerchenfroh stellte das Essen auf den Holztisch, während Niko einen Milchkrug aus der Kühlkammer im Boden hochholte. »Wir werden Diebessprache lernen.«
»Zumindest lernst du etwas anstatt dein ganzes Leben nur eine Schnepfe zu bleiben«, erwiderte Briar.
Lerchenfroh lächelte ihn an. »Briar, würdest du so nett sein Rosendorn zu sagen, dass es Mittagessen gibt? Lass dich nicht abweisen, damit sie es nicht wieder vergisst.«
Er trat einen Schritt zurück. Ein Abendessen und ein Frühstück mit dieser Geweihten Rosendorn hatten ihm einen Heidenrespekt ihr gegenüber eingejagt. »Was ist, wenn sie mich beißt?«
Lerchenfroh sah ihn leicht ungeduldig an, als ob er die Antwort bereits kennen müsste. »Dann beiß zurück.«
Zögernd ging er hinaus, in Rosendorns Reich: den Garten. Der Pfad zwischen den Reihen von ihm unbekannten Gewächsen war ordentlich gefegt. Er achtete darauf, kein einziges Blatt zu berühren, während er entlanglief. Der Garten war anders als alle, die er auf dem Weg hierher gesehen hatte, sogar anders als die anderen Gärten innerhalb dieser Tempelmauern. Die Pflanzen sahen viel lebendiger, wacher aus. Jede stand in ihrem Stück Erdreich und streckte die Blätter der Sonne entgegen wie ein lebendes Zauberwerk.
Er wünschte sich sehr sie berühren zu können, doch er wagte es nicht. Rosendorn hatte gesagt, wenn er oder Daja eine Pflanze auch nur anhauchen würden, würde sie sie kopfüber in den Brunnen hängen.
Er glaubte ihr. Rosendorn war sehr überzeugend. Aber jetzt war sie nirgendwo zu sehen. Er blieb stehen und lauschte. Einige Geweihte, mit gelben Gewändern des Lufttempels bekleidet, liefen auf dem spiralförmigen Weg vorbei und unterhielten sich leise.

Irgendwo bellte ein Hund, eine Ziege meckerte. Alles zusammen wurde vom immer währenden Summen der Bienen untermalt. Die großen Webstühle im Gebäude auf der anderen Seite des Weges schwiegen ausnahmsweise einmal. Die Weber waren ebenfalls zum Mittagessen gegangen. Er würde es hören, wenn jemand käme.

Zu seiner Linken hatte jemand Stäbe in die Erde gesteckt und an deren oberen Ende Schnüre gespannt. Pflanzen rankten sich um jede Schnur. Bescheuert, dachte er und besah sie sich genauer. Was sollen diese Pflanzen denn tun, weglaufen?

Er blickte sich noch einmal um. Von Rosendorn war immer noch nichts zu sehen. Vorsichtig trat er in die Furche, die zwischen den beiden Reihen der festgebundenen Pflanzen lag. Seine bloßen Füße sanken in die frisch umgegrabene, leicht feuchte Erde ein. Er wühlte seine Zehen in die Erde, am liebsten hätte er Wurzeln geschlagen wie die Bäume, Wurzeln, um aus dem Land zu trinken und seine Grüße zurückzugeben. Eine Biene schwirrte um seinen Kopf und wollte wissen, warum er so lange im Haus geblieben war.

Er wusste nicht, wie er mit Bienen sprechen sollte, geschweige denn, wie er etwas so Kompliziertes wie die Gebote der Geweihten Rosendorn erklären könnte. Stattdessen kniete er sich nieder, um sich die gefangenen Pflanzen näher anzusehen. Vorsichtig berührte er die zarten Blätter. Sofort spürte er das Vergnügen, das sie dabei hatten, in der Sonne zu sein, gewässert und sich in die reiche Erde graben zu können, stolz wachsen zu können, ohne dass sich Insekten an ihren zarten Teilen gütlich taten. Die Schnüre halfen ihnen sich besser dem Licht entgegenzuranken. Die Pflanzen sangen geradezu vor Glück und taten die Arbeit, die von ihnen erwartet wurde. Sie hießen ihn willkommen, lösten sich von ihren

Schnüren, um sich stattdessen um seine Finger, Beine und Arme zu winden.

»Was zum . . .!«

Briar zuckte zusammen und blickte hoch. Rosendorn stand vor ihm, ihre grüne Ordenstracht war voller Erde und Flecken. An einem Arm hing ein Korb mit Pflanzen. Ihre dunkelbraunen Augen blitzten. Jeder Nerv in Briar schrie danach, zu fliehen, um den zu erwartenden Schlägen auszuweichen, aber er blieb, wo er war. Wenn er davonlief, würde er womöglich die Pflanzen ausreißen, die sich um ihn geschlungen hatten.

Rosendorn würde vielleicht warten, bis er aufgestanden war und sich losgemacht hatte, bevor sie ihn schlug. Denn dass er geschlagen werden würde, stand für ihn fest. Einmal von Niko abgesehen, schlug jeder Erwachsene, den er getroffen hatte, Kinder. Die Gründe mochten unterschiedlich sein, aber das Resultat war immer das gleiche. Er wartete auf die Prügel oder den Befehl, sofort herzukommen.

Nichts von beiden geschah. Nach einem Moment riskierte er einen Blick zu ihr.

Sie hatte immer noch die Stirn gerunzelt, doch jetzt sah sie eher erstaunt als wütend aus. Sie betrachtete ihn, nicht ihre Pflanzen. Ein Fuß tappte auf der flachen Erde des Pfades, als ob sie nachdächte.

Sie arbeitete barfuß.

Rosendorns Blick folgte seinem. Als sie ihre eigenen bloßen Zehen sah, lächelte sie schief.

»Muss ich jetzt jemanden nach euch beiden ausschicken?«, rief Lerchenfroh von der Hintertür.

Rosendorn streckte ihm eine schmutzige Hand entgegen. »Komm jetzt da raus.«

»Nicht wenn Ihr mich schlagt«, erwiderte er. »Ich bin doch nicht blöd.«
Sie hob ihre freie Hand zum Schwur. »Mila möge mich treffen, wenn ich lüge.«
Sein Glauben in Götter war nicht gerade stark, aber Mila war schließlich ihre Göttin, die, für die sie ihr normales Leben aufgegeben hatte. Gerade als er aufstehen wollte, erkannte er den Trick. »Ihr hängt mich in den Brunnen.«
Rosendorn seufzte. Ihr Fuß tappte wieder, diesmal ungeduldig. »Nein, das tu ich nicht. Ich bewässere den Garten mit dem Wasser aus dem Brunnen, ich will ihn nicht vergiften.«
Das machte Sinn. Vorsichtig versuchte Briar sich zu erheben. Die Pflanzen verstärkten ihren Griff um ihren neuen Freund.
»Hört auf damit!«, schimpfte die Geweihte und machte eine Handbewegung zu den Ranken hin. »Ihr solltet gescheiter sein. Benehmt euch!«
Die Ranken gaben seine Arme und Knöchel frei und kehrten zu den Schnüren zurück, die sie zur Sonne führten. Als Briar frei war, machte er einen Schritt auf den Pfad und zuckte zusammen, als die Geweihte die Hand hob und sein Kinn in einem festen Griff hielt. Jetzt, wo er so nahe bei ihr stand, sah er, dass sie eine ganze Handspanne größer war als er selbst. Sie musste ungefähr dreißig Jahre alt sein und hatte breite Schultern, lange Beine und ein ausgeprägtes, festes Kinn. Ihr kastanienbraunes Haar trug sie kurz geschnitten, mit einem Seitenscheitel. Sie hatte am Vortag wenig zu ihm oder Daja gesagt, sie nur gewarnt, was ihren Garten anging. Jetzt suchte sie in seinen Augen nach etwas. Er fragte sich, wonach.
Schließlich ließ sie ihn los und ging in Richtung Haus. Als sie den Brunnen erreicht hatte, holte sie einen Eimer voll Wasser heraus.

»Komm schon, Junge«, rief sie, als sie sah, dass er sich nicht von der Stelle gerührt hatte. »Zeit, die Hände zu waschen.«

Der große Holztisch war von der Wand weggerückt worden. Bänke, deren Beine Scharniere hatten, damit man sie zusammenklappen und unter dem Tisch verstauen konnte, waren an seine Längsseiten gestellt und Stühle an beide Enden. Niko teilte sich eine Bank mit Daja und Sandri. Es war klar, dass die Stühle für Rosendorn und Lerchenfroh vorgesehen waren. Tris hatte nur daran gedacht, den Tisch zwischen sich und die Händlerin zu bekommen, nicht dass sie jetzt die Bank mit Briar teilen musste. Er erwiderte ihren abweisenden Blick und sie rutschten so weit auseinander, wie sie nur konnten.

Die Geweihten kreuzten ihre Handgelenke und legten die Handflächen flach auf ihre Schultern, um die Götter zu bitten ihr Mahl zu segnen. Danach begannen sie die Schüsseln mit Essen über den Tisch zu reichen.

»Ich kann es kaum erwarten, bis das Gemüse reif ist«, sagte Rosendorn mit einem Seufzer. »Besonders die Tomaten.«

»Was ist das denn?«, fragte Sandri.

»Gemüse«, antwortete Rosendorn knapp, nahm sich Brot und reichte den Korb dann an Briar weiter. »Von der anderen Seite des Endlosen Ozeans herübergebracht.« Briar nahm sich drei Scheiben und schob den Korb zu Tris.

»Rosendorn ist bis jetzt die einzige Gärtnerin, die sie auf dieser Seite des Endlosen Ozeans erfolgreich züchtet«, erklärte Niko.

»Der Geweihte Kranich versucht sie in seinem Gewächshaus zu ziehen.« Rosendorn ließ das Wort Gewächshaus wie Misthaufen klingen. »Bis jetzt hat er leider keinen Erfolg.« Sie lächelte süßlich.

»Was ist ein Gewächshaus?«, fragte Briar. Er goss ein wenig

Olivenöl und aromatischen Essig über sein Brot. Er hatte sich angewöhnt das Brot zuerst weich zu machen, nachdem er sich einmal einen Zahn an einer Brotkruste ausgebissen hatte. Hier, wo das Brot bereits weich war, verstärkten Öl und Essig den Geschmack.

Rosendorn sah ihn an. »Ein Gewächshaus ist ein Gebäude ganz aus Glas . . .«

»Ganz aus Glas?«, flüsterte Daja und ihre braunen Augen wurden groß. »Aber das muss doch teuer sein!«

»Und dumm. Der Geweihte Kranich denkt, er könnte so Obst und Gemüse außerhalb ihrer Jahreszeiten züchten . . . und er kann es auch«, fügte Rosendorn schnell hinzu, als Lerchenfroh ihr einen bedeutungsvollen Blick zugeworfen hatte. »Aber die Sachen schmecken einfach nicht besonders. Und Tomaten wachsen bei ihm überhaupt nicht.«

Briar blickte auf seinen Teller, damit niemand sehen konnte, wie sehr ihn dieses Thema interessierte. Also hatte Niko die Wahrheit gesagt. Sie züchteten hier tatsächlich Pflanzen in einem Gebäude. Er fragte sich, wann er einmal davonschleichen könnte, um dieses Wunder selbst zu sehen.

Lerchenfroh drehte sich zu Niko und fragte: »Wie lange bleibt Ihr denn diesmal bei uns?«

»Auf jeden Fall den Winter über.« Er trank einen Schluck Milch. »Seine Gnaden, der Herzog, bat mich nach den Leuchttürmen des Hafens zu sehen und der Tempelrat hat einige Aufgaben für mich. Ich muss die Kristalle der Seher erneuern. Und ich habe einige Nachforschungen in den Bibliotheken anzustellen.« Er blickte zu Tris und sagte: »Vielleicht möchtest du mitkommen. Ich könnte dich den Bibliothekaren vorstellen.«

»Niko, Ihr seid aber doch kein Geweihter?«, fragte Daja.

Rosendorn lachte kurz auf. »Er ist kein Geweihter – sonst müsste er ja an einem Ort bleiben. Er ist ein Magier – so wurzellos wie ein Gänseblümchensamen, der im Wind weht.«

Briar und Tris starrten den Mann an, der sie hierher gebracht hatte. Sandri und Daja hielten den Blick auf ihr Essen gerichtet.

»Wie sonst könnte ich alles sehen, was ich sehen möchte?«, erwiderte er. Zu Briar und Tris gewandt, fügte er hinzu: »Ja, ich bin ein Magier. Und außerdem bin ich ein Schatzjäger. Für den Augenblick bin ich hier, das muss genügen.«

Nach dieser Auskunft beendeten sie ihr Mahl schweigend. Obwohl Briar mehr verschlungen hatte als jeder andere, war er der Erste, der fertig war. Er stand auf.

Rosendorn legte eine Hand auf seinen Arm. »Setz dich, Junge«, sagte sie zu ihm. »Du musst fragen, ob du vom Tisch aufstehen darfst, weißt du nicht mehr? Und warten, bis Lerchenfroh dir die Erlaubnis gegeben hat.« Die Hand drückte ihn nach unten.

Für eine Frau ist sie sehr stark, dachte Briar bewundernd. Er setzte sich wieder. »Darf ich aufstehen?«

»Nein. Ich habe euch noch etwas zu sagen«, erklärte Rosendorn den vier Kindern. »Solange ihr hier seid, wendet ihr euch mit Fragen oder Bedürfnissen an Lerchenfroh. Sie mag Kinder, der Grüne Mann allein weiß, warum. Ich mag keine Kinder in meinem Garten . . . jedenfalls nicht ohne meine Erlaubnis«, fügte sie mit einem Blick auf Briar hinzu. »Verbringt eure Zeit irgendwo anders. Sagt der guten Lerche immer, wohin ihr geht. Mich lasst ihr in Ruhe. Und dieser Anbau auf der Seite des Hauses, der Holzschuppen, der gehört auch mir. Berührt irgendetwas darin und ihr werdet den schlimmsten Tod sterben, den ich mir ausdenken kann.«

Sie blickte jedes der Kinder nacheinander an, dann lächelte sie und zeigte ihre Zähne. »Ich bin froh, dass wir nun alles geklärt haben.« Sie legte ihre Serviette neben ihren Teller und ging hinaus.

Für einen Augenblick herrschte Schweigen. Dann sagte Lerchenfroh: »Sie bellt mehr, als dass sie beißt.«

»Ich möchte wetten, ihr Biss ist giftig«, murrte Daja.

»Und ihr Bellen verursacht einen langsamen Tod«, fügte Tris hinzu. Sie grinsten sich an, dann fiel ihnen wieder ein, dass Kaufleute und Händler sich nicht mochten, und sie drehten sich voneinander weg.

»Geweihte Lerchenfroh?«, rief eine Stimme durch die Vordertür. »Ich habe Kisten aus den Schlafräumen der Mädchen für Eure Bewohner.«

»Einen Augenblick«, rief Lerche. »Briar und Daja, könntet ihr bitte den Tisch abdecken? Sobald Sandri und Tris sich eingerichtet haben, stellen wir einen Plan auf über die täglichen Pflichten, damit niemand die ganze Zeit das Gleiche machen muss.«

Niko faltete hastig seine Serviette und stand auf. »Also dann, bis später«, sagte er und folgte Rosendorn nach draußen.

Lerchenfroh kicherte. »Damit er auch bestimmt nicht helfen muss. Er tut nur, was er tun will, unser Niko.« Sie stand auf und ging zur Vordertür.

Während Daja anfing die Teller einzusammeln, beugte sich Sandri über den Tisch, um Briars und Tris' Ärmel zu packen. So am Aufstehen gehindert, starrten sie sie an. »Niko hat euch beide hierher gebracht?«, fragte Sandri.

»Und?«, wollte Tris wissen und schälte Sandris Finger von ihrem Ärmel. »Was ist denn schon dabei? Es bedeutet nicht, dass ich sein Eigentum bin oder so was.« Sie stampfte durch das Zimmer, um ihre Kisten zu holen.

Sandri blickte Briar an. »Dich hat er auch hierher gebracht?«
Er schüttelte ihre Hand ab. »Ich mag keine Schnüffeleien«, fuhr er sie an. Er nahm sich einen Eimer und ging hinaus zum Brunnen.
»Nun, wenn Niko ein Magier ist, dann weiß ich wenigstens, wie er es geschafft hat, mich mitten im Achatmeer zu finden«, meinte Daja in Händlersprache.
»Ich war . . . durch Magie versteckt«, antwortete Sandri in der gleichen Sprache. »Also hat er dich und mich gefunden . . . und dann hat er uns in den Tempel gebracht. Warum?«
Daja zuckte mit den Schultern. »Mimander haben ihre eigenen Gründe für alles, was sie tun«, erwiderte sie. »Ich nehme an, das ist mit Magiern, die keine Händler sind, auch nicht anders. Also denk nicht weiter darüber nach.«
Sandri rieb sich nachdenklich die Stirn, dann schüttelte sie den Kopf und ging ihre Sachen holen.

Nachdem Tris ihre Habseligkeiten in ihrem Zimmer verstaut hatte, beugte sie sich aus ihrem Fenster, um die Wolken zu betrachten. Die morgendlichen Stürme waren vorbei, doch der Himmel war noch längst nicht klar. Der Wind drehte sich und trug ihr Stimmen zu.
». . . wisst, wie gewagt Prophezeiungen sind . . .« Das klang nach Niko. »Diese Bilder sind zu verschwommen. Und es sind auch nicht genug. Weil sie so selten sind, nehme ich an, dass sie ein mögliches zukünftiges Ereignis zeigen, nicht eines, das wahrscheinlich ist.«
»Wir sollten es sagen können!« Diese Stimme war Tris gar nicht vertraut. »Wenn wir weiter versuchen . . .«
Tris wischte sich mit dem Ärmel über ihre Stirn. Wenn Verrückte

Stimmen hörten, warum sprachen ihre Stimmen dann so vernünftig? Sie hatte darüber gelesen, wie es war, wenn man verrückt war: Diesen Menschen sagten die Stimmen, dass sie Götter seien oder dass ihre Nachbarn sie umbringen wollten. Ihre Stimmen jedoch führten immer eine richtige Unterhaltung. Und war Prophezeiung nicht ein Wort dafür, die Zukunft vorauszusagen?

»Ihr müsst Euer Bestes tun.« Tris zuckte zusammen. Das war doch Mondenstrahls Stimme, oder nicht? »Sagt mir bitte Bescheid, sobald es irgendeine Veränderung gibt. Und lasst uns Vorbereitungen für ein Beben treffen. Ich werde . . .«

»Ähm . . . Tris?«

Sie stieß einen erschrockenen Ausruf aus und wäre fast aus dem Fenster gefallen. Schmale Hände fassten ihren Rock und zogen sie ins Zimmer zurück. Als ihre Füße wieder auf dem Boden standen, wirbelte Tris herum, um sich den Eindringling anzusehen: Sandri. »Kannst du denn nicht anklopfen?«, wollte sie wissen und schob ihre Sehgläser die Nase hinauf.

»Ich habe geklopft«, erwiderte Sandri. »Und ich habe gerufen. Du hast mich einfach nicht gehört.«

Tris strich ihr Kleid mit zitternden Händen zurecht. »Was willst du?«

Sandri zögerte, da Tris so unfreundlich war. »Im letzten Winter hab ich . . . ein wenig übertrieben mit meiner Stickerei. Ich habe diese vielen Wandbehänge, mehr als ich jemals brauchen werde . . . und ich dachte, du möchtest vielleicht einen.« Sie holte eine ordentlich zusammengerollte Stoffrolle vom Bett, wo sie sie hingelegt hatte, und hielt sie Tris hin.

Tris blickte darauf und starrte dann Sandri an. »Stimmt etwas mit dir nicht?«

»Wieso? Was meinst du denn?«

»Nur weil wir hier alle zusammen wohnen müssen, bedeutet das doch nicht, dass du deinen Rang vergessen kannst! Sieh dich doch an, zuerst plauderst du mit einer Händlerin und jetzt mit mir. So etwas kannst du nicht machen! Ich besitze Kaufmannsblut, verstehst du? Das sagt auch mein Zuname: Tandler.« Tris sprach das Wort sehr langsam aus, als ob Sandri nicht ganz helle sei. »Du bist wahrscheinlich eine ›ei‹ oder ›fa‹ sonst was.«

»Das ist doch egal.« Sandris Mund war eigensinnig verzogen.

»Nur eine Adlige kann so etwas Idiotisches sagen.«

»Hier bin ich nicht anders als du!«

Tris' Lachen klang so rau wie das Krächzen einer Krähe. »Du trägst Pantoffeln für vier Silbersterne das Paar, Baumwollstoff für sechs Silbermonde die Elle und seidenen Chiffon, der mindestens einen Goldstern die Elle kostet, und willst mir erzählen, dass du nicht anders bist als ich?« Sie zog nachdrücklich an ihrem eigenen hässlichen Kleid. »Mit dir stimmt wirklich etwas nicht. Geh weg.«

»Ich wollte nur nett sein.« Sandri legte den Wandbehang auf den Schreibtisch. »Wenn du ihn nicht willst, dann gib ihn jemand anderem, das ist mir egal.« Mit erhobenem Kinn verließ sie das Zimmer.

Tris schlug die Tür hinter ihr zu und starrte darauf. Sie konnte keinen Riegel entdecken, mit dem sie verhindern konnte, dass alle möglichen Leute ihr Zimmer betraten. Wirklich nett, mit einem Dieb im Haus!, dachte sie. Nicht, dass ich irgendetwas besäße, was sich zu stehlen lohnte.

Die Stoffrolle lag auf ihrem Schreibtisch. Eine Versuchung auf cremefarbenem Leinen.

Sie meint, ich bin blöde genug ihr zu glauben, dachte Tris. Sie denkt vielleicht, es hätte noch nie jemand vorgegeben, meine Freundin zu sein!

Neugierig rollte sie den Wandbehang auf. Er zeigte ein Rad mit sechs Speichen. Am Ende jeder Speiche befand sich ein farbenfroher Vogel. Ausgebreitet war der Wandbehang fast einen mal einen halben Meter groß.

Für eine ganze Weile konnte Tris ihn nur voll Bewunderung betrachten. Das hatte sie selbst gemacht? Das konnte nicht stimmen – wahrscheinlich waren es ihre Diener, nur dass sie deren Arbeit für sich beanspruchte. Adlige taten so etwas.

Vorsichtig fuhr sie mit den Fingern den übergroßen Schnabel eines gestickten Tukans nach. Sie liebte Vögel – sie segelten so herrlich im Wind und beherrschten die Luft, wenn sie pfeilartig in die Höhe stießen. Tris sah sich in ihrem Zimmer um und ihr Blick fiel sofort auf eine passende Stelle an der Wand. Dort konnte der Wandbehang hängen, da sah sie ihn auch vom Bett aus.

Wenn sie ihn zurückhaben will, sage ich ihr einfach, dass sie ihn mir geschenkt hat und ich ihn behalte, dachte Tris trotzig. Das wird – wie hat die Ehrenwerte Mondenstrahl sie noch genannt? – das wird der hochwohlgeborenen Sandrilene eine Lehre sein.

Daja, die ihren Stab in einer Hand trug, folgte Sandri nach unten. Im Augenblick war die Wohnstube leer. »Ich nehme an, du hast meine Unterhaltung eben mit angehört«, sagte Sandri mit einem schiefen Lächeln. Sie setzte sich auf die unterste Treppenstufe und stützte ihr Kinn in den Händen auf. »Nicht jeder, der mit dem Feuer spielt, kommt gleich darin um«, sagte sie in Händlersprache. »Manche von uns versuchen lediglich sich mit einer Schnappschildkröte zu unterhalten.«

»Sie hat aber Recht, weißt du«, antwortete Daja in der gleichen Sprache. »Du solltest dich an deine eigenen Leute halten und nicht versuchen dich mit Händlervolk und gemeinen Mädchen mit roten Haaren anzufreunden.«

Sandri seufzte. »Jetzt komm du mir auch noch so! Ich freunde mich an, mit wem immer ich will, damit du's nur weißt. Ich brauche nur mehr Uvumi.«
»Geduld? Warum? Warum willst du es weiter versuchen?«, fragte Daja überrascht. »Eine andere Adlige hätte ihr für das, was sie sagte, eine runtergehauen. Und jede andere Adlige hätte sich auch nicht mit mir abgegeben.«
Sandri verzog das Gesicht. »Wenn ich so wäre, hätte ich niemals irgendwelche Freundinnen gehabt. Siehst du, es lag an meinen Eltern – sie reisten die ganze Zeit anstatt ihr Land zu verwalten und sich am Hof aufzuhalten. Die Adligen, die wir besuchten, befürchteten allerdings, dass ich ihren Kindern Flausen in den Kopf setzen würde. Und so sagten sie immer, ihre Kinder seien gerade auf dem Land oder in der Stadt oder an irgendetwas erkrankt.«
»Also musstest du dich mit dem gemeinen Volk oder gar den Händlern abgeben?« Daja schüttelte den Kopf und pfiff leise. »Das ist schon eigenartig.«
»Es war gewiss nicht leicht. Denn diese Leute überstürzen sich nicht gerade, um mit Adligen Freundschaft zu schließen, falls du es noch nicht gemerkt haben solltest. Ich lernte Geduld zu haben, wie ich schon sagte. Uvumi!« Sie grinste Daja an.
Diese schüttelte den Kopf. »Lerchenfroh sagte, ich dürfe spazieren gehen. Willst du mitkommen?«
Sandri stand auf und strich ihren Rock glatt. »Ein andermal vielleicht. Ich muss erst noch auspacken.«
Daja nickte und verließ die Hütte.

5

Daja hasste es immer noch, den Stab zu tragen, wenn sie ausging, doch da man ihr bereits einmal aufgelauert hatte, wusste sie, dass sie ihn tragen musste, genau wie jeder Händler es in einer unfreundlichen Stadt tat. Sie setzte ihn nachdrücklich auf den Boden, während sie lief, sodass das neue Messing und Ebenholz mit einem Staubmantel überzogen wurde.

Es war ein herrlicher Tag im Spätfrühling. Gutes Wetter für die Pflanzen, wenn einem so etwas wichtig war. Reihen von Gemüse, Obstbäumen und Kräutern gediehen in den Gärten neben dem spiralförmigen Weg und versprachen gute Vorräte für den Winter. Wasserkanäle liefen dazwischen entlang und bewässerten das Land. Geweihte in Erdgrün sowie Novizen in Weiß kümmerten sich um die Pflanzen. Andere Geweihte in Wasserblau waren verantwortlich für das Bewässerungssystem und achteten darauf, dass jedes Landstück seinen richtigen Anteil Wasser bekam. Als Daja an den westlichen Tempeln vorbeikam, blieb sie kurz stehen, mit vor dem Gesicht aneinander gelegten Handflächen, um sich zu verbeugen, aus Respekt vor den Göttern des Wassers.

Auf der anderen Seite des Tempels lagen die Werkstätten der Zimmerleute. Dahinter wiederum waren die Schmieden, die um den südlichen Tempel angeordnet waren, den Feuergöttern gewidmet. Heute ignorierte Daja die Gebote ihrer Erziehung, die ihr ein Interesse an Lugsha untersagten. Lugsha, so bezeichneten die

Händler handwerkliches Geschick oder überhaupt jede handwerkliche Tätigkeit. Sie betrachtete einen schwitzenden Lehrling, der geschmolzenes Kupfer in eine Form goss, und einen Meister der Silberschmiede, der die letzten Handgriffe an einer silbernen Urne vornahm.

Schließlich trugen ihre Füße sie zu einer kleinen, abseits gelegenen Werkstatt, die sich im Schatten der südlichen Mauer befand. Darin arbeitete ein Mann schwarzer Hautfarbe. Schweißperlen rannen über seinen entblößten Rücken. Er war vorne am Kopf bereits kahl und ließ den Rest seines Haares – wie auch seinen Bart – lang und wild wachsen. Die Haare schwangen mit, während er das heiße Metall bearbeitete. Unter einer Lederschürze hing das Oberteil seiner roten Ordenstracht über seine Gürtelschnur hinab. Es schleifte über den Amboss und war bereits voller Ruß.

»Kirel!«, rief er über das Dröhnen seiner Hammerschläge hinweg. »Ich brauche den Treibhammer . . . Oh, Hakoi helfe mir, ich habe ihn fortgeschickt.« Er blickte sich um und entdeckte Daja. »Mädchen, kannst du mir einen Gefallen tun? Ich brauche meinen Treibhammer.« Er deutete auf eine lange Holzbank, wo eine Vielzahl von Werkzeugen aus Metall und Holz lag.

Daja lehnte ihren Stab an die Wand und ging dorthin. »Was ist ein Treibhammer?«

»Sieht aus wie ein Hammer, aber der Kopf ist abgerundet.«

Zuerst sah Daja nichts als einen Hammer neben dem anderen. Doch dann fand sie einen, auf den die Beschreibung passte. »Diesen?«, fragte sie und nahm ihn auf. Er wog schwer in ihren Händen und ihre Haut prickelte vor Aufregung. Sie hatte noch nie vorher das Werkzeug eines Schmiedes berührt.

»Das ist er!« Er streckte die Hand aus und sie reichte ihm den Treibhammer. Mit der runden Seite hämmerte der Schmied auf das heiße Metall und glättete es auf einer Seite. »Der Lehrling . . . musste . . . einen . . . Eimer holen«, erklärte er zwischen den Schlägen. »Sollte eigentlich schon wieder zurück sein.«

»Was macht Ihr denn da?«, fragte sie und sah ihm zu. Er bearbeitete das Metall mit dem abgerundeten Kopf des Treibhammers, bis es sich unter seinen Schlägen wölbte wie Kuchenteig unter einem Nudelholz. Das Metall schimmerte in einem matten, dunklen Rot und roch scharf und stechend.

Er hob das Stück an. »Ein Band für eine Tür.«

Daja hob die Augenbrauen. Das Metallstück war bereits fast einen Meter lang. »Es muss eine ziemlich große Tür sein.«

Der Schmied grinste. Kein einziges Mal kam er aus dem Rhythmus mit dem Schlagen des Treibhammers. »Ist es auch . . . für die Schatzkammer des Herzogs«, erklärte er. »Es sind im Ganzen acht Bänder – zwei sind schon fertig.« Er nickte in Richtung Werkbank. Daja sah zwei lange, dünne Stücke aus schwarzem Eisen an der Wand lehnen. »Sieh sie dir nur an, wenn du möchtest.«

Daja gehorchte. Die fertigen Stücke waren über einen Meter lang. Etwas unter der Oberfläche des Metalls schien sich zu bewegen, wie die Muskeln unter der menschlichen Haut. Waren da Buchstaben in dem Eisen? Stirnrunzelnd streckte Daja die Hand aus und zog sie dann schnell wieder zurück.

»Du kannst sie ruhig anfassen«, rief der Schmied. »Sie beißen nicht.«

Daja lächelte und fuhr mit den Fingern über das bearbeitete Metall. Das Eisen war kalt, wurde jedoch unter ihrer Hand rasch warm. »Ich dachte für einen Augenblick, ich hätte Buchstaben darin gesehen«, sagte sie mehr zu sich selbst.

»Buchstaben, ja?« Aus seiner atemlosen Stimme war schwer zu schließen, was er dachte. »Nun, du hast Recht. Aber nicht jeder sieht sie, muss ich dir sagen.«

»Jetzt kann ich sie auch nicht mehr sehen.« Sie fuhr nochmals mit den Fingern über das Metall. Der Klang von Schritten ließ sie zusammenzucken und nach ihrem Stab greifen.
»Eisenbart, Ihr könnt Euch nicht vorstellen, wie langsam die waren!« Ein großer junger Mann mit blauen Augen und hellen Haaren, die er in einem Zopf trug, betrat die Schmiede, in jeder Hand einen Eimer. Sein schneller Schritt hatte sowohl sein Haar wie auch seine rußgefleckte weiße Tracht durcheinander gebracht. »Und wenn ich Seine Gnaden, der Herzog selbst gewesen wäre, hätte es immer noch ewig gedauert!« Er blickte zu Daja, während er seine Last abstellte. »Also habe ich ein wenig nachgeholfen, damit sie mir zwei Eimer gaben.«
»Nur die Ruhe«, erwiderte der Schmied und legte das bearbeitete Metall zurück ins Schmiedefeuer. »Diese junge Dame hier hat mir geholfen.« Er ging zum Wasserfass, holte einen Schöpfer voll heraus und trank es auf einen Schluck. Den zweiten Schöpfer goss er sich über den Kopf, den dritten wieder in seinen Mund. »Wie heißt du denn, Kleine?«, fragte er.
»Daja.«
»Nun, Daja, würde es dir etwas ausmachen, noch etwas hier zu bleiben, um mir über meine fiebrige Stirn zu wischen? Dann kann mein Freund hier noch drei Eisenstangen ins Feuer legen und unsere Kohlenvorräte überprüfen.«
»Hakoi möge mich rösten, die Kohle!«, rief der junge Mann aus und rannte hinaus.
Sein Meister zwinkerte Daja zu. »Du hast vielleicht schon erraten, dass ich Eisenbart bin. Das war Kirel, mein Lehrling.«
Daja senkte den Kopf, um ihr Grinsen zu verbergen, bis sie merkte, dass auch er schmunzelte. Sie nahm das Tuch, das er ihr hinhielt. Eisenbart schüttelte das Wasser aus seinem Haar und Bart, genau

wie es die Hunde immer machten, dann zog er ein glutrotes Stück Metall aus dem Feuer.

Tris war auf ihrem Bett fast eingeschlafen, als jemand an ihre Tür hämmerte und sie sofort öffnete. Mit einem Kreischen setzte sie sich auf. »Wie kannst du . . .« Den Rest verschluckte sie. Es war nicht, wie sie erwartet hatte, der kleine Dieb, sondern Niko.

»Komm mit. Wir gehen spazieren. Es ist Zeit, einige Dinge zu klären.«

Sie sah ihn mit gerunzelter Stirn an. »Ich habe keine Lust.«

»Jetzt, Trisana!«

In diesen Worten schwang stahlharte Entschlossenheit mit und auch in seinen dunklen Augen stand ein unnachgiebiger Ausdruck. Konnte sie es wagen, sich zu weigern? Als sie mit ihm reiste, hatte sie gehorchen müssen, aber jetzt? Er war kein Tempelmitglied, er war auch nur Gast.

»Habt Ihr Lerchenfroh gefragt? Vielleicht möchte sie, dass ich die Hausregeln lerne . . .«

»Sie hat bereits ihre Erlaubnis gegeben. Auf, junge Dame.«

Verärgert stieg sie die Treppe hinter ihm hinab. Sie gab sich jedoch noch nicht geschlagen. Als sie Lerchenfroh in der Webstube sah, steckte sie ihren Kopf hinein und sagte: »Geweihte Lerchenfroh, Niko will mich irgendwohin mitnehmen.«

Lerchenfroh sortierte gerade Stränge mit gefärbter Wolle. »Das ist in Ordnung, Tris. Gehorche Niko, wie du Rosendorn oder mir gehorchen würdest«, antwortete sie und hatte ihre Gedanken sichtlich woanders.

Niko grinste Tris boshaft an. »Komm jetzt.«

Als sie sich erst einmal auf dem Spiralweg befanden, lief er so schnell, dass seine graue Robe hinter ihm herflatterte. Tris musste sich anstrengen, um mithalten zu können. Sie verließen die Tempelstadt durch das Südtor. Nachdem sie die Straße zwischen der Mauer und dem Kliff überquert hatten, erreichten sie den Grassaum auf der anderen Seite. Als Niko einen Schritt auf den Rand des Kliffs zumachte, kreischte Tris auf.

Er sah sich nach ihr um. »Dort ist ein Pfad«, erklärte er ihr amüsiert. »Komm weiter.«

Vorsichtig gehorchte sie. Da war eine Art Pfad, der sich zwischen Felsstücke, Erdhaufen und umgestürzten Bäumen hindurchwand. Sie stolperte ihn entlang, während ihr Rock sich in Wurzeln verfing. Niko hielt an einem breiten Vorsprung an, ungefähr zweihundert Meter über dem felsigen Strand. Eine Höhle erstreckte sich dort in die Klippen hinein. Das Ende der Höhle konnte Tris nicht erkennen.

»Das wird reichen.« Niko saß bereits mit überkreuzten Beinen gleich am Eingang der Höhle. Er klopfte auf den Boden neben sich. »Setz dich.«

Sie strich sich mit dem Ärmel den Schweiß vom Gesicht. »Warum?«

»Weil ich es sage. Weil du im Augenblick nichts anderes zu tun hast. Ich wollte bereits auf der Reise mir dir reden, aber . . . ich weiß gar nicht mehr, was mich abgelenkt hat.«

»Ihr habt herausgefunden, dass der Kapitän in der Meerenge der Drachen gewesen war«, erinnerte sie ihn geduldig. »Da wolltet Ihr, dass er davon erzählte.« Sie hatte diese Geschichten selbst sehr genossen. »Und sobald ich hier war, musstet Ihr ziemlich schnell wieder fort.«

»Das ist richtig . . . ich hatte die Vision, dass das Dritte Schiff Kisubo in See stach. Nun, nichts wird uns jetzt stören. Setz dich bitte.«

Unwillig gehorchte sie.

Er sah sie an und seufzte. »Ich wünschte, du würdest mir vertrauen.«

Sie blickte durch den Höhleneingang nach draußen, auf die Wolken. »Jeder, dem ich vertraute, hat mich wieder weggeschickt«, antwortete sie geradeheraus.

Eine Weile sagte er nichts. Als Tris ihm schließlich einen Blick zuwarf, sah sie einen Ausdruck von Mitleid, der sie vor Verlegenheit erröten ließ. Niko streckte die Hand aus, umfasste und drückte ihre Finger und ließ sie wieder los. »Dann muss ich eben hoffen, dass du irgendwann deine Meinung ändern wirst. In der Zwischenzeit musst du lernen zu meditieren.«

»Warum?«, wollte sie wissen. »Die anderen müssen das auch nicht.«

»Sie werden morgen damit anfangen. Und was dich betrifft, warum nicht jetzt?« Sein Blick hielt sie gefangen. Tris versuchte wegzublicken, konnte es jedoch nicht. »Es geschehen Dinge, wenn du böse wirst, Tris. Zuerst Hagel, dann Blitz – wenn du nicht lernst dich zu beherrschen, wirst du noch jemanden töten.«

Sie hatte das Gefühl, als hätte sie keine Luft mehr zum Atmen. Wollte er damit sagen, dass sie von einem Geist besessen sei oder kein richtiger Mensch, wie man es in Capchen von ihr geglaubt hatte? Es gab Menschen, die von Geistern heimgesucht wurden – jedes Kind kannte diese Geschichten. Sie wollte nicht den Rest ihres Lebens in einer Zelle verbringen. »Woher wisst Ihr das?«

»Wusstest du, dass wir Magier den Namen selbst wählen, den wir tragen, wenn wir unsere Ausbildung erst einmal abgeschlossen haben?«

Sie schüttelte den Kopf.

»Nun, so ist es. Mein Name ist Goldauge – das bedeutet, dass ich

Dinge sehe, die den meisten Menschen verborgen sind. Daher weiß ich, was mit dir los ist. Und ich sage dir Folgendes: Wenn du lernst zu meditieren, deinen Geist zu beherrschen – dann wirst du auch verhindern können, dass merkwürdige Dinge passieren, wenn du aufgeregt bist.«

Sie löste ihren Blick von seinem und ballte die Hände. Es gab also eine Möglichkeit, dass die Leute ihr nicht mehr die Schuld an etwas gaben, wofür sie nichts konnte? »Was muss ich tun?«, fragte sie mit heiserer Stimme.

»Kannst du mit dem Klang der Wellen atmen? Atme ein, wenn sie ankommen, halte den Atem, wenn sie an die Küste schlagen, atme aus, wenn sie zurückrollen!«

Sie lauschte auf das Meer, während es an die Felsen unter ihr schlug, und holte tief Luft. Dem Meer zu lauschen hatte immer eine entspannende Wirkung auf sie. Als die nächste Welle kam, atmete sie aus, folgte damit dem zurückströmenden Wasser. Der Wind schien sich in ihrer Brust zu fangen. Sie räusperte sich.

»Werde ganz ruhig«, flüsterte Niko und seine Stimme war Teil der nächsten Welle. Tris nahm sie in sich auf, ließ sich mittragen, als sie an die Küste schlug und wieder hinausrollte. Mit der nächsten Welle ließ sie sich hereintragen, atmete langsam ein, füllte jede Spalte ihrer Lungen mit frischer Luft.

»Wellen sind die Stimme der Gezeiten. Wellen sind Leben«, murmelte Niko. »Sie bringen Nahrung für die Küstenbewohner und nehmen Schiffe mit hinaus aufs Meer. Sie sind der Puls des Meeres und dein eigener Herzschlag.«

Tris' Lider flatterten, ihr Geist war ganz bei der neuen Welle, die kraftvoll an die Felsen schlug und Krebse und Muscheln überschwemmte. Tris hielt den Atem an, dann ließ sie ihn mit einem Seufzer entweichen, als das Wasser wieder hinausströmte.

»Sie tragen die Winde«, flüsterte Niko.

Tris erhob sich auf dem Kamm einer neuen Welle, während die Meeresbrise ihr Haar zauste und ihre Nase mit dem scharfen Geruch des Meeres füllte. Als die Welle gegen die Felsen schlug, schwang Tris mit der Luft weiter, rollte die Klippen hinauf und über die Straße bis zu den Mauern des Verschlungenen Kreises hinauf.

»Ausatmen«, befahl Niko.

Tris war mit dem Atem des Windes verbunden, der in ihrem Geist so lebendig war. Ihr Körper hörte Niko jedoch und gab die Luft frei. Wieder füllten sich Tris' Lungen, während sie sich mit dem Wind hoch in den Himmel über der Tempelstadt schwang. Düfte stiegen aus den Gärten auf, sie roch die Luft der Werkstätten und Schmieden.

»Fühlst du, was du im Augenblick bist? Wie der Wind selbst, der sich über die Mauern hinwegheben kann?« Nikos Stimme drang durch ihre Gedanken. »Sei nicht mehr nur ein kleiner Luftstoß, verwandle dich in ein langes Band des Windes. Atme ein und zieh dich selbst hinein.«

Es war, als ob sie die Seitenteile ihres Umhangs um sich schlang, wenn sie an ihren Seiten flatterten. Sie verwandelte sich in ein langes, schmales Band der Lüfte und spürte die Wärme der Tempel unter sich.

Die Tris in Menschengestalt öffnete ihre Augen und schrie erschrocken auf. Niko leuchtete mit einer blendenden weißen Helligkeit, die dunkle Flecken vor ihren Augen tanzen ließ, als ob sie in die Sonne geblickt hätte. Durch ihren Schrei atmete sie zu viel Luft ein und ihre Lungen schienen zu bersten. Einen kurzen Augenblick hatte sie das Gefühl, als ob ihr Geist sich ganz weit öffnete. Dann war das Gefühl verschwunden.

Niko klopfte ihr auf den Rücken, als sie lange und heftig husten musste. Sobald sie sich wieder erholt hatte, bot er ihr einen Schluck aus der Wasserflasche an, die an seinem Gürtel baumelte. »Na, hat das nicht Spaß gemacht?«, fragte er. »Wir werden das so lange üben, bis du deinen Geist so vollkommen beherrschst, dass du gar nicht mehr darüber nachzudenken brauchst.«
Er hat ja eine eigenartige Vorstellung von Spaß, dachte Tris und trank gierig.

Als Lerchenfroh Briar fragte, ob er eine Nachricht zum Geweihten Gaumenwohl in die Küche des Turms bringen könne, war er gern dazu bereit. Dadurch hatte er die Gelegenheit, sich die Gärten anzusehen, die auf diesem Weg lagen. Es war auch eine Gelegenheit, sich die Küchen anzuschauen und einen Geweihten kennen zu lernen, der bekannt dafür war, dass er Besuchern gern ein Häppchen zukommen ließ. Der Weg führte einen leichten Hang hinab. In der Mitte des flachen Kessels, in dem sich der Verschlungene Kreis befand, erhob sich der Turm wie ein Blütenstängel. Briar hielt an, um ihn zu betrachten, und fragte sich, ob sich lohnte dort einzubrechen. Wie immer entschied er sich dagegen. Er sagte sich, dass dort viel zu viele Leute Tag und Nacht arbeiteten. Das stimmte und es half ihm gleichzeitig, vor sich selbst zu verleugnen, dass er eigentlich mit dem Diebesleben fertig war.
Es traf zu, dass sich stets irgendjemand im Turm aufhielt. Unter der riesigen Uhr an seiner Spitze waren Zimmer, in denen an Magie gearbeitet wurde oder so ähnlich, hatte Niko gesagt. Briar akzeptierte das wie immer, wenn Niko Magie erwähnte, mit einem Schulterzucken. Für Briar befand sich die wirkliche Magie des Turmes in den unteren beiden Stockwerken, von wo himmlische Düfte durch die offenen Küchenfenster strömten.

Briar hatte den Turm erreicht und atmete die Gerüche von Fleisch, Brot, Gewürzen und Holzkohle ein. Während er Lerchenfrohs Mitteilung überbrachte, lief ihm das Wasser im Munde zusammen.

Als er ging, befanden sich in seinem Bauch zwei mit Honig und Nüssen reichlich gefüllte Gebäckstücke und er trug ein Netz mit zwölf weiteren Gebäckstücken für das Haus Disziplin mit sich. Jetzt hatte er noch ein wenig Zeit für sich.

»Wo ist das Gewächshaus?«, fragte er eine Novizin, die in einem kleinen Rosengarten arbeitete. Sie deutete auf einen Pfad, der pfeilgerade vom Turm zum Osttor verlief. Pfeifend machte Briar sich auf den Weg und wurde unvermittelt von einem Lichtstrahl geblendet. Blinzelnd schirmte er seine Augen ab, um dessen Quelle zu entdecken. Das Sonnenlicht spiegelte sich in einem hohen, hellen Gebäude.

Aufgeregt ging er darauf zu. Wie Rosendorn gesagt hatte, war es aus Glas, von hölzernen Stämmen gehalten. An den Innenseiten kondensierte Wasser und rann wie Regentropfen herunter, verdeckte die Sicht auf die Pflanzen, Büsche und Bäume, die dort wuchsen.

Wie funktionierte das denn? Woher kam das Wasser? Konnte dieser Geweihte Kranich wirklich Obst und Gemüse außerhalb der Jahreszeit wachsen lassen? Ehrfürchtig ging Briar an einer Seite des Hauses entlang und starrte durch das Glas. Geweihte in gelber Ordenstracht kümmerten sich um die Pflanzen. Sie waren so vertieft in ihre Arbeit, dass sie den Jungen, der sie anstarrte, gar nicht wahrnahmen. Briar wünschte sich mehr als alles, eintreten zu können. Vielleicht, wenn er so tat, als hätte er sich verlaufen?

Während er um die Ecke ging, in eine kleine Gasse zwischen dem Gewächshaus und einem Stall trat, der an der Ostmauer stand,

rührte etwas sein Herz. Er befeuchtete seine Lippen. Plötzlich waren sie trocken, als wollten sie gleich platzen. Mit einem Mal fühlte er sich spröde und eingezwängt.
Stirnrunzelnd legte er eine Hand flach auf das Glas. Dort, von rechts – die Traurigkeit kam aus dieser Richtung. Vorsichtig ging er weiter, ließ seine Finger auf dem Glas entlanggleiten. Als seine Handfläche kribbelte, hielt er an. Auf der anderen Seite des Glases stand ein kleiner Baum, kaum mehr als einen Fuß hoch. Trotz seiner Winzigkeit sah er aus wie eine der niedrigen Kiefern mit ihren ausgedehnten Ästen, die auf den Klippen entlang der Küste wuchsen. Briar blinzelte und versuchte durch das mit Feuchtigkeit beschlagene Glas zu sehen. Einige der Zweige waren braun.
»He, was tust du hier?« Neben ihm stand ein großer, schlanker Mann mit schwarzem, glattem Haar und einem schmalen Gesicht mit einer langen Nase. Misstrauisch blickte er Briar an. Er trug die gelbe Ordenstracht des Lufttempels mit einem schwarzen Streifen am Saum, ganz so wie die Frau, die Briar im alten Schlafsaal die Luftfesseln angelegt hatte. Seine Begleiter, ein Mann und eine Frau, trugen einfaches Gelb ohne den schwarzen Streifen. »Kindern ist es nicht erlaubt, sich hier aufzuhalten.« Er klang gelangweilt, aber seine braunen Augen blickten wachsam.
Briar blickte zum Stall. »Aber Pferden schon?«
Die Frau fuhr ihn an: »Hüte deine Zunge, Junge! Dies hier ist der Geweihte Kranich, Erster Geweihter des Lufttempels, mit dem du sprichst!«
Kranich hob die Hand, um sie zum Schweigen zu bringen. »Wo bist du untergebracht?«, fragte er und blickte auf Briar herab. »Hast du die Erlaubnis herumzulaufen?«
Briar zeigte die eiserne Münze, die Lerchenfroh ihm gegeben hatte, als Zeichen dafür, dass er sich frei bewegen durfte. Der Geweihte

Kranich zeigte sie der Frau. »Seht her . . . er kommt von Haus Disziplin. Rosendorn!« Mit einem Mal schien er ganz und gar nicht mehr gelangweilt. »Bist du ihr Spion, Junge? Willst du Ableger stehlen für diese . . . Ansammlung von Unkraut, die sie Garten nennt? Und woher hast du dieses Gebäck?«
Briar merkte wohl, dass der Geweihte Kranich entschlossen war das Schlimmste anzunehmen. Er nahm rasch die Münze aus der Hand des Mannes und rannte davon, ließ das Gewächshaus und damit auch den traurigen Baum so schnell wie möglich hinter sich.

Bald nachdem Lerchenfroh zu einer Besorgung in die Webhäuser gegangen war, gab Sandri der Versuchung nach und betrat den Arbeitsraum der Geweihten. Sie stöberte herum und entdeckte Körbe voller Schurwolle, die noch gekämmt oder gekratzt und zum Spinnen vorbereitet werden musste. Sandri kniete sich daneben und nahm einen Strang Wolle heraus. Unter ihrer Berührung erhoben sich die Enden wie kleine Schlangen. Wollfäden und Schnüre bewegten sich immer, wenn sie ihnen nahe kam, Sandri hatte keine Ahnung, wieso. Anderen, die damit umgingen, passierte das jedenfalls nicht.
»Das ist Merinowolle«, sagte Lerchenfroh.
Sandri stieß erschrocken einen kleinen Schrei aus. Die Wolle verdrehte sich in ihren Händen und wickelte sich um ihre Finger. Die Geweihte kniete sich neben Sandri. »Es ist meine Lieblingssorte, aber ich benutze sie nicht, wenn ich jemandem beibringen will, wie man spinnt. Die Fasern sind sehr kurz, was es schwierig macht, damit zu arbeiten.«
Sandri versuchte die plötzlich so widerspenstigen Fasern von ihrer Hand zu streifen, aber sie gaben nicht nach.

»Sie ist normalerweise nicht so unfolgsam, sie muss dich mögen. Genug jetzt«, befahl Lerchenfroh. Sandri hatte nicht den Eindruck, dass sie damit gemeint war. »Lasst los.« Die Geweihte fuhr mit den Fingern über die Handflächen des Mädchens. Die Wolle folgte ihr und formte plötzlich wieder einen ordentlichen Strang.

»Es ist eine Art von Magie«, sagte Lerchenfroh leise. »Sieh nur, wie fein jede Faser ist. Nimm eine heraus, nur eine.« Sie reichte Sandri den Strang. Vorsichtig nahm Sandri eine Faser und zog sie von den anderen weg. »Jetzt zieh sie auseinander.«

Sandri gehorchte. Ein schwaches Zupfen genügte.

»Alleine ist sie schwach. So kann man nicht viel damit machen.« Lerchenfroh lächelte. »Verbinde sie mit ihren Freunden und es sieht ganz anders aus.«

Sandri streckte die Hand aus und zog einige weitere Fasern heraus.

»Roll sie zusammen«, sagte Lerchenfroh. »Dreh sie, als ob du eine Schnur daraus drehen wolltest. Und jetzt versuche sie wieder auseinander zu ziehen.«

Sandri gehorchte. Der gedrehte Faden hielt, egal, wie stark sie an seinen Enden zog. »Ich wünschte, ich könnte spinnen. Ich wünschte, ich könnte solche starken Garne spinnen. Stattdessen sagt man mir immer, dass Adlige nicht spinnen oder weben«, flüsterte sie. »Sie sagen, sticken ist alles, was ich mir wünschen dürfte, und dann schimpfen sie mich, weil ich auch davon noch zu viel mache.«

»Warum wurdest du vor die Ehrenwerte Geweihte Mondenstrahl gebracht?«, fragte Lerchenfroh sanft. »Warum wurdest du hierher geschickt?«

Sandri wurde rot und blickte nach unten. »Ich bin immer wieder in die Weberei geschlichen.«

Lerchenfroh zog eine Garnrolle aus der Tasche ihrer Ordenstracht und löste das Ende. Als sie losließ, streckte sich der Faden wie eine Schlange, erst zu ihr, dann zu Sandri. Als Lerchenfroh die Garnrolle Sandri entgegenhielt, löste sich der Faden noch weiter von der Rolle. Er schlang sich sofort um Sandris Finger, als sie nach der Garnrolle griff.

»Seide mag dich auch«, sagte Lerchenfroh. »Das ist ungewöhnlich. Seide mag nur wenige Leute.«

Fast hypnotisiert von den Bewegungen des Fadens, erzählte Sandri: »Ich war einmal . . . an einem dunklen Ort. Meine Lampen gingen aus, aber ich hatte all dieses Garn für Seidenstickerei.« Sie war selbst überrascht, dass sie ihr Geheimnis jemandem anvertraute. Sie hatte es niemandem erzählt, nicht einmal Niko auf ihrer langen Reise nach Sommersee. »Ich dachte, dass ich Licht in die Seide gerufen hätte.« Sie seufzte. »Es war aber wahrscheinlich nur ein Traum.«

Die Geweihte umfasste Sandris weiße Finger mit ihren gebräunten Händen. »Möchtest du lernen, wie man spinnt?«

»Ich wäre überglücklich«, erwiderte Sandri aufgeregt.

»Weißt du, wie man Wolle dafür vorbereitet?«, fragte Lerchenfroh.

Sandri nickte. »Pirisi, meine Amme, hat es mir gezeigt, als ich klein war. Sie hat es mich dann aber nicht mehr tun lassen. Sie sagte, ich müsste eine Dame werden.«

Sanft strich Lerchenfroh über Sandris Haar. »Dann hol mir doch bitte einen Korb mit Vorgespinst und eine hängende Handspindel. Eine ohne Führungsgarn oder gesponnenem Garn darauf.«

Neben der ungekämmten Wolle stand ein mit Stoff gefütterter Strohkorb. Er war gefüllt mit den langen Rollen von Vorgespinst, das heißt, gekratzter Wolle, die gerollt und gestreckt und so zum Spinnen vorbereitet wurde. Sandri nahm den Korb und reichte ihn

Lerchenfroh. Danach suchte sie eine leere Spindel. So nackt sah sie aus wie der Kreisel eines Kindes mit einer viel zu langen Spitze. Als Sandri sie der Geweihten brachte, fragte diese: »Kennst du die Namen der verschiedenen Teile?«

Sandri schüttelte den Kopf. »Immer, wenn ich danach fragte, wurde ich geschimpft.«

»Nun, hier wird man dich nicht schimpfen, wenn du Fragen stellst.« Lerchenfroh zog die hölzerne Scheibe vom Stab. »Dies ist der Wirtel.« In ihrer anderen Hand hielt sie den Stab hoch. »Das hier ist der Stab. Der Wirtel passt genau so auf den Stab.« Sie schob das spitze Ende des Stabes durch das Loch in dem Wirtel. Dann stellte sie die Spindel auf den Boden und drehte sie, als ob sie mit einem Kreisel spielte. Wie das Spielzeug drehte sich die Spindel auf der Spitze. »Beim Spinnen lernst du, wie du die Spindel kontrollierst und wie du deine Wolle gleichmäßig hineinfütterst. Du kannst schon fünfjährige Kinder spinnen sehen. Es ist ganz leicht, wenn du es erst einmal kannst. Ich zeige dir später, wie du das Führungsgarn anbringst und wie du deinen gesponnenen Faden aufrollst. Jetzt habe ich etwas anderes vor.« Sie holte ein Stück Garn aus einer Tasche und nahm die Spindel vom Boden auf. Mit einigen schnellen Handbewegungen hatte Lerchenfroh es an dem Wirtel und am Stab befestigt. »Dieser Faden ist dein Führungsgarn, dessen Drehung deinen Faden spinnt.« Sie streckte eine Hand aus. »Gib mir ein Vorgespinst.«

Sandri nahm eine der besonders bereiteten Fasergespinste aus dem Korb und legte ihn in Lerchenfrohs ausgestreckte Hand.

»Sieh zu«, befahl Lerchenfroh. Sie legte das Vorgespinst über ihren Handrücken, zupfte einige Fasern heraus und verband sie mit dem Ende des Führungsgarns. Dann gab sie der Spindel in ihrer Hand einen sanften Stoß. Als die Spindel sich drehte, konnte Sandri sehen, wie das Garn und die damit verbundenen Fasern des Vorgespinstes sich drehten, bis die losen Fasern sich zu einem festen Faden zwirbelten. Der Griff, mit dem Lerchenfroh Führungsgarn und Vorgespinst hielt, war gerade fest genug, um zu verhindern, dass ihr alles von den Fingern glitt. Die Spindel drehte sich und fiel langsam nach unten. Nach und nach ließ Lerchenfroh neue Fasern vom Vorgespinst in den sich drehenden Faden fließen, sodass sie ebenfalls zu Garn gezwirbelt wurden.

»Ich liebe diese Arbeit«, murmelte Lerchenfroh. »Sie ist so beruhigend.«

Sandri nickte und wandte ihren Blick nicht von der Spindel. »Egal, wohin wir reisten, ich sah stets den Frauen beim Spinnen zu. Es schien mir immer wie ein Wunder.«

»Das ist es auch. Und du kannst auch Wunder damit vollbringen, wenn du die Kraft dazu hast. Etwas Verworrenes und Unvollkommenes zu nehmen und es zu spinnen, bis es glatt und stark ist – das nenne ich Arbeit, die es wert ist, getan zu werden!« Sie brachte die Spindel zum Stillstand und hielt den neuen Faden noch gespannt. »Nimm das. Lass es nicht rückwärts drehen, sonst löst sich alles auf.«

Nervös und eifrig gehorchte Sandri. Sowohl die Spindel wie auch der Faden fühlten sich warm an. Lerchenfroh legte das Vorgespinst über Sandris rechte Hand und Sandris Daumen und zwei Finger auf den Punkt, wo die Fasern zum Garn wurden.

Sandri stieß einen überraschten Ausruf aus und ließ die Spindel fallen. Rasch wickelte sie sich auf. Das Führungsgarn verlor den neuen Faden und Sandri stand mit einer Hand voll ungesponnener Wolle da. »Affendreck!« Sandri wurde rot. »Tut mir Leid. Ich wollte nicht . . .«

Die Geweihte lachte. »Ich weiß genau, wie du dich fühlst. Nimm es wieder auf. Lege ein wenig Führungsgarn über das Vorgespinst.« Während Sandri gehorchte, fuhr Lerchenfroh fort: »Denk an etwas anderes als die Arbeit – an deinen Herzschlag vielleicht oder deine Atmung. Drehe den Stab im Uhrzeigersinn. Zieh die Wolle vorsichtig vom Gespinst in deinen Faden. Lass die Spindel langsamer werden, wenn du deinen neuen Faden ziehst.«

Auch der zweite Versuch verlief nicht viel besser als der erste. Geduldig half Lerchenfroh ihr noch einmal anzufangen. »Denk an ein rhythmisches Geräusch – eines, das du gerne hörst. Eines, das beruhigend ist.« Lerchenfrohs Stimme war weich und warm. Ihr zuzuhören machte Sandri fast ein wenig schläfrig. »Schließ deine Augen für einen Augenblick und lausche nur noch auf die Spindel. Ich helfe dir.«

Mit geschlossenen Augen lauschte Sandri, obwohl sie nicht sicher war, worauf. Ein rhythmisches, beruhigendes Geräusch? Ihre Gedanken wanderten in die Vergangenheit, zum letzten Winter. Nachdem sie aus dem Lagerraum befreit worden war, hatte Niko ihr im Königspalast von Hatar ein Schlafzimmer zugewiesen, über dem Zimmer, wo die königlichen Weber arbeiteten. Sie war die ganze Zeit im Bett gelegen, hatte an die Decke gestarrt und sich geweigert für irgendetwas Interesse zu zeigen. Weshalb sollte sie? Ihre ganze Welt war tot.

Damals hatte sich das Geräusch der Webstühle unter ihr, ohne dass sie es wollte, in ihren Tagesrhythmus gewebt, ihren Atem und Herzschlag bestimmt. Eines Sonntags, bald nach Mittwinter, schwiegen alle Webstühle. Das geschah jeden Sonntag, der ein Ruhetag war, aber früher hatte sie sich nicht darum gekümmert. Jetzt war sie ruhelos, ärgerlich. Sie schlief schlecht. Am nächsten Tag begann der Chor der Webstühle bei Morgendämmerung und sie setzte sich auf, um zu lauschen. Als Niko eine Stunde später kam, saß sie immer noch aufrecht im Bett.

Das Geräusch dieser Webstühle im Ohr, begann Sandrilene fa Toren zu spinnen.

»Ich muss den Faden aufwickeln«, murmelte Lerchenfroh. Sandri blinzelte und blickte auf ihre Arbeit. Während die Geweihte Lerchenfroh ihr die Hände geführt hatte, hatte sie es geschafft, einen ganzen Meter Faden zu spinnen. Er war perfekt, bis auf vier große Knoten, jeder in der gleichen Entfernung vom anderen.

»Woher kommen die denn?«, fragte sie verwirrt. »Ich habe keine Knoten gespürt.«

»Du hast an neues Leben gedacht«, erwiderte Lerchenfroh. »Du hast daran gedacht und du hast es gesponnen.«

»Dann hat das neue Leben Knoten«, meinte Sandri. »Darf ich es noch einmal versuchen?«

»Wir versuchen es lieber noch einmal ganz von vorne.« Die schlanken Finger der Geweihten lösten den gesponnenen Faden von der Spindel und wickelten ihn zu einem kleinen Knäuel, das sie in Sandris Schoß legte. »Behalte das«, sagte sie. »Und heb es gut auf. Es ist dein erster gesponnener Faden . . . das ist wichtig.«

Es war noch hell, als die Bewohner von Haus Disziplin sich zum Essen versammelten – ohne Niko. Rosendorn, die das Hühnchen zerlegte, sah sich am Tisch um und sagte schließlich: »Du da, Junge . . .«

»Briar«, sagte er leise. Er hatte Angst, sie anzusehen. Sie würde sich vielleicht daran erinnern, dass er die Pflanzen berührt hatte, die sich um die Schnüre wanden, und ihn doch noch bestrafen.

»Briar, du hast doch sicher irgendwo Hände, oder? Reich das Brot bitte . . .« Rosendorn starrte Tris an.

»Tris«, kam ihr Lerchenfroh zu Hilfe.

Rosendorn verzog das Gesicht. »Und du, Sandri . . . gib mir das.«

Sandri reichte ihr eine Schüssel mit Reis, Linsen und Zwiebeln.
»Und du dort . . .« Rosendorn nickte in Richtung Daja.
Daja starrte in die Luft, sie hörte immer noch den Klang des Treibhammers auf heißem Metall und merkte gar nicht, dass Rosendorn ihr einen Teller mit Hühnchen reichen wollte. Schließlich hielt ihn die Geweihte direkt unter ihre Nase und Daja zuckte zusammen. »Was?«, fragte sie erschrocken.
Briar kicherte.
»Daja, nicht wahr? Ich erinnere mich jetzt. Nun, Daja, wärst du vielleicht so nett mich davon zu befreien?«, bat Rosendorn. »Bevor mir die Arme abfallen?«
Dajas Wangen färbten sich rot. Hastig nahm sie den Teller.
Rosendorn blickte zu Briar, der das Essen so schnell wie möglich in sich hineinschaufelte. »Langsam«, befahl sie. »Wenn wir das Essen erst einmal auf dem Tisch haben, läuft es uns nicht mehr davon.«
Briar blickte sie an. Unter ihren fein geschwungenen Augenbrauen, die sie meist prüfend zusammenzog, hatte sie große braune Augen, die humorvoll aufblitzen konnten. Er aß langsamer. Plötzlich hörte er sich fragen: »Was bedeutet es, wenn ein Baum grüne Blätter und auch braune hat?« Er duckte sich und erwartete einen Verweis.
Rose runzelte die Stirn. »Hast du ihn im Herbst gesehen?«
»Nein. Heute.«
»Dann ist der Ast, der braune Blätter hat, tot. Der ganze Baum kann krank sein oder sterben. Wo hast du ihn denn gesehen?«
Er zuckte zusammen. Es war ihm schwer genug gefallen, zu fragen. Den Geweihten Kranich zu erwähnen wagte er nicht. »Ach, hier irgendwo«, sagte er lediglich.
Rosendorn nahm einen Schluck von ihrem Saft. »Nun, wenn du

ihn wieder hier irgendwo siehst, sag mir Bescheid. Vielleicht kann ich helfen. Es gibt keinen Grund, weshalb irgendein Baum im Verschlungenen Kreis krank sein sollte.«

Als der Tisch abgeräumt war, nahm Lerchenfroh die große Tafel von der Wand neben dem Herd und legte sie auf den Tisch, zusammen mit einem Stück Kreide. »Euer Stundenplan«, sagte sie und ihre Augen funkelten schelmisch. »Er enthält Pflichten, Unterrichtsstunden und . . .«

Alle vier Kinder stöhnten auf.

»Ich wusste doch, dass euch das freuen würde«, kommentierte Lerchenfroh. »Also, als Erstes am Morgen macht ihr euer Zimmer sauber. Etwas Unordnung ist ja normal, aber macht eure Betten, fegt den Boden und säubert eure Waschschüsseln, bevor ihr zum Frühstück kommt. Dann folgen die Pflichten im Haus . . .« Sie beugte den Kopf über die Tafel und begann zu schreiben.

Briar runzelte die Stirn. »Was ist, wenn ich nicht weiß, wie man irgendwelche Hausarbeit macht?«

Lerchenfroh lächelte. »Wir zeigen es dir.«

»Ich habe schon Hausarbeit gemacht, seit ich denken kann«, sagte Tris düster. »Das ist nicht schwer, zu lernen.« Sie blickte auf die anderen und fragte sich, was sie wohl könnten. Sandri hatte wahrscheinlich ihr ganzes Leben lang Dienstboten gehabt. Das Einzige, was Tris über das Händlervolk wusste, waren Geschichten von geheimen Ritualen und wie sie das Kaufmannsvolk betrogen. Kam in den Geschichten auch sauber machen und nähen vor? Sie konnte sich nicht erinnern. »Ich hoffe nur, dass ich nicht die ganze Arbeit allein machen muss«, murrte sie.

»Ganz bestimmt nicht«, erwiderte Lerchenfroh. »Deshalb stelle ich ja einen Stundenplan auf. Jeden Vollmond werden die Arbeiten gewechselt.«

»Wir haben sehr wirkungsvolle Möglichkeiten, um sicherzugehen, dass niemand schummelt«, sagte Rosendorn und lehnte sich in ihrem Stuhl zurück. Vier Augenpaare fixierten sie, während die Kinder herauszufinden versuchten, ob sie scherzte oder nicht. Das winzige Lächeln um ihren Mund war nicht unbedingt beruhigend.

»Nach den Pflichten«, erklärte Lerchenfroh, »lernt ihr unter Nikos Aufsicht zu meditieren.«

»Was ist meditieren?«, fragte Daja.

»Deinen Geist freizumachen«, erwiderte Lerchenfroh.

»Deinen Geist zu beherrschen«, sagte Rosendorn gleichzeitig.

Lerchenfroh lächelte. »Wie ihr seht, dient es mehr als einem Zweck.«

»Das ist Priesterkram«, grummelte Briar. »Normale Menschen brauchen das nicht.«

»Aber du bist nicht länger ein normaler Mensch, Junge«, entgegnete Rosendorn boshaft. »Du lebst hier, also bist du schon auf halbem Wege, selbst ein Priester zu werden.«

»Meditation lehrt euch Selbstkontrolle«, erklärte Lerchenfroh den Kindern nachdrücklich, mit einem Blick zu Rosendorn, als ob sie sagen wollte: Benimm dich! »Sie lehrt Disziplin. Ihr lernt euren Geist zu beherrschen. Da einige von euch hierher geschickt wurden, weil man der Meinung war, ihr wärt nicht zu erziehen . . .«, Sandri, Tris und Briar wurden gleichzeitig rot, ». . . könnte Meditation sich als das Wichtigste herausstellen, was ihr hier tut.«

»Es kann nicht schaden und hilft vielleicht«, fügte Rosendorn hinzu.

Lerchenfroh warf einen Blick auf die Tafel. »Danach: Mittagessen und abräumen. Den Sommer über gibt es im Verschlungenen Kreis mittags, während der heißesten Zeit des Tages, eine zweistündige Ruhepause. Diese Zeit gehört euch. Danach erhaltet ihr, jeder einzeln, Unterricht – darum kümmere ich mich diese Woche noch. Anschließend heißt es Abendessen und danach Tisch abdecken. Hier baden wir täglich nach dem Abendessen. Freizeit für eine Weile, dann Bettzeit.« Sie blickte Daja und Briar an. »Wir haben euch gestern Abend nicht mit zu den Bädern genommen, weil ihr euch erst noch einrichten solltet. Das war eine Ausnahme, nicht die Regel.«

»Sind die Tempelbäder nicht den Geweihten und Novizen vorbehalten?«, fragte Sandri.

»Wir haben die Erlaubnis, unsere Gäste mitzunehmen«, erwiderte Lerchenfroh. »Das ist für alle leichter.« Sie blickte in die Gesichter der Kinder. »Schaut nicht so düster drein. An den Sonntagen habt ihr Zeit zur freien Verfügung, vorausgesetzt, ihr benehmt euch. Und dann gibt es noch die Ferien und Tage, wenn eure Lehrer keine Zeit haben. Ihr müsst euch schon nicht zu Tode arbeiten. Noch irgendwelche Fragen?«

Niemand sagte ein Wort.

»Dann holt eure Waschsachen und trefft uns hier wieder.«

Die Gruppe teilte sich auf, um Seife und Schwämme zu holen, die naturfarbenen Bademäntel, die sie vom Tempel bekommen hatten, und Holzpantoffeln. Als sie sich an der Hintertür versammelten, war Briar der Einzige, der fehlte.

Rosendorn steckte ihren Kopf in sein Zimmer. Briar betrachtete gerade eine der Pflanzen, die sie tagsüber aus dem Boden gezogen hatte. »Komm jetzt, Junge«, befahl sie. »Diese Nessel sollte lieber zurück auf den Komposthaufen, wo sie mir von Nutzen sein kann. Ich will nicht, dass sie in meinem Garten aussät.«

»Ich habe mich vorgestern schon gewaschen«, erwiderte er. »Wie kann eine Pflanze in einem Misthaufen Gutes tun und im Garten nicht?«

»Sie hilft dem Kompost zu gären. Das macht ihn zu besserem Dünger. Der Dünger wiederum hilft Pflanzen, von denen ich möchte, dass sie wachsen. Wenn die Nessel im Boden bleibt, verdrängt sie die anderen Pflanzen. Beweg dich jetzt.«

Er starrte sie trotzig an. »Ihr und Niko! Ich habe mich noch nie in meinem Leben so oft gewaschen. Ich hole mir ja noch den Tod.«

»Unsinn. Denk daran, wie viel besser du riechen wirst.« Als er sich immer noch nicht bewegte, zogen sich Rosendorns Augenbrauen zusammen. »Ich habe bereits die ganze Geduld von einer Woche aufgebracht, Junge. Jeder badet hier, jeden Tag. Du hast keine Wahl.«

Er biss sich auf die Lippen. Wenn er sich weigerte, warf sie ihn vielleicht hinaus – und sie kannte sich mit Pflanzen aus. Dann fiel ihm etwas ein und er musste grinsen. Anders als in Sotat badeten hier die Geschlechter getrennt. Er würde warten, bis die Frauen ihre Seite des Badehauses betreten hatten, und dann zum Haus zurückkehren. Natürlich durfte er nicht vergessen sein Haar anzufeuchten, damit sie keinen Verdacht schöpften. Mit diesem Gedanken sammelte er seine Sachen zusammen und folgte den anderen hinaus.

Eine schlanke Gestalt in einem naturfarbenen Bademantel erwartete sie vor dem Badehaus. »Ich hoffte euch hier zu finden«, sagte Niko mit einem liebenswürdigen Lächeln. »Ich dachte, ich leiste Briar etwas Gesellschaft.« Er legte seinen Arm um die Schultern des Jungen und führte ihn zur Tür der Baderäume, die für die Männer reserviert waren. »Ich kann mir vorstellen, dass diese vielen neuen Erfahrungen etwas beunruhigend sein müssen.«

Briar sah mit grimmigem Gesicht zu Lerchenfroh und Rosendorn, die ihre Köpfe senkten, um ihr Lächeln zu verbergen.

»Viel Spaß«, zog Sandri ihn auf, als sie vorbeilief.

»Pass auf, dass du auch deine Ohren nicht vergisst, Kuller«, fügte Daja hinzu.

»Woher hat sie denn diesen Straßenjargon?«, fragte Niko. »Nein, sagt nichts, ich weiß schon. Komm, Briar. Je früher wir anfangen, desto früher kannst du dich wieder abtrocknen.«

Als die Mädchen den Hauptraum des Frauenbads betraten, wich Tris einen Schritt zurück und schüttelte den Kopf.

»Was ist denn jetzt wieder?«, wollte Rosendorn wissen. Die wenigen anderen Badenden, die sich bereits im Becken befanden, drehten sich nach ihnen um.

»Ich bade nicht vor anderen Leuten«, erklärte Tris mit hochrotem Gesicht. »Ich dachte, es gäbe einzelne Badeabteile, wie in den Schlafräumen der Mädchen. Das hier ist nicht schicklich.« Und sie werden mich aufziehen, weil ich so dick bin, fügte sie für sich hinzu.

»Ich kann mich nicht im selben Wasser waschen wie Kaqs«, meldete sich Daja zu Wort. »Ich kann einfach nicht.«

Die beiden Frauen blickten zu Sandri, die nur mit den Schultern zuckte. Sie war an alle Arten von Badesitten gewöhnt. In Hatar badeten sogar Männer und Frauen gemeinsam in großen Becken wie diesen.

Rosendorn tappte ungeduldig mit einem Fuß. Sie schien etwas sagen zu wollen. Lerchenfroh legte beschwichtigend die Hand auf ihren Arm. »Ich zeige ihnen, wo die kleinen Baderäume sind«, sagte sie ruhig. »Kommt mit, Mädchen.«

Daja schrubbte sich in stiller Verzweiflung ab. Wenn jemand von ihrer Familie sie bei Eisenbart gesehen hätte, hätte es noch mehr Schläge gesetzt als in der Vergangenheit, wenn man sie dabei erwischt hatte, wie sie Schmieden bei der Arbeit zugesehen hatte. Sie hätten sie vielleicht sogar selbst zur Trangshi erklärt. »Händler handeln, sie fertigen nicht«, hatte ihre Mutter ihr ein ums andere Mal erklärt. »Wir bezahlen ihnen für ihre Stücke den niedrigsten Preis, den sie akzeptieren, dann verkaufen wir sie wiederum so teuer wie möglich. Es ist in Ordnung, zu lächeln, sich ihre Geschichten anzuhören und ihnen Komplimente hinsichtlich ihres Könnens zu machen, wenn das bedeutet, den Handel zu einem Abschluss zu bringen. Aber es ist nicht richtig, wirklich interessiert zu sein.«

Ich bin so durcheinander, dachte Daja, während sie sich abtrocknete. Ich weiß einfach nicht mehr, was richtig ist. Ich habe nicht einmal mehr jemanden, der mir sagt, was richtig ist. Vielleicht muss ich es für mich selbst herausfinden. Und wie soll ich das machen?

6

Als am nächsten Morgen beim Frühstück Briar an der Reihe war, sich seinen Teil aus der Schüssel mit Haferbrei zu nehmen, schöpfte er einen Löffel voll in seine Schüssel, besah sich das Ergebnis und fügte dann noch einen Löffel hinzu. Niemand schimpfte ihn oder nahm ihm die Schüssel weg. Er überlegte, ob er sich noch einen weiteren Löffel voll nehmen sollte, beschloss dann jedoch sein Glück nicht zu sehr herauszufordern. Er wusste immer noch nicht genau, was erlaubt war und was nicht.

Sobald die Geweihten das Tischgebet gesprochen hatten, begann er gierig zu essen.

»Langsam«, sagte Sandri mit sanfter Stimme zu ihm. »Es ist schlecht für deinen Magen, wenn du so schnell isst.«

»Lass mich in Ruhe. Ich esse, wie ich will«, murrte er.

Kopfschüttelnd nahm Sandri den Honigtopf und gab einen großen Löffel davon in seine Schüssel. »Du brauchst mehr Süße«, erklärte sie ihm viel sagend.

»Dann gib ihm am Besten gleich den ganzen Topf«, murmelte Daja.

Sandri hob den Krug hoch, an dessen Seiten feuchte Tropfen perlten, weil er gerade erst aus der Kühlkammer geholt worden war, und goss Milch auf Briars Brei. »Und das gehört auch noch dazu. Du siehst aus, als könntest du so viel Honig und Milch gebrauchen, wie du nur bekommen kannst.«

Briar sah sie beleidigt an. »Habe ich dich drum gebeten, deine Nase in meine Angelegenheiten zu stecken?«

Sie schenkte ihm ein besonders gewinnendes Lächeln, das Daja sofort als Hinweis auf Sandris erwachende Widerspenstigkeit erkannte. »Hast du nicht, aber das macht nichts. Ich tu es sowieso. So bin ich eben.«

Er wollte ihr gerade mit einem Fluch antworten, doch der Ausdruck in ihren blauen Augen ließ ihn zögern. Sie war anders als alle, die er in seinem Leben getroffen hatte, dieses Mädchen mit dem Plappermaul. Er hatte den Verdacht, dass sie es ihm heimzahlte, wenn er sie anschrie.

»Tja, also wenn wir nun schon so richtig vornehm werden . . .« Rosendorn stand auf und ging in ihren Schuppen.

Briar betrachtete das Weiß und Gold oben auf seinem Brei, rührte schließlich alles vorsichtig um und probierte. Der Haferbrei im Tempel hatte vorher schon gut geschmeckt – nicht wie die dünne Brühe, die er zu Hause manchmal ergattert hatte, aber jetzt hatte er einen vollen und süßen Geschmack. Briar sagte sich, dass geklautes Essen besser schmeckte, aber er wusste, dass er sich da etwas vormachte.

Rosendorn kam mit einem kleinen Stoffbeutel zurück. Vorsichtig streute sie braunen Staub in die Schüsseln aller Anwesenden und noch etwas in die große Schüssel, bevor sie sich setzte. »Dies ist Zimt – die Karawanen aus dem Osten bringen ihn mit. Der Geweihte Kranich versucht ja solche Pflanzen in seinem Gewächshaus zu züchten, aber er hat keinen Erfolg.« Sie grinste und rührte das Puder in ihr Frühstück.

Als Briar die neue Mischung versucht hatte, begann er das Essen so schnell in sich hineinzuschaufeln, wie er nur konnte. Sandri öffnete den Mund, um ihn zu ermahnen, ließ es dann aber.

»Ich verstehe nicht, weshalb du und Kranich nicht mal Waffenstillstand schließen könnt, Rose«, meinte Lerchenfroh kopfschüttelnd. »Ihr habt euch doch früher gut leiden können.«

»Das war, bevor er beschlossen hat den Pflanzen seinen Willen aufzuzwingen«, erwiderte Rosendorn. »Er richtet sich nicht nach den Jahreszeiten und verhält sich wie Eltern, die glauben, das Bedürfnis ihres Kindes nach einer Lieblingsdecke sei kindisch, und ihm die Decke wegnehmen. Kranich tut so, als ob die Pflanzen ihre Zeit während Herbst und Winter vergeuden.«

»Pflanzen müssen sterben?«, fragte Briar verblüfft.

»Sprich nicht mit vollem Mund«, fuhr Rosendorn ihn an. »Sie müssen ruhen. Das ist nicht das Gleiche.« Sie nahm seine leere Schüssel und gab noch etwas Haferbrei hinein. »Er ist wirklich unterernährt«, sagte sie abwehrend zu Lerchenfroh, die sie mit einem wissenden Lächeln beobachtete.

Nach dem Frühstück machten sich alle daran, ihre Pflichten zu erledigen, so wie es der Stundenplan vorschrieb. Lerchenfroh selbst war es, die Briar zeigte, wie er die kleine Toilette vor der Hütte zu säubern hatte. Das bewahrte ihn vor der Schmach, zugeben zu müssen, dass er die Zeichen nicht lesen konnte, die sie auf die große Tafel geschrieben hatte.

Briar hatte diesmal mit keinem Gedanken daran gedacht, die Arbeit zu schwänzen oder sie nur schlecht auszuführen. Er hatte viel zu viel anderes, worüber er diesen Morgen nachdenken musste. Zuerst einmal beschäftigte ihn dieser kleine Baum, den er am Vortag gesehen und von dem er in der Nacht geträumt hatte.

Als er in das Haus zurückkehrte, beendeten die Mädchen gerade ihre Arbeit. Rosendorn war in ihre Stube gegangen und hatte die Tür hinter sich geschlossen – Briar konnte das kehrende Geräusch eines Besens von dort heraushören. Lerchenfroh las gerade eine Nachricht, die ihr ein Tempelbote überbracht hatte.

»Sobald ihr fertig seid, sollt ihr Niko am Turm treffen«, erklärte sie den Kindern. »Geht geradewegs zum Turm, ja? Vergesst nicht: Keine Ausflüge irgendwo anders hin!« Sie wühlte in ihrer Tasche und holte eine der runden eisernen Münzen heraus, die anzeigten, dass sie unterwegs sein durften, und band vier kurze Fäden um das Loch in ihrer Mitte. Sie reichte sie Daja. »Bleibt zusammen. Und sagt Niko, dass ihr mittags wieder hier sein sollt.«

Daja rannte die Treppe hinauf, um ihren Stab zu holen. »Ich trag ihn inzwischen gerne«, erklärte sie Sandri, die ihn mit Abscheu musterte. »Das beugt Missverständnissen vor.«

»Mit Mädchen gehen zu müssen!«, murrte Briar, während die vier den Spiralweg hinunterliefen. »Noch dazu ehrbaren Mädchen. Ich kann mich nie mehr in Sotat sehen lassen.«

»Du beschwerst dich ja nur, um dich über irgendwas zu beschweren«, meinte Sandri. »Wir haben dir überhaupt nichts getan.«

»Noch nicht«, erwiderte er und schwieg dann unvermittelt.

Fünf Jungen aus seinem alten Schlafraum kamen ihnen entgegen. Einer davon war der Junge, der behauptet hatte, Briar hätte seine Anstecknadel gestohlen. Briar ballte die Hände in seinen Taschen zu Fäusten.

»Es ist der Dieb«, höhnte einer der Jungen.

»Ein Dieb und eine Händlerin«, sagte ein anderer und hielt sich die Nase zu. »Was meinst du? Wer von beiden steht tiefer?«

Daja nahm ihren Stab jetzt mit beiden Händen. Sie würde keinen Streit anfangen, aber sie würde sich auch nichts gefallen lassen.

»Ein Dieb ist ein Dieb«, sagte die Anstecknadel eisig. »Es ist egal, ob du ihn als solchen oder als Händler bezeichnest.«

Sandri fasste Briar und Daja an den Ellbogen. »Tut nichts!«, zischte sie. »Sie sind es nicht wert, dass man sich mit ihnen die Hände schmutzig macht.«

»Ich brauche keine Amme«, zischte Briar zurück und zog seinen Arm weg.

»Wer ist denn das kleine Püppchen neben dir, Galgenvogel?«, fragte Anstecknadel.

»Und wer ist die Dicke?«, stieß einer der anderen hervor. Tris wurde blass.

»Sie lassen heutzutage einfach jeden in die Tempel, oder?«, stichelte der Junge, der Händler nicht mochte. Er warf das Gehäuse eines Apfels, den er gegessen hatte, nach Tris und machte dabei grunzende Geräusche.

Plötzlich wurde die Luft kalt. Im Handumdrehen zog sich etwas um die Kinder zusammen.

»Genau das sind sie!«, rief Anstecknadel und seine Augen glitzerten. Er schien nichts Merkwürdiges zu spüren. »Eine Herde von Schweinen! Eine kleine Herde, vielleicht, obwohl die Fette da und die Händlerin recht viel versprechend aussehen . . .«

Sandri bekam eine Gänsehaut. »Tris, nein!«, rief sie aus, denn sie spürte, dass Tris die Quelle dieser eigenartigen Luftveränderung war.

»Sehen wir zu, dass wir hier wegkommen.« Daja packte einen von Tris' Armen und hielt ihren Stab als Warnung für die Jungen hoch, dass sie wegbleiben sollten.

Briar grinste boshaft und fuhr sich mit den Händen unter die Achseln, wo er einmal zwei Messer getragen hatte. Niko hatte sie ihm zwar alle abgenommen, aber diese Großmäuler hier konnten das ja nicht wissen.

Endlich wichen die anderen nervös zurück. Schnell nahmen die vier vom Haus Disziplin einen Pfad, der den Spiralweg abkürzte.

Sandri und Briar blieben ganz nahe bei Tris, die jetzt stark schwitzte. Erst als sie zwei Gärten zwischen sich und die anderen Jungen gelegt hatten, verlangsamten sie ihren Schritt.

»Warum haben wir das denn gemacht?« Briar blieb vor den Mädchen stehen, die Hände in die Hüften gestemmt. »Wir hätten ein nettes kleines Kämpfchen haben und ihnen etwas Respekt beibringen können.«

»Ich weiß auch nicht, warum wir es gemacht haben.« Daja lehnte sich auf ihren Stab und wischte sich mit dem Ärmel über die Stirn. »Ich hatte nur den Eindruck, dass wir es tun mussten.«

Sandri wühlte in ihrer Gürteltasche, bis sie ein kleines Glasfläschchen mit einem zierlichen silbernen Verschluss fand. Rasch öffnete sie es und hielt es Tris unter die Nase.

Bis zu diesem Augenblick hatte Tris in die Luft gestarrt, ihre Pupillen waren nur noch stecknadelgroß, ihr Gesicht leichenblass. Sobald der Duft des Riechsalzes ihr in die Nase stieg, schnappte sie nach Luft und nieste. Als sie nach ihrem Taschentuch griff, verschwand das eigenartige Gefühl, dass die Luft um sie herum dick war.

»Ich . . . ich war außer mir, nicht wahr?«, flüsterte sie.

»Das waren wir alle«, sagte Briar.

Tris blickte jeden von ihnen voller Entsetzen an. »Ist irgendetwas passiert? Hagel oder Wind oder . . .«

»Nein«, erwiderte Briar und steckte seine Hände in seine Taschen. »Dabei wäre ich für eine kleine Rauferei durchaus in Stimmung gewesen. Mädchen!«

»Nichts?«, flüsterte Tris und umklammerte Sandris Arm. »Nichts ist passiert?«

Sandri schüttelte den Kopf und steckte das Riechsalz wieder in ihre Tasche. Sie hatte zuerst gar nicht daran gedacht, dass sie es bei sich trug. Vielleicht sollte ich es lieber griffbereit halten, nur für den Fall, sagte sie sich. Für welchen Fall, darüber wollte sie lieber nicht nachdenken.

Niko traf sie vor dem Turm und führte sie durch dessen großes Tor. Als Briar unwillkürlich in Richtung der Küchen ging, fasste Niko ihn am Arm und zog ihn in die entgegengesetzte Richtung, zu einem Treppenhaus, das mit herrlichen Holzschnitzereien verziert war. Niko hielt die Tür auf und deutete durch eine Geste an, dass Briar nach unten gehen solle. Sandri, Daja und Tris folgten.

Als sich die Tür hinter ihnen geschlossen hatte, blieben alle vier Kinder stehen und blickten sich um.

»Es fühlt sich hier drin irgendwie eigenartig an«, flüsterte Sandri, ohne genau zu wissen, was sie meinte. Es war nicht Angst einflößend, wie vorhin die Luftveränderung, als die Jungen sie geärgert hatten, es war reiner, weicher. Briar kratzte sich am Kopf, der ihm plötzlich heftig juckte. Tris runzelte die Stirn. Daja fuhr mit der Hand über die kunstvoll geschnitzte Wand und zuckte zusammen. Einen Augenblick lang hatte sich das Holz fast lebendig angefühlt. Sie biss sich auf die Lippen und berührte es wieder. Diesmal fühlte es sich nicht anders an als Holz, das poliert wird, bis es vollkommen glatt ist.

»Die Treppe ist mit Magie belegt«, erklärte Niko ruhig. »Die magische Kraft im Turm ist so groß, dass jeder Teil des Turmes vom anderen abgeschirmt werden muss, um zu verhindern, dass die unterschiedliche Magie ineinander übergeht. Was die Magie angeht, ist dies der reinste Ort im ganzen Tempelbereich. Hier werdet ihr eure erste Unterrichtsstunde in Meditation bekommen.«

»Warum hier?«, wollte Sandri wissen. »In Haus Disziplin hätten wir es viel bequemer.«

»Heute opfern wir die Bequemlichkeit der Sicherheit«, antwortete Niko. »Jedes Wesen hat Magie, selbst wenn es nur die Magie des Lebens ist. Beim Meditieren öffnest du deinen Geist und jede Magie, die du besitzt, strömt heraus. Während ihr hier lernt euch zu konzentrieren, wird jede Kraft, die ihr freilasst, hier bleiben, ohne jemand anderen zu beeinträchtigen.«

»Was soll ich denn mit Magie zu tun haben?«, fragte Briar. »Wenn ich eine haben sollte, stört sie mich nicht.« Daja nickte, Sandri und Tris sahen beide eher besorgt aus.

»Das ist alles gut und schön für dich, mein Junge«, erwiderte Niko trocken, »aber hast du schon einmal daran gedacht, dass du vielleicht die Magie störst?«

Briar starrte ihn verblüfft an.

»Macht es euch bequem.« Niko wählte einen Platz auf der untersten Treppenstufe und ließ sich im Schneidersitz nieder. Die anderen wählten nacheinander eine andere Stufe. »Wir haben nur eine Stunde, also fangen wir sofort an.«

Zumindest Tris war die Übung bereits vertraut, besonders, nachdem sie sie am Vorabend noch einmal versucht hatte, vor dem Schlafen. Eines war jedoch anders: Statt mit dem Klang der Wellen zu atmen, zählten sie bei jedem Meditationsschritt. Sie lauschten auf Nikos leise Instruktionen, zählten bis sieben und atmeten dabei ein, bei sieben hielten sie die Luft kurz an und atmeten dann ebenfalls auf sieben aus. Sie taten dies wieder und wieder, wobei sie nicht einmal bemerkten, dass Niko aufgehört hatte laut für sie zu zählen.

Als sein Bein eingeschlafen war, öffnete Briar die Augen und betrachtete das Holz der Treppe. Niko erklärte gerade leise, wie sie ihre Gedanken in etwas Kleines lenken sollten. Das war für Briar kein Problem. Genau vor ihm hatte jemand eine Rose mit vielen Blütenblättern ins Treppengeländer geschnitzt. Briar schloss die Augen und fühlte die Veränderung fast körperlich, als er sich in die Rose versenkte, Blütenblatt um Blütenblatt. Sandri versetzte sich gedanklich in die Wolle, die einer Spindel zugeführt wurde, und hatte das Gefühl dünner und dünner und immer länger zu werden. Daja zwängte sich in den runden Hammerkopf und konzentrierte sich auf die Wärme der Hammerschläge auf kirschrotes Eisen. Tris versetzte sich auch diesmal in einen Windstoß.

»Ich glaube, das reicht für heute.« Niko klang sehr zufrieden.

Als ob sie aufwachten, öffneten die vier ihre Augen. Für einen Augenblick fühlten sie sich alle ein wenig verkrampft, als seien sie zu kleinen, winzigen Bällen zusammengequetscht worden. Sobald sie sich bewegten, holte der Schmerz in ihren steifen Beinen sie in die Wirklichkeit zurück.

Niko stand auf und schüttelte sein Gewand aus. »Und da wir schon einmal hier sind, möchte ich euch noch den Rest des Turmes zeigen.« Er führte sie die Treppe weiter nach unten, tief in die Erde. Unten angekommen, öffnete er eine schmale Tür.

Darin befand sich ein riesiger, runder Raum mit Wänden aus rohem Felsgestein und einem unbefestigten Boden. Erleuchtet wurde der Raum durch Fackeln. In der Mitte, in einer kleinen Vertiefung, brannte ein Feuer ohne jegliches Öl. Es wurde von vier Geweihten gehütet – einer trug das grüne Gewand der Erde, einer das gelbe der Luft, einer das rote des Feuers, der letzte das blaue des Wassers. Sie sagten kein Wort und bewegten sich nicht. Das Feuer schien ihre ganze Aufmerksamkeit zu beanspruchen.

Die Haut der Kinder prickelte. Es fiel ihnen schwer, zu atmen. Kraft füllte den Raum, die Kraft von Magie, die sich seit Jahrhunderten gesammelt hatte und die gepflegt worden war. Geister flüsterten, sagten Dinge, die keines der Kinder richtig verstand. Daja spürte den Ruf von Metall unter ihren Füßen. Sie kniete sich nieder und fand ein Stück eines schwarzen, glasigen Gesteins im Sandboden. Briar hörte die Wurzeln von Pflanzen, die sich umschlangen, wie um ein gigantisches Netz zu knüpfen. Tris spürte das Gewicht der Felsen und das Tropfen von Wasser zwischen Steinen. Sandri fühlte sich von der Luft zusammengepresst. Einen Augenblick lang meinte sie auf dem Wirtel der größten Spindel der Welt zu stehen. Und vielleicht tu ich das ja auch, dachte sie dann unwillkürlich. Mit dem Turm als Stab ist der ganze Verschlungene Kreis genau wie eine Spindel geformt.

Niko stand in der Nähe der Wand und bedeutete ihnen sich zu ihm zu stellen. Tris warf einen Blick auf die vier Geweihten am Feuer. Sie bewegten sich nicht. Da sie die Kapuzen ihrer Gewänder hochgeschlagen und ihre Hände in ihre Ärmel gesteckt hatten, konnte man nicht einmal sehen, ob sie wirklich lebten.

»Dies ist der Feuerkern – der wahre Mittelpunkt des Verschlungenen Kreises«, flüsterte Niko. »Hier herrscht Magie, die diese Tempelstadt ganz, trocken und fruchtbar erhält. Ohne sie wäre das Becken, in welchem sie liegt, ein See. Alle Zaubersprüche enden in der Feuerkernkammer und sie werden geschützt durch jene, die das Feuer bewachen.«

»Was ist denn dieses glasige Zeug im Boden?«, wollte Daja wissen. »Es ist irgendwie . . . komisch.«

»Es ist nicht von dieser Welt.« Niko kniete sich nieder und fuhr mit den Fingern über ein schimmerndes Stück Stein. »Vor tausenden von Jahren schlug hier ein Fels von einem fremden Stern ein und hinterließ den Krater, in den dieser Ort gebaut wurde. Jene Steine sind Überreste davon. Ihre magischen Kräfte können für viele Dinge genutzt werden. Sie ermöglichten es den Erbauern dieser Anlage, Schutzsprüche zu verankern, ohne die Magie zu beeinflussen, die danach hier ausgeübt wurde.«

Er erhob sich wieder und führte sie aus dem Raum und die Treppe hinauf. Sobald sie das Erdgeschoss erreicht hatten und weiter hinaufstiegen, konnten sie sehen, dass die Treppe sich hier um einen offenen Raum wand, wo senkrecht Seile verliefen. Über ihnen ratterte etwas. Einige der Seile begannen sich zu bewegen und trugen eine offene Kiste nach unten. Darin lagen fünf Tafeln.

»So werden Informationen, die in den oberen Stockwerken ankommen, zur Ehrenwerten Geweihten Mondenstrahl und den verschiedenen Tempeln befördert«, erklärte Niko. »Der Aufzug bringt die Tafeln zum Erdgeschoss, wo Tempelboten sie übernehmen.«

»Ich sah aber keine Läufer, als wir hereinkamen«, warf Daja ein.

»Sie haben draußen gewartet, bis wir mit dem Meditieren fertig waren«, antwortete Niko. »Sie hätten uns . . . verwirrend gefunden.«

»Was soll das denn heißen«, wollte Briar wissen.

Sandri versuchte es zu erraten. »Vielleicht hat es etwas mit dem zu tun, was Niko vorher sagte, dass wir Magie von uns geben?«

Niko lächelte und nickte. »Genauso ist es.« Er blieb mit ihnen auf einem Treppenabsatz stehen, öffnete eine Tür und winkte seine Schüler zu sich, damit sie einen Blick hineinwerfen konnten. Es war eine breite, luftige Kammer, deren runde Wände mit Fensteröffnungen versehen waren. Kleine Tische standen darin, auf denen sich Tafeln und Kreide stapelten und an denen bequeme Stühle standen. Nur fünf Stühle waren belegt. Frauen und Männer in verschiedenfarbiger Ordenstracht saßen daran. Alle trugen jedoch einen schwarzen Streifen entlang des Saums. Diese Geweihten saßen mit geschlossenen Augen zurückgelehnt da und ignorierten die Winde, die an ihrer Kleidung und ihrem Haar zausten.

Novizen in Weiß huschten lautlos hin und her. Eine Novizin blickte auf eine beschriebene Tafel neben einem der Geweihten in Blau. Sie nahm die Tafel und ging damit zur Tür. Die Kinder traten beiseite, um sie vorbeigehen zu lassen. Sie lehnte sich über das Geländer und zog an einem Seil.

Niko führte sie weiter die Treppe hinauf. »Dies war der Ort des Hörens«, erklärte er. »Diese Eingeweihten . . .«

»Was ist ein Eingeweihter?«, fragte Briar.

»Habt ihr die schwarzen Streifen an ihrer Ordenstracht gesehen? Das bedeutet, sie sind in die Geheimnisse der Tempelmagie eingeweiht. Sie lauschen auf die Winde, um Stimmen zu hören, und berichten dann . . .«

Tris stolperte und fiel. Daja zog sie hoch. »Was ist denn mit dir los, Kaufmannstochter?«

»Sie hören Stimmen aus den Winden heraus?« Tris packte Niko am Arm und ihre Augen brannten. »Sie hören Menschen sprechen?«

»Von jedem vorstellbaren Ort«, antwortete er.

»Sie hören wirklich Stimmen? Sie erfinden nicht einfach etwas oder hören, was es gar nicht gibt?« Die anderen Kinder starrten sie an.

»Du hörst wohl auch Stimmen?«, fragte Niko streng. »Wovon erzählen sie?«

»Sie . . . ach, von vielem. Vom Segeln, vom Wetter. Manchmal von einem Raub oder von Krankheiten der Rinder oder . . .«, sie wurde rot, »von Liebe. Meine Familie sagte, ich sei verrückt oder verflucht oder würde lügen.«

Sandri legte einen Arm um Tris und sah den Magier ärgerlich an, als sei das seine Schuld.

»Deine Familie hatte Unrecht«, sagte er und strich sich über den Schnurrbart. »Die Stimmen des Irrsinns sind völlig anders als das, was du gehört hast. Von jetzt an sagst du mir alles, was du auf diese Weise siehst oder hörst, einverstanden? Es könnte wichtig sein.«

Tris atmete tief ein. Erst als sie sich wieder besser fühlte, löste sie sich aus Sandris Umarmung.

»Kommt jetzt«, befahl Niko. Alle fünf stiegen weiter die Treppe hinauf.

Der Raum des Sehens, auf der nächsten Ebene, sah dem Raum des Hörens sehr ähnlich, allerdings blickten die Geweihten hier in Schüsseln, die mit Wasser gefüllt waren, in Kristalle oder Spiegel, und die Wände waren mit wertvollem Glas bedeckt. Darüber befand sich der Taubenschlag, wo die Tauben von überall her eintrafen und wieder fortflogen. Noch weiter oben befand sich die große Uhr, die den Rhythmus der Stunden der Tempel des Verschlungenen Kreises bestimmte. Die vier Kinder wären am liebsten den ganzen Tag hier geblieben und hätten die riesigen Zahnräder betrachtet. Niko musste sie schließlich hinausscheuchen, indem er sie daran erinnerte, dass es bald Mittag war.

Als sie das Erdgeschoss erreicht hatten, hielt Niko sie noch einen Augenblick zurück. »Übt, was ich euch gezeigt habe – einzuatmen und sich klein zu machen –, wann immer ihr könnt. Versucht es zu tun, ohne zuerst meditieren zu müssen. Ihr kennt mich inzwischen alle gut genug, um zu wissen, dass ich euch nicht ohne guten Grund um etwas bitte.«

»Und was ist dann der Grund?«, wollte Sandri wissen.

Einen Augenblick lang dachte sie schon, er würde ihre Frage tatsächlich beantworten, aber er schien es sich wieder anders zu überlegen. »Darauf möchte ich im Augenblick nicht näher eingehen«, sagte er mit einem Ton des Bedauerns. »Manche Dinge werden für jeden von euch leichter sein, wenn ihr sie für euch selbst entdeckt.«

Es gab ein rollendes Dröhnen und der Boden unter ihren Füßen bebte. Die Uhr weit über ihnen schlug und zeigte der Tempelgemeinschaft und den sie umgebenden Bauernhöfen an, dass es Mittag war.

»Jetzt geht es zurück zu Haus Disziplin. Tris, zu dir komme ich nach der Ruhepause. Wir müssen noch etwas mehr miteinander arbeiten«, sagte Niko und öffnete nun die Tür zum Treppenhaus. »Und ihr alle übt zu meditieren.«

Sobald das Mittagessen vorüber war, kletterte Briar auf das Dach hinauf. An seinem ersten Tag hier hatte er eine Falltür in der Decke entdeckt – jetzt zog er die Leiter herunter und kletterte nach oben. Er setzte sich auf den First und lehnte sich mit dem Rücken gegen den steinernen Schornstein, so konnte er Rosendorn unter sich beobachten. Sie arbeitete heute in den Blumenbeeten, überging die mittägliche Ruhepause.

Das ist das wahre Leben, dachte er. Kein König der Diebe drängte ihn zu stehlen, er bekam zu essen, hatte es warm und trocken und lag auf einem wohlriechenden Strohbett. Die vielen grauen Wolken über ihm bedeuteten, dass die Sonne ihn nicht verbrennen würde. Es würde regnen, aber nicht so bald. Was er brauchte, war ein Nickerchen.

Sobald er seine Augen geschlossen hatte, drang das Bild des kranken Baumes aus dem Gewächshaus in seine Vorstellung. Rosendorn hatte ihn sehen wollen, aber er hatte das Gefühl, dass der Geweihte Kranich ihn ihr nicht zeigen würde. Sie würde sich den Baum vielleicht nicht einmal mehr ansehen wollen, wenn sie wüsste, dass er einer von Kranichs Pflanzen war.

Schlaf jetzt, sagte er sich fest. Diejenigen, die sich mit Pflanzen auskennen, kümmern sich schon um den Baum.
Etwas knirschte ganz in der Nähe. Er öffnete die Augen. Das Kaufmannsmädchen kletterte auf sein Dach. Er runzelte die Stirn.
»Nur weil wir in einem Haus zusammen wohnen, heißt das nicht, dass ich dich mag. Verschwinde!«
»Ich habe das Recht, hier zu sein«, fuhr Tris ihn an. »Sogar mehr als du, denn mein Zimmer befindet sich genau hierunter.«
»Ich bin nicht hergekommen, um mir das Geplapper eines Mädchens anzuhören«, warnte er sie.
»Ich werde dich nicht stören. Tu, was immer du tun willst, und lass mich in Ruhe!« Sie kletterte über den First und setzte sich auf die andere Seite, wo er sie nicht sehen konnte.
Briar lehnte sich zu schnell und heftig zurück und stieß sich seinen Rücken an den Steinen des Schlotes. Er zuckte zusammen und fuhr wieder hoch. Jeden Augenblick würde sie anfangen zu plappern, das war schon mal sicher. Er würde einnicken und sie würde anfangen ihm Fragen zu stellen, woher er kam und weshalb er hier war.
Schweigen.
Er fing an unruhig hin und her zu zappeln. Warum sagte sie denn nichts? Gab es denn überhaupt ein einziges Mädchen, das nicht redete wie ein Wasserfall? Diese Sandri hatte jedenfalls ein Mundwerk, das nie stillstand.
Schweigen.
Sie musste eingeschlafen sein. Sobald sie aufwachte, würde sie ihm auf die Nerven gehen.
Briar lehnte sich wieder gegen den Schornstein, diesmal langsam und vorsichtig, und schloss die Augen. Sofort musste er wieder an den kranken Baum denken. Mit einem leisen Fluch öffnete

Briar die Augen und fing an sich wieder über das Kaufmannsmädchen Gedanken zu machen.

Die Zeit verging in Schweigen.

Das Warten brachte ihn fast um. Er kletterte zum Dachfirst und blickte auf die andere Seite. Dort lag sie, die Hände hinter dem Kopf und starrte in den Himmel.

»Was tust du?«, fragte er.

Tris blinzelte. Während des ganzen Mittagessens und beim Abräumen hatte sie an tiefe Atemzüge gedacht, wie Meereswellen. Sobald sie es sich auf dem Dach gemütlich gemacht hatte, gehorchten ihre Lungen diesem Atemmuster sofort. Als Briar sie diesmal unterbrach, war sie so ruhig, dass es sie gar nicht störte.

»Ich sehe zu, wie ein Sturm geboren wird«, antwortete sie ihm.

Briar runzelte die Stirn. Er hatte schon gesehen, wie Leute bei Jahrmärkten hypnotisiert und von Zauberern dazu gebracht wurden, dumme Dinge zu tun. Wenn sie dann etwas sagten, klangen sie genau wie dieses Mädchen. »Stürme werden nicht geboren«, fuhr er sie an. »Sie sind einfach da.«

»Du schaust nicht genau hin«, erwiderte sie immer noch friedlich. »Siehst du? Wir sind an einer Stelle, wo du zusehen kannst, wie Wolken wachsen.«

Er blickte auf, musste aber dazu den Hals verdrehen. »Sie sehen nur wie Wolken aus.«

»Warte. Such dir eine kleine aus und behalte sie im Auge. Es hilft, wenn du so atmest, wie Niko es uns beigebracht hat.«

Er kniff die Augen zusammen, doch sein Hals weigerte sich solche Verrenkungen mitzumachen. Briar sah das Mädchen mürrisch an – nicht dass sie etwas wahrnahm außer dem Himmel über sich –, legte sich auf seine Seite des Daches, gleich oberhalb des Firstes, und tat, was sie geraten hatte. Langsam atmete er ein, zählte, dann hielt er den Atem an und atmete langsam aus. Das Geräusch der Luft, die durch seine Lungen drang, ließ ihn an die Winde denken, die über das Strohdach wehten. Er betrachtete die sich verdichtenden Wolken. Zuerst sahen sie aus wie immer und segelten über den Himmel wie fette Zunftvorsteher, die zu spät zu einer wichtigen Verabredung kamen. Dann sah er, wie sich ein Wolkenfetzen aus einer kleinen grauen Wolke löste, dann ein zweiter und ein dritter. Bevor der Wolkenfetzen aus seinem Blickfeld verschwand, hatte er sich in eine mittelgroße Wolke verwandelt und entwickelte sich immer mehr zu einer großen, dicken Regenwolke.

»Wie machen sie das denn?« Er suchte sich eine neue Wolke aus. »Es ist, als ob sie sich selbst erschaffen.«

»Ich weiß auch nicht«, antwortete Tris. »Vielleicht erklärt Niko es mir.«

»Warum sind sie grau?«

»Sie tragen Regen in sich. Wir werden in etwa einer Stunde einen Sturm bekommen.«

»Woher weißt du das?«

Er bekam keine Antwort.

»Wie sollte ein Mädchen über Stürme Bescheid wissen?«

Sie antwortete noch immer nicht, doch sie stand auch nicht auf und ging. Erstaunt dachte Briar, dass er das auch gar nicht mehr wollte. Für ein Kaufmannsmädchen war sie eigentlich gar nicht so übel.

Vom Turm her schallte dumpf der Glockenschlag der Uhr herüber. Die Mittagsruhe war vorbei.

»Junge!«, rief eine herrische Stimme von unten.

Tris kletterte über den Dachfirst zur Klapptür. »Und ich hatte es mir gerade gemütlich gemacht«, beschwerte sie sich.

»Warum gehst du denn dann?«, fragte er.

»Weil ich Niko treffen soll, weißt du nicht mehr?«
»Junge, ich weiß, dass du dort oben bist!« Briar spähte über den Rand des Daches. Rosendorn stand auf dem Pfad, wo sie ihn sehen konnte. Sie hob eine Hand und winkte ihm zu. »Komm herunter. Du musst mir helfen alles für diesen Sturm vorzubereiten!«
Er blinzelte. Aber das war ja Arbeit!
Vielleicht erklärt sie mir irgendwelche Namen, dachte er dann.
Er machte eine Pause, um nicht zu eifrig zu wirken, und überlegte sich einen Einwand. »Briar!«, schrie er hinunter.
»Was?«, rief Rosendorn.
»Mein Name ist Briar! Nicht Junge, Briar!«
»Ich weiß genau, wie du heißt, Junge. Jetzt komm schon – ich will fertig werden, bevor es anfängt zu regnen!«
»Ich heiße Briar«, murrte er und folgte Tris hinunter ins Haus.

7

Sandri hätte am liebsten losgeheult. Die Wolle, die sie nach dem Essen angefangen hatte zu kämmen, war jetzt ein verworrener Haufen. Dabei war der Vorgang ganz einfach. Sie hatte es erst vor einem Jahr gemacht: Man musste nur ein Stück gezupftes Wollvlies auf eines der Metallrechtecke, Kamm genannt, legen und dann die Zähne eines anderen Kamms durch diese Wollfasern ziehen. Die Drahtzähne kämmten die Wolle in feine, gleichmäßige Wollfasern, die dann abgenommen und zu einem Vorgespinst gerollt wurden. Stattdessen schlüpfte ihr jedoch die Wolle von den Drahtzähnen oder hing an ihr fest. Und am Schlimmsten war, dass die Luft so drückend heiß und stickig war und ihre Haut juckte, überall, wo sie mit Wolle in Berührung gekommen war.

Sie hatte gehofft, dass Lerchenfroh ihr Schniefen nicht hören könnte, doch die Geweihte hörte sofort auf zu arbeiten. »Was ist denn los?«

»Es geht einfach nicht«, antwortete Sandri und versuchte nicht zu jämmerlich zu klingen. »Es ist schlimmer als je zuvor und die Wollfasern bleiben überall hängen!«

»Bring alles zu mir herüber!«

Sandri gehorchte und zeigte Lerchenfroh die Bescherung.

»Mila schütze uns, du siehst ja aus, als sei dir ein Pelz gewachsen.«

»Wenn ich versuche sie abzuzupfen, gehen sie einfach irgendwo

anders hin.« Sandri blickte mit gerunzelter Stirn auf die elfenbeinfarbigen Wollbüschel an ihrem Kleid und ihren Händen.
»Sie mag dich einfach zu sehr. Du musst sie lehren dich zu respektieren.« Die Geweihte machte eine sanfte Handbewegung und sofort rollte sich die Wolle an Sandri hoch, wie Hündchen, die um eine Belohnung betteln. Ein Prickeln sagte Sandri, dass die Fasern an ihren Wangen das Gleiche taten. »Wie ich es mir dachte«, sagte Lerchenfroh. »Hol tief Luft . . .«
Sandri gehorchte und schloss dabei die Augen. Automatisch atmete sie so, wie Niko es ihnen an diesem Morgen beigebracht hatte, und zählte für sich.
Lerchenfroh sagte leise: »Lege deine Finger zusammen, als ob du die Wolle abzupfen wolltest, und fahre damit über dein Kleid, ohne es jedoch zu berühren. Zupfe auch mit deinem Geist.«
Mit meinem Geist?, dachte Sandri verblüfft.
Aber wahrscheinlich ging das so, als wenn sie sich vorstellte ein dünner Faden zu werden. Sie stellte sich also vor, wie sie zupfte, und öffnete dann vorsichtig die Augen, um zu sehen, was geschah. Etwa ein Drittel der Wollfasern stand von ihr ab und wogte hin und her. Der Rest lag flach auf ihrem Kleid und bewegte sich von dem Fleck weg, wohin Lerchenfroh sie gerufen hatte.
»Du musst es wirklich wollen, Sandri. Es darf im Augenblick nichts anderes geben, was du mehr willst.«
Sandri schloss die Augen und konzentrierte sich darauf, in ihrer Vorstellung, die Fasern von ihrem Kleid zu zupfen. Sie spähte wieder. Jetzt lag die ganze Wolle flach an.
Lerchenfroh kicherte. »Vielleicht solltest du ihr befehlen, wie die Adligen normalerweise Dienstboten Befehle erteilen.«
Als Sandri daran dachte, musste sie grimmig lächeln. Ein solches Verhalten hatte sie bei Adligen schon oft genug gesehen! Sie

machte eine Handbewegung, als ob sie Liesa fa Nadlen wäre, die Daja aus dem Speiseraum verbannen wollte.

»Wir müssen noch daran arbeiten«, hörte sie Lerchenfroh sagen.

Sandri öffnete die Augen. Die Wolle, die so zäh an ihr gehangen hatte, war jetzt zu der Geweihten hinübergesprungen und kauerte sich an ihrer Brust zusammen. Lerchenfroh grinste.

»Tut mir Leid!«, rief Sandri. »Ich wollte nicht . . .«

Lerchenfroh tätschelte ihre Hand. »Du darfst sie nicht erschrecken. Wollfasern wollen ja zusammenkommen.« Sie machte sich daran, die Fasern von sich abzuziehen – ohne Erfolg. Sie versuchten sich in ihre Ordenstracht zu weben. »Ich brauche deine Hilfe, nachdem du diejenige warst, die das angestellt hat«, sagte sie zu Sandri. »Aber sanft!«

Sandri atmete einige Male tief durch, bis sie sich beruhigt hatte. Da war etwas gewesen, als sie die Wolle weggeschickt hatte, ein Gefühl, das eigenartig und doch vertraut gewesen war. Sie entdeckte es tief in sich und benutzte es, um die Fasern zu rufen.

Etwas Weiches kitzelte in ihrer Handfläche: Die Wolle formte jetzt ein kleines Knäuel in ihrer Hand.

»Da haben wir es ja«, sagte Lerchenfroh beifällig, während draußen ein Donnern grollte. »Und jetzt lass mich dir einen Zauberspruch zeigen, der sie dir aus dem Gesicht und von deiner Kleidung hält.«

Niko kam, um Tris zu holen, als der Sturm gerade heftiger wurde. Sie ging nervös im Hauptraum auf und ab und wünschte sich sehr hinausgehen zu können, bevor die Winde über die Mauern fuhren. Als sie sah, wie Niko das kleine Tor öffnete, rannte sie zu ihm hinaus.

»Zieh das an«, befahl er und warf ihr einen langen Umhang aus

Ölstoff zu, wie er einen trug. Nachdem sie ihn um ihre Schultern gelegt hatte, gab er ihr noch einen breitrandigen Hut, den sie unter ihrem Kinn festbinden musste. Die Winde brausten durch das Tempelgelände, zogen an Vorhängen und Kleidern. In den Gärten beeilten sich Geweihte und Novizen ihre Arbeit zu beenden und in die Häuser zu kommen, während Niko und Tris mit raschen Schritten zum Südtor liefen.

Sobald sie außerhalb des Tempelgeländes waren, nahmen sie den Weg zu den Klippen und betraten abschließend die Höhle. Kleine Tropfen fielen bereits vom Himmel. Über den Felsen unter ihnen toste das aufgewühlte Meer, die Wellen schäumten unter dem peitschenden Wind.

Tris schob ihren Hut zurück und blickte mit zusammengekniffenen Augen in den Himmel über dem Meer. Blitze zuckten über dem Wasser auf. Der Regenvorhang teilte sich. Man hatte in den Leuchttürmen des Hafens die Signalfeuer angezündet. Ihr Licht warnte die Schiffe und Boote den felsigen Inseln vor Sommersee fernzubleiben.

»Beobachte die Blitze. Konzentriere dich darauf. Denke an nichts anderes«, schrie Niko laut, um ein Donnergrollen zu übertönen.

»Was ist das? Die Blitze, meine ich?«, schrie Tris zurück.

»Energie, die sich im Himmel aufgebaut hat und sich in einem Sturm entlädt. Die Energie im Boden will sich mit der vereinigen, die in den Wolken liegt. Wenn sie sich treffen, zeigen die Blitze, welchen Weg die Energie nimmt. Vergiss nie, jede Energie muss irgendwo hingehen, wenn sich erst mal genug davon aufgestaut hat.« Donner rollte um sie herum, als wolle er ihm beipflichten.

»Donner ist die Luft entlang dieses Weges. Der Weg erhitzt sich so schnell, dass die Luft wie eine Trommel vibriert.« Das Donnergrollen wurde schwächer. Etwas leiser fuhr Niko nun fort: »Jetzt, da du weißt, woraus die Blitze sind, konzentriere dich! Versuche zu fühlen, wo der nächste Blitz einschlagen wird – fühle die Energie, die sich aufbaut.«

»Was ist, wenn er mich dann trifft?«

»Das tut er nicht. Magie kann Blitze nur dann anziehen, wenn sie darauf abzielt, den Göttern sei Dank, denn sonst könnten jene mit magischen Kräften es nicht überleben. Wo wird der nächste Blitz einschlagen?«

Sie beobachtete, wie die Blitze sich ihren Weg über dem Meer suchten und sich den Hafeninseln näherten. »Ich kann es nicht sagen. Sie gehen einfach irgendwohin.«

»Versuche es!« Er musste wieder schreien, um ein Donnergrollen zu übertönen. »Sie sind mit dir verbunden – du musst es erfühlen!« Seine Worte waren in der Pause zwischen dem Donnern deutlich vernehmbar.

»Autsch«, murrte sie und rieb sich das Ohr, in das er geschrien hatte.

»Hör endlich auf dich zu verweigern, Tris. Ich – oder jemand anders – könnten dir so viel beibringen. Um die Kräfte zu kontrollieren, die dir das Leben so schwer machen, musst du in der Lage sein, sie jederzeit und überall zu beherrschen. Lass dich durch nichts davon abhalten, verstehst du? Oder willst du eines Tages jemanden töten und erst danach feststellen, dass du es gar nicht wolltest?«

Sie starrte ihn entsetzt an. Von den aufzuckenden Blitzen erhellt, wirkten seine Augenhöhlen in seinem kantigen Gesicht dunkel und er sah gespenstisch aus. Es war, als ob er ihre geheimen, dunklen Gedanken und Wünsche kannte.

Ein Blitz fuhr in einen Baum auf der Felseninsel draußen und brennende Teile flogen durch die Luft. Tris' begeisterter Ausruf wurde von einem Donnerschlag übertönt, der ihr in die Knochen fuhr.

»Gut, dass er nur einen Baum getroffen hat und dass dieser Baum allein auf einer Felsspitze stand«, sagte Niko, als sie wieder hören konnten. »Blitze verursachen jedes Jahr hunderte von Waldbränden. Blitze töten Menschen und auch Tiere. Sie sind ein gefährliches Spielzeug – vergiss das nicht.«

»Wenn sie so gefährlich sind, warum schiebt man dann die Stürme nicht hinaus aufs Meer oder – noch besser – beendet sie ganz? Ich meine, ich würde sie ja vermissen, aber wäre das nicht für die meisten anderen Menschen einfacher?«

»Oh nein!«, rief er sofort aus. »Leichter wäre es vielleicht schon – für die Menschen, aber für einen Magier würde es den Tod oder Irrsinn bedeuten.« Er wartete, bis ein Donnergrollen vorbei war, bevor er fortfuhr. »Die Natur hat ihre eigene Kraft. Sich an ihr zu versuchen sollte kein Magier wagen, nicht an einem Sturm und nicht an einem Erdbeben, auch nicht an der Flut. Die Natur mag es eine Zeit lang dulden, aber irgendwann verliert sie die Geduld. Die Resultate können vernichtend sein. Glaub mir.« Er seufzte. »Selbst die größten Magier haben ihre Grenzen, und das ist die Natur.«

»Aber auf den Schiffen: diese Knoten! Der Kapitän sagte, Mimander binden den Wind in diese Knoten. Ist das nicht auch die Natur versuchen?«

Niko lächelte. »Mimander, die sich auf Winde spezialisieren, verbringen ihr ganzes Leben damit – einige derjenigen jedenfalls, die die Lehrzeit überleben. Nur einer unter zehn überlebt nämlich, um ein Geselle zu werden.«

Tris starrte hinaus auf die schaumgekrönten Wellen. Der Sturm zog weiter, das Donnergrollen entfernte sich bereits etwas. Wenn ich eine Magierin wäre, dachte Tris, würde ich die Natur dazu bekommen, meinen Befehlen zu folgen. Man würde mich »Meisterin der Stürme« nennen und ich wäre auf der ganzen Welt berühmt.

Niko zog sie sanft am Ohr. »Versuchen wir es noch einmal mit der Übung. Einatmen . . .«

Als Daja Eisenbarts Schmiede betrat, brannte das Feuer nur schwach. Einzig Kirel befand sich dort, die Arme bis zu seinen Ellbogen in Lehm, und fertigte Gussformen an.

Sie zögerte. »Ich . . . ich wollte zum Geweihten Eisenbart.«

»Geh nur auf die andere Seite dieses Gebäudes. Heute arbeitet er als Goldschmied.«

Neugierig fragte Daja: »Solltest du nicht bei ihm sein?«

Kirel grinste. »Ich bin nur sein Lehrling für Eisen, für Gold hat er keinen Lehrling. Obwohl er erwähnte, dass vielleicht jemand käme, um ihm zu helfen.«

Daja bedankte sich bei ihm und umrundete das Gebäude. Sie blickte durch die Tür auf der gegenüberliegenden Seite und sah Eisenbart. Er stand an einer Werkbank mit dem Rücken zu ihr, vor einem von drei senkrechten metallenen Rechtecken. Durch jedes war eine ganze Reihe von Löchern unterschiedlicher Größe gestanzt.

Mit einer flachen Zange zog er ein Metallstück durch eines der Löcher in dem mittleren Rechteck. Mit einem Fuß stützte er sich gegen die Werkbank ab. Langsam, Stück um Stück, zog er Golddraht aus dem Loch.

»Daja, kannst du mir einen Gefallen tun?«, fragte er mit angespannter Stimme.

Sie schrak zusammen. Woher wusste er, dass sie wieder da war?

»Ähm ... was braucht Ihr denn?« Sie stellte ihren Stab neben der Tür ab und ging zu ihm.

»Auf der anderen Seite dieser Platte liegt eine Drahtrolle. Wickle sie auf, während ich ziehe, ja?«

Sie fand die angegebene Rolle und hob sie auf. Das Material fühlte sich rau an. Gehorsam wickelte sie die Rolle auf und sah zu, wie ein langes Stück davon in der Metallplatte verschwand. »Was wird denn das?«, fragte sie.

»Ich ziehe Golddraht.« Eisenbart veränderte seine Fußstellung und zog immer weiter. »Wertvolle Metalle sind weich, im Vergleich zu Eisen. Indem ich den Draht mit Bienenwachs einreibe und ihn durch immer kleinere Löcher ziehe, wird er dünner und länger.«

»Das sieht schwer aus«, sagte sie, während das Ende des Golddrahtes durch die Platte verschwand. Eisenbart drehte sich zur Seite, als das letzte Stück Draht zum Vorschein kam. Zu Dajas Entsetzen schnalzte es wie eine Peitsche heraus. Hätte Eisenbart sich nicht weggedreht, wäre er davon getroffen worden.

Eisenbart nahm den neuen Draht und trug ihn zur Werkbank. Zuerst rieb er ihn mit kaltem Bienenwachs ein, dann rollte er ihn auf. Nun wählte er ein kleineres Loch in der Platte und steckte ein Ende des Drahtes hindurch. »Es sieht schwer aus, weil ich mich nicht mit meiner ganzen Seele hineingebe. Dann nämlich ...«

Er schloss die Augen und holte tief Luft. Er hielt den Atem an und atmete dann langsam wieder aus. Dajas Haut prickelte. Etwas noch Wärmeres als der Sommerwind sammelte sich in der Schmiede und umgab Eisenbart. Jedes Stück Metall schien plötzlich mit einem inneren Feuer zu glühen.

Der Schmied atmete genauso, wie Niko es den Kindern beigebracht hatte, dann ging er zur Vorderseite der Platte und fasste den Draht mit seiner Zange. Diesmal stützte er sich gar nicht ab, er zog lediglich. Der Golddraht kam durch das Loch, zuerst langsam, dann immer schneller, als sei er fast flüssig. Als jetzt das Ende des Drahts durch das Loch kam, drehte sich Eisenbart nicht weg, sondern streckte die Hand aus. Das Ende des Drahtes rollte sich hinein.

»Körperlich ist es so leichter.« Er rollte den neuen, dünneren Draht auf. »Aber es brennt hier«, er berührte seine Brust, »und hier meine Kraft aus.« Er klopfte sich an den Kopf. »Ich möchte immer auf unangenehme Überraschungen vorbereitet sein und hasse es, wenn ich keine Kraft mehr habe, dagegen anzukämpfen.« Er untersuchte den Draht und runzelte die Stirn. »Das hier muss noch einmal ins Feuer.« Er durchquerte die Schmiede und betrat einen kleineren Raum. Hitze drang durch die offene Tür. Darin befand sich eine kleine Esse. Das einzige Licht kam von ihrem Feuer.

Mit einer Zange legte er den Golddraht ins Feuer. Ein anderer, dickerer Draht lag bereits dort. Diesen holte er heraus.

»Siehst du diese rote Farbe? Dieses Gold ist nun heiß genug, um bearbeitet zu werden.« Er legte den Draht auf einen Amboss und drehte ihn einige Male, wie man Speck in der Pfanne dreht. »Der Amboss zieht die Hitze heraus.« Er rieb den neuen Draht mit Bienenwachs ein und schob ihn durch ein Loch in einer der Platten. »Die flachen Metallstücke werden Zieheisen oder Lochplatte genannt und diese Art des Drahtmachens wird Ziehen genannt.« Er fasste Dajas Arm und drückte ihr eine Zange in die Hand. »Dies hier ist eine Ziehzange, die flachen Enden erleichtern es, das Metall zu fassen. Jetzt zieh den Draht.«

Sie starrte auf das Werkzeug. »Aber wie denn?«

»Hol tief Luft . . .« Sie tat, wie er ihr befohlen hatte, während er seine Hand vor ihrem Gesicht hob. »Mach deinen Geist ganz leer. Atme aus. Jetzt nimm das Ende mit der Zange, schließ die Augen und ruf das Metall zu dir. Wenn es sich richtig anfühlt – es muss sich richtig anfühlen, nicht richtig aussehen –, dann fang an zu ziehen. Hör nicht auf, sonst gibt es eine schwache Stelle im Draht. Zieh das ganze Stück auf einmal durch.«

»Ich soll es rufen?«

Eisenbart grinste und seine weißen Zähne schimmerten. »Komm schon, Händlerstochter. Du kennst doch wohl Gold? Du hast es in der Hand gehabt, es in den verschiedensten Formen gesehen. Denk an Gold und ruf es zu dir. Vergiss nicht an dem Draht zu ziehen, während du ihn rufst.«

Draußen donnerte es.

Nervös ging Daja zur Vorderseite der Platte und fasste das Ende des Golddrahtes mit ihrer Zange. Sie sollte das Gold zu sich rufen? Es war Metall, nichts Lebendes . . .

Einmal, als sie noch klein gewesen war, war sie in eine Goldschmiede geschlichen. Es war dunkel darin und nur der Schmied war im Schein des Feuers zu sehen gewesen. Mit Zangen hatte er flüssiges Metall in einer Flasche aus dem Feuer geholt und in eine Form gegossen. Wie Feuer selbst war es in einem gelblich weißen Strom schimmernd in die Form geflossen.

Daja erinnerte sich mit geschlossenen Augen an diesen glitzernden Strom und spannte ihre Arme an. Das Metall kämpfte zuerst gegen sie. Sie rief es wieder. Langsam, ganz langsam schien das Gold zu ihr zu kommen.

Als Daja die Augen öffnete, stand sie ein ganzes Stück von der Ziehplatte entfernt. Ihre Zange hielt ein Stück Draht, das dreimal so lang war wie am Anfang.

Verblüfft ließ sie mit einem Aufschrei Zange und Draht fallen. »Oh, tut mir Leid . . . ich habe es verdorben! Ich habe es nicht ganz geschafft!«, entschuldigte sie sich. Selbst ihre Arme und Knie fühlten sich schwach an und zitterten nach der Anstrengung. Hatte sie sich denn angestrengt? Donner grollte, fast genau über ihnen. Daja setzte sich verwirrt auf den Boden.

»Mach dir keine Sorgen – es war nur ein Experiment. Trink das.« Er hielt ihr einen Steingutbecher unter die Nase, der mit einer Flüssigkeit gefüllt war. »Das wird dir gut tun.«

Es schmeckte wie Wasser mit zerstoßenen Pfefferminzblättern. Sie trank den Becher aus und stellte fest, dass sie wieder aufstehen konnte.

»Du hast ein Talent dafür«, sagte Eisenbart zu ihr. »Und jeder kann sehen, dass dir Schmiedearbeit gefällt. Möchtest du dieses Handwerk erlernen, vielleicht, sagen wir am Nachmittag, nach der Ruhepause hierher kommen? Ich würde dir gerne etwas beibringen.«

»Darf ich wirklich?«, flüsterte sie. »Ihr lasst es mich lernen?«

»Hier geht es nicht darum, dich etwas zu lassen, Daja«, antwortete Eisenbart und zog scherzend an einem ihrer Zöpfe. »Ich habe jahrelang auf jemanden gewartet, der diese Arbeit genauso liebt wie ich.«

Zitternd blickte sie in sein Gesicht. »Wenn ich nicht . . .« Die Worte blieben ihr im Hals stecken. Sie versuchte es noch einmal. »Wenn unser Schiff nicht gesunken wäre, wenn ich jetzt nicht Trangshi wäre . . .«

»Daja . . .«

Sie schüttelte den Kopf. »Ich hätte mein ganzes Leben lang gedacht, ich hätte Unrecht und es sei böse, mir zu wünschen mich mit Lugsha zu beschäftigen. Ich hätte weiter geglaubt, ich sei eine schlechte Händlerin, eine schlechte Kisubo.«

Eisenbart schüttelte den Kopf. Draußen prasselte der Regen herab. »Gib deinen Leuten keine Schuld. Sie haben es nicht leicht. Ihr

Glauben hilft ihnen zusammenzubleiben, sich gegen Herrschaften und die Kaufmannszunft zu verteidigen.«
»Das weiß ich«, gab Daja zu. »Aber wie viele Kuller sind vielleicht wie ich und möchten gern Lugsha erlernen?«
»Kuller?«, fragte er mit einem Lächeln.
»Das sagt ein Junge immer, der in unserem Haus wohnt.«
»Nun, Kuller«, Eisenbart zwinkerte ihr zu und entlockte Daja ein Lächeln, »wenn wir uns erst einmal damit beschäftigt haben, welche Arten von Kohle, Hämmern und Zangen es gibt, denkst du vielleicht, dass die Händler doch Recht hatten.« Er stützte die Hände auf die Hüften und musterte sie. »Wir fangen damit an, dass wir eine passende Schürze für dich finden. Und du solltest andere Kleidung tragen, die voll Ruß werden kann. Du wirst bei dieser Arbeit sehr schmutzig werden.«
Noch vor kurzem wäre sie froh gewesen alles ablegen zu können, was sie an das Händlervolk erinnerte, wie zum Beispiel ihre rote Trauerkleidung. Jetzt blinzelte sie entsetzt. Sie wusste, der Schmied hatte Recht, aber . . . Sie fuhr mit einer Hand über einen Ärmel. Sie würde Lerchenfroh fragen. Die würde wissen, was sie tun sollte.
Eisenbart schob seinen Gürtel zurecht. »Kirels Schürzen und meine sind jedenfalls zu groß. Wir gehen zur Gerberei.« Er legte einen Arm um ihre Schultern und führte sie hinaus in den Regen.

Als Daja zusah, wie Briar und Tris das Geschirr wuschen und sich dabei neckten, fiel ihr Eisenbarts Rat wieder ein. Sie hatte zwar immer noch ein ungutes Gefühl dabei, ihre Trauerkleidung abzulegen, aber sie wusste, dass der Schmied Recht hatte. »Geweihte Lerchenfroh?«, fragte sie zögernd. »Ich . . . da ist ein Schmied, der möchte, dass ich bei ihm in die Lehre gehe.«

Lerchenfroh war gerade dabei gewesen, vom Tisch aufzustehen. Sie ließ sich sofort wieder auf ihren Stuhl fallen. »Hat er einen Namen?«, fragte sie.

»Eisenbart.«

Lerchenfroh und Rosendorn wechselten einen Blick – einen eigenartigen Blick, dachte Sandri, die sie interessiert beobachtete.

»Niko hatte Recht«, murmelte Rosendorn.

»Wir kennen Eisenbart«, sagte Lerchenfroh zu Daja. »Er ist ein guter Mann und ein ausgezeichneter Schmied. Du wirst viel bei ihm lernen. Er möchte, dass du an den Nachmittagen zu ihm kommst?«

Daja nickte. »Gibt es . . . wisst Ihr, wo ich vielleicht, na ja, andere Kleidung finden könnte?« Sie fuhr mit einer Hand über ihre rote Tunika. »Nichts Besonderes, nur Beinkleider vielleicht und ein paar Hemden.«

Lerchenfroh stimmte zu. »Das ist vernünftig. Ich habe keine Beinkleider, aber wie wäre es mit Kniebundhosen?«

Daja nickte und blickte starr vor sich auf den Tisch.

Eine warme Hand berührte ihre Schulter. »Ich kann dir ein rotes Stirnband und Armband machen, so kannst du deine Trauerfarben weiter tragen«, sagte die Geweihte zu ihr. »Dann wissen die anderen von deinem Verlust.«

Einen Augenblick lang konnte Daja gar nicht antworten, weil sie einen dicken Kloß im Hals sitzen hatte. Lerchenfroh hatte in ihr Herz gesehen. Sie wusste, was es für sie bedeutete, wenn sie das Rot ablegte, und hatte ihr eine praktische Lösung angeboten. Jetzt würden die Geister der Kisubo nicht böse auf sie sein oder denken, dass sie sie nicht geliebt hatte. »Vielen Dank«, flüsterte sie. »Das ist sehr nett.«

»Dann kümmern wir uns doch am besten gleich darum.« Lerchenfroh nahm Daja mit nach oben, wo sich zwischen den Zimmern der Mädchen Stauraum für Kisten mit allgemeinen Vorräten des Hauses befand. »Diese hier müssten dir passen«, sagte sie zu Daja, nachdem sie eine Kiste geöffnet hatte. Sie ging die zusammengelegten Kleidungsstücke durch und holte einige Paar Kniebundhosen heraus – drei in verschiedenen Brauntönen, eine in Blattgrün und eine in Dunkelblau – und legte sie in Dajas ausgestreckte Arme.

»Wenn es heiß wird, solltest du diese hier anziehen«, meinte sie und legte Tunikas in Grün, Orange, Hellbraun und Blau auf den Stoß in Dajas Armen. Sie waren leicht, aber dennoch aus strapazierfähigem Stoff. »Probier doch mal alles an. Was dir nicht passt, bringst du mir einfach zurück. Und bis morgen habe ich das Stirnband und das Armband für dich fertig.«

»Danke schön«, flüsterte Daja und umklammerte die Kleidungsstücke, die nach Zedernholz rochen und als seien sie in der Sonne getrocknet.

»Es ist schwer, mit Traditionen zu brechen«, sagte Lerchenfroh verständnisvoll. »Falls dich das tröstet: Die Angehörigen der Karawane Quirilta trugen ein Jahr lang Stirn- und Armbänder, als sie dem Gewürzpfad in Aliput folgten. Dort bedeutet vollkommen rote Kleidung nämlich Krankheit im Hause.«

Daja runzelte die Stirn. Hatte sie das nicht schon mal irgendwo gehört?

»Ich sah es mit eigenen Augen«, versicherte Lerchenfroh in Händlersprache und rahmte ihre Augen mit zwei Fingern ein. Unter Dajas Leuten galt dieses Zeichen als genauso heilig wie ein Schwur zu Koma und Oti. »Ich ritt mit ihnen, als es passierte. Sie verloren den Anführer der Karawane und drei Wachen bei einem Erdrutsch in den Bergen.«

»Ihr habt bei Händlern gelebt?« Daja wurde rot. Sie hatte nicht so schockiert klingen wollen.

»Ich war nicht immer ein Hausmütterchen.« Lerchenfrohs Augen funkelten. »Ich gehörte zu einer Gruppe von Akrobaten. Wir reisten nach Yanjing, um dort zu arbeiten und neue Kunststücke zu lernen.« Sanft drückte sie Dajas Kinnlade nach oben, damit sie ihren Mund schloss. »Habe ich dich mit meiner Vergangenheit schockiert?«

Daja schluckte. »Oh . . . Geweihte Lerchenfroh, nein, nein, ich war nur . . .«, als Daja die funkelnden Augen der Frau sah, merkte sie, dass sie nur Spaß gemacht hatte.

»Deine Familie wird dir nicht böse sein, wenn du alles ein wenig lockerer nimmst, weißt du«, erklärte Lerchenfroh sanft. »Ich glaube, sie würde wollen, dass du dein Leben lebst, wie es für dich richtig ist, Trangshi oder nicht.«

Daja ging mit ihrer neuen Kleidung in ihr Zimmer und dachte über das nach, was Lerchenfroh gesagt hatte. Da sah sie im Augenwinkel etwas Grünes vorbeiflitzen – eine Geweihte, die ein Rad schlug? Sie wandte den Kopf und sah, wie Lerchenfroh ein zweites Rad schlug, bevor sie die Treppe hinunterging.

Die Geweihte sah zu ihr hoch. »Und ich bin auch jetzt kein richtiges Hausmütterchen«, sagte sie und zwinkerte ihr zu.

Lächelnd ging Daja in ihr Zimmer, um ihre neue Kleidung anzuprobieren.

8

Diese Nacht schlief Tris tief und fest, ohne zu träumen. Als sie kurz nach der Morgendämmerung Stimmen hörte, war sie bereits wach und fühlte sich so ausgeruht wie schon lange nicht mehr. Im ersten Augenblick zuckte sie zusammen und fürchtete wieder einmal, den Verstand zu verlieren. Dann erinnerte sie sich an das, was Niko ihr gesagt hatte. Die Stimmen waren keine Zeichen von Irrsinn.

»Schnell! Dort ist er . . .«

»Nein, hier entlang! Kreist ihn ein!«

»Es ist dieser kleine Dieb!«

Tris rollte sich vom Bett und fiel auf die Knie. Sie tastete unter dem Bett nach ihren Schuhen.

»Passt auf den Baum auf!«, rief die erste Stimme. »Es ist ein Yanjing Shakan und unbezahlbar, unbezahlbar!«

Tris rannte aus der Tür und zur Treppe. Sie stieß sich ihren Knöchel an einer Kiste und schrie unwillkürlich auf.

Daja öffnete gähnend ihre Tür. »Ich habe Lerchenfroh gar nicht rufen gehört. Was machst du denn?«

»Mir blaue Flecken holen«, murrte Tris und humpelte die Treppe hinunter.

Sandri war bereits auf und angezogen. Unbeholfen schnitt sie am Tisch Brot auf. »Was ist denn los?«

Tris rannte aus der Haustür. Sobald sie draußen im Freien war, konnte sie die unterschiedlichen Stimmen wieder ganz deutlich vernehmen.

»Kannst du mir bitte sagen, was los ist?« Sandri war ihr gefolgt. Geweihte in Gelb und Novizen in Weiß näherten sich ihnen im Laufschritt auf dem Spiralweg und auch durch die Gassen zwischen den Webhäusern kamen sie gerannt. Briar rannte ebenfalls auf das Haus zu, dabei hielt er etwas fest an seine Brust gedrückt. Sandri lief zum Gartentor und öffnete es. Sie winkte Briar eifrig herein.

»Halt, du Dieb!« Ein groß gewachsener Geweihter, dessen gelbes Gewand schwarz eingesäumt war, führte die Gruppe auf dem Spiralweg an. »Du dort, Mädchen!«, schrie er schnaufend und mit vor Anstrengung gerötetem Gesicht. »Wage es nicht, ihm zu helfen!«

»Ja, warum helfen wir dir eigentlich?«, fragte Tris, als Briar an ihr vorbeistolperte.

»Halt die Klappe«, fuhr er sie an. »Ich habe dich nicht um Hilfe gebeten!«

Sandri schloss die Gartentür und schob fest den Riegel vor. Es war keine große Barriere, aber besser als gar nichts. Entschlossen trat sie in die Mitte des Pfades und stellte sich zwischen die Verfolger und den Verfolgten. Ein Windstoß erfasste ihr schwarzes Kleid und ihren Schleier und ließ beides wie Banner wehen.

»Lass mich auf der Stelle hinein!«, rief der Geweihte, sobald er die Gartentür erreicht hatte. Dieser Befehl verlor etwas an Nachdruck, als der Mann sich gleichzeitig mit den Händen auf den Knien abstützte und nach Luft rang.

Ein Novize langte über das Gartentor, um nach dem Riegel zu tasten. Er sprang zurück, als Sandri ihn auf die Hand schlug. »Ich habe Euch nicht erlaubt mein Heim zu betreten«, rief Sandri mit funkelnden Augen aus.

Tris blieb der Mund offen stehen und sie dachte, entweder ist Sandri verrückt oder der tapferste Mensch, den ich je getroffen habe.

»Kleine, ein Rang bedeutet hier nichts!«, fuhr der Novize sie an. Er versuchte wieder den Riegel zu fassen. Sandri ballte die Hände zu Fäusten und machte einen Schritt auf das Tor zu.

»Was geht hier vor?«

Tris hätte nicht gedacht, dass sie einmal froh sein würde Rosendorn zu sehen, aber so war es jetzt. Die Geweihte hatte im Garten gearbeitet. Ihre grüne, taufeuchte Ordenstracht war hochgekrempelt und zeigte ihre Beine, die voller Erde waren. Ein breitrandiger Strohhut saß auf ihrem Kopf. Sie hielt Briar an ihrer Seite, einen Arm fest um seine Schultern gelegt. Daja und Lerchenfroh folgten den beiden, Daja trug dabei ihren Stab.

»Spielt hier nicht den Unschuldsengel«, fuhr der schwer atmende Geweihte sie an. Als er sich aufrichtete, hatte sein längliches Gesicht die Farbe einer reifen Pflaume. »Weil Ihr mein Gewächshaus nicht betreten dürft, habt Ihr diesen kleinen . . .«

»Ich bin nicht klein«, murrte Briar.

»Still, Junge«, sagte Rosendorn scharf.

Briars Ankläger verschränkte die Arme. »Euer Spion hat einen einhundertunddreißig Jahre alten Shakan gestohlen und ich verlange seine Rückgabe!«

»Ich habe keine Spione, Kranich. Und Ihr könntet einen Shakan nicht anständig pflegen, selbst wenn Euer Leben davon abhinge. Ihr setzt Pflanzen in dieses gläserne Ungetüm und erwartet, dass sie den Rhythmus der Jahreszeiten vergessen, nur weil Ihr es so wollt . . .«

»Bitte, meine Lieben, Streitigkeiten stören das Gleichgewicht des Kreises.« Lerchenfroh trat jetzt hinzu, ihre dunklen Augen blickten

ernst. »Geweihter Kranich, Rose würde genauso wenig eine Pflanze von Euch stehlen, wie Ihr eine ihrer Pflanzen stehlen würdet. Ich zumindest weiß das, falls Ihr das nicht wisst.«
Tris bemerkte, dass Kranich errötete, und fragte sich, ob er wohl schon einmal versucht hatte etwas aus Rosendorns Garten zu entwenden.
Lerchenfroh fuhr fort: »Und wenn Rosendorn tatsächlich etwas hätte stehlen wollen, wissen wir auch, dass sie das selbst tun würde.«
»Vielen Dank, Lerche«, sagte Rosendorn mit einem schiefen Grinsen.
Der Geweihte Kranich war noch nicht beruhigt. »Er ist ein Dieb! Er hat einen Jungen im Schlafsaal bestohlen . . .«
»Hab ich nicht!«, rief Briar aus. »Diese Spange war Plunder . . .«
»Still«, befahl Lerchenfroh.
»Jeder konnte das sehen!«, fügte Briar schnell hinzu. Lerchenfroh flüsterte er zu: »Ich habe schließlich auch meinen Stolz.«
»Er wurde vom Wahrheitsfinder des Lufttempels für unschuldig erklärt«, antwortete Rosendorn wütend. »Und zwar in Gegenwart der Ehrenwerten Mondenstrahl!.«
»Ist er jetzt auch unschuldig?«, fragte Kranich. Weitere Geweihte und Novizen, die eigentlich beim Frühstück sein sollten, gesellten sich zu der Versammlung und hörten interessiert zu. »Sagt mir, dass er nicht meinen Shakan gestohlen hat!«
»Der Baum ist krank«, erklärte Briar jetzt. »Was immer der dort mit ihm macht, es hilft dem armen Baum nicht!«
»Ich will meinen Shakan und ich will, dass dieser Dieb rausgeworfen wird!«, schimpfte der Geweihte wütend. »Er gehört nicht hierher! Sobald ich mein rechtmäßiges Eigentum wiederhabe, werde ich der Ehrenwerten Mondenstrahl meine Beschwerde vortragen!«

»Schämt Euch!«, rief Lerchenfroh aus und ihre goldbraunen Wangen waren gerötet. »Wer seid Ihr denn, entscheiden zu können, wer hierher gehört oder nicht? Dieser Junge ist aus einem bestimmten Grund hier!«

Briar rieb den Topf, in dem der Baum sich befand, mit zitternden Fingern. Wenn sie ihn hinauswarfen, würde er selbst vertrocknen und sterben.

Rosendorn tätschelte seine Schulter. Als Briar aufsah, erwiderte er ihren forschenden Blick ehrlich. Bitte, dachte er, und betete, dass sie seine Gedanken lesen konnte. Bitte!

Rose sah zu ihrem Rivalen. »Eine Tomatenpflanze«, sagte sie abrupt. »Lasst den Jungen – und den Shakan – in Ruhe und ich gebe Euch eine meiner Tomatenpflanzen.«

»Mit einigen Sprüchen belegt, sodass sie eingeht, sobald ich sie verpflanze?« Der Geweihte Kranich winkte zornig ab. »Nein, danke!«

Rosendorn seufzte. »Mit einigen Sprüchen, damit sie trotz Eurer Pflege wächst, Kranich. Obwohl die Früchte nicht gut schmecken werden, sobald Ihr sie zwingt außerhalb der Jahreszeit die Ernte zu erbringen.«

»Ihr wollt also sagen«, war die wütende Antwort, »dass Ihr mir eine einzige Pflanze als Gegenwert für einen Shakan anbietet? Ihr beleidigt mich.«

»Warum reden wir nicht drinnen weiter?«, schlug Lerchenfroh vor. Sie blickte auf die Menge der Schaulustigen und sagte: »Ich weiß, dass das Frühstück im Speiseraum gleich zu Ende sein wird«, und sofort huschten einige Geweihte und alle Novizen davon, »und einige von uns hier würden auch gern ihr Frühstück einnehmen.«

Briar und die Mädchen wurden auf ihre Zimmer geschickt, während die Geweihten verhandelten. Sosehr Briar auch seine Ohren aufsperrte, er konnte doch nichts von der Unterhaltung verstehen. Er gab den Versuch, zu lauschen, auf und stellte den Baum auf sein Fensterbrett. Es war eine Kiefer, so viel wusste er. Aber wie blieb sie so klein? Mit einem Finger fuhr er die Kurve des Stammes nach, er wuchs stark nach rechts. Die Zweige waren ein Kunstwerk für sich.

»Ich sage dir nur eines . . .«

Er zuckte zusammen und hätte fast seine Trophäe umgestoßen. Er fasste danach, drehte sich um und sah Rosendorn an. Sie hatte die Tür hinter sich geschlossen und sich dagegen gelehnt.

». . . du hast dir keinen leichten Weg ausgesucht. Reg dich nicht auf, ich werde dich nicht bestrafen.«

»Muss ich ihn zurückgeben?«

»Kommt darauf an. Wer wird sich um ihn kümmern? Ein Shakan – besonders ein kranker Shakan – benötigt viel Pflege. Selbst ein gesunder verlangt viel Pflege – sie sind so eitel wie eine Pflanze nach Jahrzehnten nur sein kann. Ich bin eine viel beschäftigte Frau.«

Vorsichtig stellte Briar den Baum wieder auf das Fensterbrett. »Wenn . . . wenn jemand mir sagen würde, was zu tun ist, dann würde ich . . . gerne . . .« Er schluckte. »Unmöglich kann er hundertunddreißig Jahre alt sein!«

Rosendorn seufzte. »Die Gärtner von Yanjing haben tausend Jahre gebraucht, um die Kunst der Miniaturbäume zu entwickeln«, erklärte sie. »Wenn eine Saat oder ein Ableger damit einverstanden ist – und er muss damit einverstanden sein –, dann beschneiden die Gärtner die Wurzeln und Zweige und binden Stämme und Glieder zusammen. Das geschieht, damit sie in einer Form wachsen, die die Stärke jeder Pflanze konzentriert.« Sie ging hinüber und hielt den Topf des Shakan in ihren Händen. »Wie auch immer es gemacht wurde, es ist ein Kunstwerk, genau wie ein Wandteppich oder eine Statue. Und dieser hier ist nicht hundertunddreißig Jahre alt. Er ist hundertundsechsundvierzig Jahre alt – frag ihn selbst.«

Briar runzelte die Stirn, weil sie ihn anscheinend aufzog.

»Ich werde dir zeigen, wie du ihn pflegen musst«, sagte Rosendorn zu ihm. »Es ist nicht gerade eine Arbeit, die ich für einen Anfänger aussuchen würde, aber da der Baum dich selbst ausgesucht hat . . .«

»Wie hätte er mich aussuchen sollen? Er kennt mich doch gar nicht.«

Rosendorn schüttelte den Kopf. »Ein Grund, warum es diese Miniaturbäume gibt, liegt darin, dass sie Magie bewahren können. Sie werden selbst zu Magie. Es befähigt sie, diejenigen zu rufen, die ihnen am meisten Gutes tun werden.«

Briar blickte den Baum mit neuem Respekt an. »Ich hoffe, es wird dir nicht Leid tun, dass du mich gerufen hast«, sagte er zu ihm. »Ich hab von nichts 'ne Ahnung. Frag sie mal.«

»Was dieses Zimmer hier betrifft«, fuhr Rosendorn fort, »so ist es nicht das, was ich ordentlich aufgeräumt nennen würde. Deine Decken und Kissen gehören auf ihren angestammten Platz – dem Bett.«

»Ich schlafe nicht im Bett«, beschwerte sich Briar. »Es ist zu hoch oben. Was ist, wenn Ratten darunter sind? Sie werden sich durch die Lederriemen fressen, die es oben halten, und dann kriegen sie mich, wenn ich runterfalle.«

»Oh, zum . . .«, setzte Rosendorn ungeduldig an, doch dann hielt sie inne, holte tief Luft und sagte etwas sanfter: »Aber hier gibt es keine Ratten. Wenn dich das jedoch beunruhigt, werden wir einfach die Bettstatt entfernen. Du kannst die Matratze auf den

Boden legen. Und dieses Bett wirst du dann ordentlich machen. Damit fängst du jetzt gleich an.«

»Aber . . .«, protestierte er, als sie zur Tür ging. »Mein Baum . . . und . . . mein Frühstück . . .«

»Der Baum hat all die Monate, die Kranich ihn hatte, gewartet, bis du kamst, nun kann er noch bis heute Nachmittag warten.«

Als sie draußen war, sammelte Briar sein Bettzeug zusammen.

Die Bewohner von Haus Disziplin saßen beim Frühstück, als Tris sagte: »Ich hätte gedacht, du wärst so klug so lange zu warten, bis niemand in der Nähe ist, wenn du schon etwas stiehlst.«

Briar schluckte in großen Zügen seinen Pflaumensaft. »Ich dachte, sie lägen noch im Bett«, erklärte er und errötete dabei. »Stattdessen saßen sie mitten in diesem Gewächshaus, wo ich sie nicht sehen konnte, und priesen die Götter.«

»Wahrscheinlich erneuerten sie die Schutzsprüche für das Glas«, meinte Lerchenfroh. »Bei den vielen Erdbeben wäre das sinnvoll.«

Briar zuckte mit den Schultern. »Ich war leise und ließ mich ganz bestimmt nicht sehen, aber . . .«

Rosendorn hob eine Augenbraue. »Du hast nie etwas von Alarmsprüchen gehört?«

»Geldsäcke haben die, klar, aber das war nicht das Haus eines Geldsacks.«

Lerchenfroh hustete und kratzte mit ihrer Gabel auf ihrem Teller herum. »Der Geweihte Kranich war früher einmal das, was du Geldsack nennst«, erklärte sie. »Vielleicht ist er deshalb misstrauisch genug, um in einer Tempelstadt Alarmsprüche anzubringen. Mit wem ist er denn verwandt, Rose?«

»Graf Albannon fer Yorvan«, erwiderte Rosendorn. »Das liegt in Olart«, fügte sie hinzu, als die anderen sie anblickten.

»Geldsäcke«, murrte Briar voller Abscheu. »Sie sind alle gleich.«

»Wahrscheinlich«, stimmte Rosendorn ihm zu. »Aber hör mir gut zu, Briar Moss. Wenn du versucht hättest mir eine Pflanze zu stehlen, hätte ich es auch gemerkt – und ich brauche keine Alarmsprüche!«

Er blickte sie treuherzig an. »Aber das würde ich nie tun!«, rief er protestierend aus. »Nie, niemals!«

»Du bist mir vielleicht einer«, grummelte Rosendorn. »Iss jetzt. Wenn die Ruhepause vorbei ist, müssen wir uns den Busch genauer ansehen.« Sie stand auf und ging in ihren Schuppen.

Erst als Briar sicher war, dass sie ihn nicht hören konnte, murrte er: »Es ist ein Baum. Ein Shakanbaum! Kein Busch.«

9

Lerchenfroh deutete auf die Tafel an der Wand. »Eure Pflichten. Erledigt sie heute gut, morgen werdet ihr nicht viel Zeit dafür haben. Daja, wenn du die Toilette geputzt hast, frag Rosendorn nach Duftkräutern. Briar, vergiss die Ecken nicht, wenn du abstaubst und wischst.«

Jeder machte sich an die Arbeit. Selbst die Geweihten fegten ihre Räume und machten den Altar sauber, der in der Ecke zwischen Sandris Zimmer und der Haustür stand. Als sie fertig waren, verschwanden sie in ihren Arbeitsstuben.

Tris goss heißes Wasser in die Schüssel, in der Sandri Geschirr abwaschen sollte, und sah dabei, wie Briar den Boden fegte. »Nein, nein!«, rief sie aus. »Du musst erst Staub wischen und dann fegen. So entfernst du auch den Staub, den du auf den Boden wischst.«

Briar blickte auf den Besen und auf das Staubtuch. »Ach ja?«

Tris ging zu ihm. »Sieh her.« Sie fuhr mit dem Staubtuch über einen Tisch und vergaß dabei auch die Ecken nicht. Tante Uraelle, bei der sie drei Jahre lang gewohnt hatte, kontrollierte immer nach und ließ Tris alles noch einmal machen, wenn sie auch nur eine Stelle ausgelassen hatte. »So musst du Staub wischen. Wenn das Tuch schmutzig ist, schüttle es am Fenster aus. Jetzt bist du dran. Dort, das Bord.« Auf dem Bord standen einige kleine Dinge. Briar fuhr nervös mit seinem Tuch dazwischen.

»Nein!«, rief Tris aus. »Du musst sie aufheben und ebenfalls abstauben und auch die Stelle, auf der sie standen! Ehrlich, man könnte meinen, dass du noch nie in deinem Leben Staub gewischt hast!«

»Hab ich auch nicht.« Wer kann sich schon vorstellen, dass die Leute so was machen, um ihre Häuser sauber zu halten?, dachte er.

»Ich auch nicht«, rief Sandri von der Waschschüssel herüber.

Tris schob ihre Sehgläser hoch. »Aber . . .«

»Wir hatten Dienstboten«, erklärte Sandri entschuldigend.

Briar zuckte mit den Schultern. »Ich hatte kein Haus. Vielleicht hatte meine Alte ein Zimmer, aber sie ist vor Jahren gestorben. Der König der Diebe war nicht gerade das, was man eine gute Hausfrau nennen würde.«

»Mila helfe uns!«, rief Tris aus. »Also, dann seht mir zu.« Vorsichtig hob sie die Vase, um die Briar sich hatte herumarbeiten wollen, und staubte sie ab. »Seht ihr? Und bevor man sie zurückstellt . . .« Sie fuhr rasch mit dem Staubtuch über die Stelle, auf der die Vase gestanden hatte, dann stellte sie sie zurück. Sie reichte Briar das Staubtuch und deutete auf die Hundestatue, die ebenfalls auf dem Regal stand. »Jetzt bist du dran.«

Als Briar zumindest einigermaßen zu ihrer Zufriedenheit Staub wischte, ging Tris zum Geschirr, das Sandri abgewaschen hatte, und begann es mit klarem Wasser nachzuspülen und abzutrocknen. Sie schüttelte den Kopf und meinte zu Sandri: »Kein Haus! Wir könnten genauso gut unter Wilden leben!«

»Wir hatten erstklassige Tunnel unter der Erde«, erwiderte Briar. Er stand mit dem Rücken zu ihnen, während er abstaubte, und konnte nicht sehen, wie Tris die Augen verdrehte. »Wenn einem die Ratten nichts ausmachten. Schleimer, einer aus unserer Bande, hatte eine

Ratte so trainiert, dass sie den Kaufleuten in die Zehen biss. Ihr hättet sehen sollen, wie die sprangen! Kluge Ratte, was?«

»Ich finde das überhaupt nicht lustig!«, sagte Tris zu Sandri, die vor sich hin kicherte.

Briar wiederum grinste und machte sich daran, die Fenstersimse abzustauben.

An diesem Morgen hielt Niko ihren Meditationsunterricht im Haus Disziplin ab. Bevor sie anfingen, taten Lerchenfroh und Rosendorn etwas Merkwürdiges: Sie schritten einen Kreis um das Haus ab. Lerchenfroh ging im Uhrzeigersinn und Rosendorn gegen den Uhrzeigersinn. Dabei entrollte Lerchenfroh eine Rolle weißen Garns, bis das Garn das Haus in einem Kreis umschloss. An der Haustür, wo sie begonnen hatte, band sie die Enden zusammen. Rosendorn trug einen Korb mit getrockneten Kräutern und verstreute die Kräuter hinter sich, während sie ihren Kreis abschritt. Als sie fertig war, formten die getrockneten Kräuter einen weiteren Kreis, der das Haus umgab. Erst dann gesellten die beiden Geweihten sich zu den anderen.

»Warum habt Ihr das getan?«, wollte Sandri wissen.

»Es verhindert, dass Magie von draußen hereindringt, während wir meditieren«, antwortete Niko.

Rosendorn murrte: »Oder hinausdringt.«

»Und jetzt alle, bitte«, sagte Niko und blickte Rosendorn stirnrunzelnd an, »atmen und zählen. Eins, zwei, drei . . .«

Die Geweihten saßen auf dem Boden und praktizierten die Atemübungen mit Niko und den Kindern. Heute schien es den Kindern leichter zu fallen, sich zu konzentrieren. Niko wirkte sehr zufrieden, als sie fertig waren, und sagte ihnen, sie hätten bereits echte Fortschritte gemacht.

Lerchenfroh ging hinaus, öffnete den Knoten und rollte ihr Garn wieder auf. Rosendorn folgte ihr. Sie fuhr an einigen Stellen mit dem Fuß durch den Kreis, den ihre Kräuter geformt hatten, und durchbrach ihn damit.

Mittags gab Lerchenfroh Daja ein rotes Armband und Stirnband, wodurch sie zeigen konnte, dass sie eine Händlerin in Trauer war. Als Sandri sah, wie Daja die Bänder anlegte, blickte sie auf ihre eigene Trauerkleidung. Diese schwarze Kleidung war sowohl für Hausarbeit wie auch das Kämmen und Spinnen der Wolle völlig ungeeignet. Selbst nachdem sie Lerchenfrohs Zauberspruch benutzt hatte, war ihr Kleid gestern Abend voller weißer Fusseln gewesen.

Sie beendete den Abwasch des mittäglichen Geschirrs und stieg dann die Treppe hinauf. Ihre Koffer waren ordentlich in einer Ecke des Dachbodens verstaut. Als sie sie öffnete, fand sie ihre alten Sommerkleider – eines aus rosafarbenem Musselin, zwei blaue und zwei braune Leinenkleider und Unterröcke in Weiß oder ungefärbter Baumwolle und Leinen. Dies waren die Sachen, die sie letztes Jahr getragen hatte, einfache Kleidung zum Reisen. Sie drückte die Sachen kurz an sich und atmete den Geruch der Duftkissen ein, die Pirisi zwischen die Gewänder gelegt hatte.

Mit einer Hand wischte sie sich über ihre feuchten Augen. »Es ist viel zu viel Staub hier«, murrte sie und zog ihr schwarzes Batistkleid aus. Stattdessen schlüpfte sie in das rosafarbene Musselinkleid und seufzte vor Erleichterung. So luftig der Batist auch gewesen war, das hier war viel bequemer.

Als sie ihre Dinge fertig geordnet hatte, sah sie sich um. Die Türen zu Tris' und Dajas Zimmer waren offen – wohin waren sie nur gegangen? Sie konnte sich nicht vorstellen, dass sie das Haus verlassen hatten.

Da entdeckte sie eine Leiter, die durch eine offene Falltür auf das Dach führte. Sie stieg hinauf und sah, dass die beiden auf dem Dach saßen. »Es ist immer noch nass vom Sturm, oder nicht?«, fragte sie.

Tris klopfte auf das Segeltuch, das sie mit heraufgebracht hatte. »Aber wenn es so heiß bleibt, ist es morgen trocken.« Sie legte sich wieder mit hinter dem Kopf verschränkten Armen zurück.

Daja stand am Schornstein, einen Arm darum geschlungen, als sei er ein Mast. Sie schirmte ihre Augen gegen das Licht ab und inspizierte das Tempelgelände. »Eigentlich ist das ein recht netter Ausblick«, erklärte sie. »Der ganze Ort hier ist angelegt wie eine Schale. Fast wie das Amphitheater in . . .«

»Zakdin, Hatar«, ergänzte Sandri und verzog das Gesicht.

Tris rutschte zur Seite und bot Sandri einen Platz auf dem Segeltuch an, was diese gerne annahm.

»Nur dass es dort keine Gebäude oder Bäume gibt«, fuhr Daja fort.

Leise erklärte Sandri ihr: »Es gibt auch kein Amphitheater mehr. Nach der Pockenepidemie trugen sie alle Leichen hinein und brannten es nieder. Es war ja nur aus Holz.«

Schnell zog Tris einen Gotteskreis auf ihrer Brust. »Das ist ja furchtbar«, meinte sie mit einem Schaudern.

Sandri zog einen Strohhalm aus dem Dach. »Als Niko und ich fortgingen, sagte der König, er würde es in Marmor wieder aufbauen.«

»Das sieht bestimmt schön aus«, meinte Daja anerkennend. »Weißer oder schwarzer Marmor?«

Sandris düstere Stimmung wich. »Ich habe vergessen zu fragen«, antwortete sie mit einem winzigen Lächeln. »Damals habe ich noch nicht sehr viel gesprochen.«

»Wenn wir schon davon reden . . .« Daja kam zu ihnen auf das

Segeltuch. »Dieser Novize wird es dir nicht vergessen, dass du ihm gegenüber vor dem Geweihten Kranich und allen anderen deinen Rang herausgekehrt hast. Genau wie die Mädchen aus deinem alten Schlafraum es nicht vergessen werden.«

Tris öffnete schläfrig die Augen. »Sie hat sich in ihrem Schlafraum auch danebenbenommen?«

»Sie ist für mich eingetreten«, erklärte Daja.

»Erinnere mich daran, ihnen ein Entschuldigungsschreiben zu schicken«, antwortete Sandri und warf ihre Zöpfe über die Schultern zurück.

Daja schüttelte den Kopf. »Warum musstest du dich überhaupt einmischen? Briar hat diesen Baum gestohlen und er war wertvoll. Ich habe noch nie einen Shakan gesehen, der weniger als zehn Silbersterne kostete.«

Tris schnalzte beeindruckt mit der Zunge.

»Ich musste einfach helfen«, erwiderte Sandri rundweg. »Er ist einer von uns.«

Daja blinzelte. »Gibt es denn ein ›uns‹?«

Sandri sah sie überrascht an. »Aber natürlich! Hat dich die Sache heute Morgen nicht davon überzeugt?«

»Ich lasse mich nicht durch Streitereien von irgendetwas überzeugen.« Daja lehnte sich zurück.

»Und ich habe mich auch nicht eingemischt, jedenfalls nicht richtig«, wandte Tris ein.

»Ach, hör auf.« Sandri gab ihr einen freundschaftlichen Stupser. »Warum bist du denn dann heruntergekommen, wenn es dir egal war, ob sie ihn kriegen oder nicht?«

Tris wurde rot und antwortete nicht. Sollte sie sagen, dass sie fast gehofft hatte ihn in echten Schwierigkeiten zu sehen? Sollte sie den anderen erzählen, dass er jetzt am Fuße der Leiter stand und lauschte? Die warme Luft, die durch die Falltür vom Haus nach oben stieg, trug sein Atemgeräusch an ihre empfindlichen Ohren.

»Du übertreibst«, sagte Daja gähnend. »Ich will nicht ein ›uns‹ mit einer Horde von Kaqs sein.«

»Und ich auch nicht mit einer Händlerin, einer Adligen und einem Dieb«, fügte Tris schläfrig hinzu.

»Ihr werdet schon sehen«, gab Sandri zurück. »Ich weiß, wovon ich rede.«

Vom Turm her ertönte die Glocke und zeigte das Ende der Ruhepause an. Tris hörte Briar auf Zehenspitzen vom Dachboden schleichen. Sie faltete ihren Umhang aus Segeltuch zusammen und dachte: Zumindest hat er den Anstand, so zu tun, als hätte er nichts gehört.

»Was machst du denn heute mit Niko?«, fragte Sandri, während sie die Leiter hinunterstieg.

»Wir gehen in die Höhle«, erklärte sie und folgte Sandri die Leiter hinunter. »Er erwähnte etwas von den Gezeiten. Und ich muss noch weiter Meditieren üben.«

»Viel Glück«, wünschte ihr Sandri.

»Danke«, sagte Tris trocken. »Ich werde es wahrscheinlich brauchen.«

Ungeduldig beobachtete Briar, wie Rosendorn seinen Baum untersuchte. Sie hielt den kleinen runden Topf in den Händen und ihre Finger, die voller Erde waren, untersuchten die Öffnungen an der Unterseite und befühlten jede Unebenheit in der Glasur.

Er konnte nicht mehr still sein. »Warum sind da Löcher?«, wollte er wissen. »Fällt denn da nicht die Erde heraus?«

»Sie lassen das Wasser ablaufen, genau wie im Erdboden. Man legt Scherben über die Löcher, um die Erde darin zu halten. Jetzt sei still.« Rosendorn schloss die Augen und fuhr mit den Fingern über die Erde in dem Topf, dann über die Wurzeln des Shakan, die oberhalb der Erde lagen.

Briars Nase juckte. Der Geruch in diesem Raum, nach saftiger Erde, Kräutern und Blumen, nach Regen auf heißen Steinen, erfüllte seine Nase, kitzelte in seinen Augen und Ohren, legte sich auf seine Haut. Er öffnete den Mund und atmete tief ein. Etwas in ihm antwortete auf diesen Ruf, fügte Moos, Dornen und junge, ausschlagende Triebe zu dem Duft, der in der Luft lag.

Ein Finger zwickte in seine Nase. »Autsch!« Er rubbelte sich die Nase.

»Tu das nicht«, sagte Rosendorn nicht unfreundlich. »Du hast sie alle ziemlich aufgeregt.«

»Wen aufgeregt?« Er sah nach, ob sein Shakan in Ordnung war. Zu seiner Überraschung hatte er neue, frische Knospen an einigen Zweigen. Als er sich umsah, entdeckte er auch an den Pflanzen an den Fenstern neue Blätter.

»Du solltest es besser wissen«, sagte Rosendorn zu dem Miniaturbaum. »Du weißt sehr gut, dass du die meisten davon nicht behalten kannst.«

»Ihr redet, als ob er Euch verstehen könnte«, beschwerte sich Briar.

In Rosendorns Augen lag ein Lächeln. »Er versteht dich auch. Nach hundertundsechsundvierzig Jahren weiß er mehr darüber, wie er wachsen oder nicht wachsen sollte, als wir.«

Sie nahm seine Hand und legte sie auf den Stamm des Shakan. Ein warmes Prickeln durchfuhr Briar und löste in ihm den Wunsch aus, sich auf der Erde zu wälzen wie ein junger Hund. Er japste auf und zog die Hand weg. Das Prickeln verschwand.

»Du hast ungehindertes Wachstum gespürt, die dunkle Seite des

Grünen Mannes«, erklärte Rosendorn. »Wenn man dem freien Lauf lässt, wird die Pflanze geschwächt. Sie hat es dann so eilig, neue Zweige wachsen zu lassen, dass sie sich nicht die Zeit nimmt, sie stark genug zu machen. Wir müssen das meiste dieses neuen Wachstums entfernen und einige Äste und Wurzeln beschneiden. Der Rest wird dann kräftiger sein und länger leben.«

Er fasste den Topf und drückte ihn an seine Brust. »Sie wollen ihn abschneiden?«

Der Baum protestierte, denn Briar verbog seine Zweige. Schnell hielt Briar ihn von sich weg.

»Beschneiden formt einen Shakan. Es ist, als kratze man ihn dort, wo es ihn juckt. Stell ihn auf den Tisch.«

Briar tat vorsichtig, wie sie ihm befohlen hatte.

»Am dringendsten braucht er einen neuen Topf. Selbst dieser Kranich hätte sehen müssen, dass der hier nicht taugt.«

Das machte zumindest Sinn. »Einen größeren, richtig?«, fragte Briar und kratzte sich an seinen juckenden Knöcheln. »Dieser hier ist zu klein für einen Baum.«

»Nein, einen der flacher und breiter ist.«

Vorsichtig berührte Briar einen der Äste, die er verbogen hatte. »Aber er hat nicht genug Platz, um zu wachsen.«

»Er soll gar nicht wachsen, nicht in dem Sinn, den du meinst. Hier geht es darum, einen reifen Baum von über einem Jahrhundert und mehr dazu zu bekommen, in einen Topf zu passen. Hm.« Sie dachte einen Augenblick mit verschränkten Armen nach. Ihr Fuß tappte auf den Boden.

Briar legte seine linke Hand um den Stamm des Baumes und schloss die Augen. Er fühlte etwas in diesem lebenden Holz, etwas wie sanftes Feuer. Er lenkte es gegen die kalten Stellen, die die vertrockneten Äste des Shakan waren.

»Du musst zu den Töpfern gehen«, sagte Rosendorn. »Und ... Du schwitzt ja. Geht es dir gut?«

Benommen ließ Briar den Shakan los und wischte sich mit dem Arm über die Stirn. »Bestens, ich habe nur ... nachgedacht.«

»So?« Rosendorn sah nicht sehr überzeugt aus. Sie deutete auf einen Stapel Tafeln und eine Schachtel mit weißen Stumpen daneben und befahl: »Zwei Tafeln und ein Stück Kreide.«

Briar holte sie. Mit der Kreide malte Rosendorn erst ein langes Rechteck mit Löchern an jedem Ende, dann ein kurzes. Briar nahm an, dass das die Schale sein sollte, die sie brauchte, obwohl er nicht lesen konnte, was sie neben jede Zeichnung schrieb.

Während sie auf die andere Tafel schrieb, legte er seine Finger noch einmal um den Stamm des Shakan. Zuerst hatte er reines, neues Wachstum gefühlt. Das nächste Mal hatte er seinen Puls gefühlt. Diesmal entdeckte er Geduld, das langsame und beständige Warten über Jahre unter Sonne und Wolken. Mit geschlossenen Augen atmete er den schweren grünen Duft ein, der den Arbeitsraum aufs Neue erfüllte. Seine Nerven beruhigten sich.

»Du musst deinen Shakan draußen aufbewahren, aber in deiner Nähe. Ein Brett vor deinem Vorderfenster wird gut ausreichen.« Rosendorn gab ihm die Tafeln. »Diese hier ist für den Geweihten Schilfgras bei den Töpfern, diese für den Geweihten Speerholz bei den Zimmersleuten. Warte auf ihre Antwort, dann komm zurück. Ich werde diesen Shakan nicht beschneiden, das wirst du selbst tun.«

Briar schluckte und machte sich auf den Weg.

Den ganzen Nachmittag hatte Sandri gesponnen. Konzentriert hielt sie ihre Spindel und richtete ihre Aufmerksamkeit darauf, nur einen kleinen Teil der Wolle in den Faden zu füttern. Es gab nur noch eines, was sie tun wollte, nur um zu sehen, ob sie ihre letzten Tage in dem Lagerraum in Hatar geträumt hatte oder nicht. Sie holte tief Luft und versuchte Licht in ihren Faden zu rufen. Das Drehen der Spindel, auf die sie jetzt unverwandt blickte, machte sie ganz benommen. Sie stellte sich vor Sonnenstrahlen in ihrer Wolle einzufangen, einen Faden zu spinnen, der sowohl aus Wolle wie aus Licht war. Der Faden begann zu schimmern. Auch die Wolle, die gerade aus ihren Fingern in den Faden glitt, schimmerte von Licht.

Als ihr bewusst wurde, dass es ihr ein zweites Mal gelungen war, Licht einzufangen, flackerte das Licht in ihrem Faden auf und blendete sie. Die Wolle ihres Vorgespinstes teilte sich. Der Faden rutschte ihr durch die Finger. Die Spindel fiel zu Boden und drehte sich gegen den Uhrzeigersinn, entrollte ihre ganze Arbeit. Das Licht darin erlosch.

Lerchenfroh, die einen neuen Faden durch die Webarbeit an ihrem Bodenwebstuhl zog, sah, wie Sandri die Hände vors Gesicht schlug. »Du brauchst eine Pause«, sagte sie zu ihr. »Geh nach draußen. Sieh dir die frischen Farben an, die Blumen und die Menschen. Wenn du dich ein wenig ausgeruht hast, wird es nachher viel besser gehen.«

»Ich komme mir so dumm vor!« Sandri sammelte das ein, was vorher fast zwei Ellen lichtdurchwirkter Faden gewesen war. Jetzt hatte er sich aufgedreht und war nur ein Stück gekämmter Wolle. »Ich weiß, dass andere Kinder gut spinnen können, warum kann ich es nicht?«

»Vielleicht üben andere Kinder länger als eine Woche, bevor sie einen ordentlichen Faden zu Stande bringen«, meinte Lerchenfroh. »Und ganz sicher versuchen sie auch nicht gleichzeitig Magie hineinzuwirken.«

»Aber ich habe das mit der Magie schon einmal gemacht!«, rief Sandri aus.
»Als du an nichts anderes denken musstest. Das Hämmern, das wir vorhin hörten, verbesserte meine Konzentration auch nicht gerade. Du hast sowieso schon viel zu lange daran gesessen.« Lerchenfroh lächelte. »Geh hinaus, Sandri. Die Wolle läuft dir nicht davon.«
Sandri gehorchte und setzte sich auf den Stein, der dem Haus als Türschwelle diente. Ihre Ohren klangen, ihre Muskeln fühlten sich schwach an. Matt sah sie sich nach dem Urheber der Hammerschläge um. Sie musste nicht lange suchen. Auf Briars Fensterbrett befand sich ein Regalbrett aus hellem, neuem Holz.
Briar selbst kam nun um die Ecke des Hauses, seinen gestohlenen Baum in den Händen. Vorsichtig, geradezu liebevoll stellte er ihn auf das Brett.
Irgendwie schien der Shakan anders auszusehen als die Pflanze, die er gestohlen hatte. Neugierig stand Sandri auf. Briar zuckte zusammen, er hatte sie nicht gesehen, und drehte sein Gesicht weg, als sie zu ihm kam, um den Baum zu betrachten.
»Hallo«, grüßte Sandri ihn. Der Shakan befand sich in einem neuen Topf, der breit und flach war und eine Glasur von kühlem Grün hatte. Einige Äste waren entfernt und die frischen Schnittstellen mit einer gelbbraunen Flüssigkeit bestrichen worden. Die Zweige sahen alle viel kürzer aus. »Was hast du denn mit ihm gemacht?«
Als Briar sich umdrehte, sah sie Tränenspuren auf seinen goldbraunen Wangen.
»Warum hast du geweint?« Sandri kramte in ihrer Tasche und holte eines ihrer schwarz umrandeten Taschentücher heraus.
»Ich habe nicht geweint«, fuhr er sie an und wischte sich mit dem

Handrücken über ein Auge. Verblüfft stellte er fest, das es tatsächlich feucht war. »Das Beschneiden hat uns weh getan«, stieß er hervor.

»Nimm das.« Sandri schob ihm das Taschentuch unter die Nase und dachte: Zumindest tut es mir nicht weh, wenn mein Faden sich auflöst. »War es ein schlimmer Schmerz, wie wenn dich jemand stößt, oder ein guter, wie wenn ein Heiler einen gebrochenen Knochen richtet?«

Er schob den Baum etwas zur Seite, damit er eine perfekte Mischung von Sonne und Schatten bekam. »Ich hatte niemals einen Heiler.« Er fuhr mit dem feinen weißen Taschentuch über seine Wangen. »Ich glaube, es war ein guter Schmerz, wie damals, als ich meine Milchzähne verlor.« Er gab ihr das Tuch zurück und sah die Flecken und den Schmutz, den seine Finger hinterlassen hatten. »Oh weh, es sieht gar nicht mehr gut aus.«

»Du kannst es behalten«, erwiderte Sandri. »Die Dame in Hatar, die mir meine Trauerkleidung gekauft hat, hat so viele Taschentücher ausgesucht, als müsste ich jahrelang weinen. Darf ich den Baum mal anfassen?«

Er sah erst sie, dann seinen Shakan an. »Aber tu ihm nicht weh und erschrecke ihn auch nicht.«

Vorsichtig fuhr sie mit einem Finger den Stamm entlang. Zwei der größeren Äste waren in locker sitzende Spiralen aus Metall gehüllt. »Wofür ist dieser Draht?«

»Rosendorn sagte, das hilft dem Baum in der Form zu wachsen, in der man ihn haben will.« Er scharrte mit einem seiner bloßen Füße – seine unbequemen neuen Schuhe hatte er irgendwo stehen lassen – auf dem Boden. »Hör mal . . . ähm, danke für . . . heute Morgen.« Es fiel ihm nicht leicht, das auszusprechen. »Du hättest das nicht tun müssen.«

»Aber natürlich musste ich. Vielleicht wirst du eines Tages etwas für mich tun.«
»Darauf würde ich nicht wetten«, riet er ihr und klang schon wieder ganz wie früher.
Sie grinste ihn an. »Keine Sorge, mach ich auch nicht.«

»Das letzte Stück des Tages«, stieß Eisenbart hervor und hämmerte an einem Eisen. »Kirel, ich brauche jetzt sofort das andere Teil.«
Daja sah zu, wie der Lehrling schwere Lederhandschuhe anzog, die Zange nahm und das Eisen aus dem Feuer holte. Sie konnte sehen, dass er das rot glühende Metall sehr ungeschickt hielt, als er sich von der Esse wegdrehte, und wollte das bereits sagen. Doch sie biss sich auf die Zunge. Die meisten in Kirels Alter wären über einen Rat von einem elfjährigen Mädchen nicht gerade begeistert.
Der Novize stolperte und die Zange glitt ihm aus der Hand.
Daja dachte gar nicht weiter nach, sie ergriff das heiße Eisen, bevor es auf dem Boden aufschlug. Mit einem erleichterten Seufzer reichte sie es Kirel.
Er trat zurück, die Augen entsetzt aufgerissen. Der Schmied unterbrach sein Hämmern.
»Kirel? Daja?«, fragte Eisenbart. »Was ist denn los?«
Daja hielt dem Novizen immer noch das rote Metall hin, auch wenn sie angefangen hatte zu zittern. Genauso würden ihre Leute sie ansehen, weil sie mit Lugsha arbeitete.
Sanft griff Eisenbart ihr über die Schulter und nahm das heiße Eisen aus ihrer Hand. Kirel rannte hinaus.
Eisenbart legte das Eisen auf den Rand der Esse. »Zeig mir deine Hände.«
Daja gehorchte. Er drehte die Handflächen – sie zeigten keinerlei Brandwunden. »Holst du mir das Eisen von meinem Amboss?«,

bat er und faltete ihre Finger über ihrer Handfläche und drückte sie fest. »Leg es neben dieses Stück – schieb sie nicht wieder zurück ins Feuer. Hol zwei frische Eisenstäbe aus der Kiste und leg sie auf die Kohlen.«

»Eisenbart . . .«, flüsterte sie und wusste nicht, was sie sagen sollte.

»Er wird schon wieder«, sagte der Schmied. »Diese großen Kerle aus dem Norden sind einfach alle nur ein wenig überempfindlich.« Er ging nach draußen.

Daja legte die Eisen ins Feuer, dann stand sie in der Türöffnung, um sich abzukühlen. Sie hörte Eisenbart flüstern. Er sagte: »Ich habe dich gewarnt, als du zu mir kamst, dass du merkwürdige Dinge sehen würdest.«

»Ein Mädchen, das glühendes Metall in den Händen hält? Das ist mehr als nur merkwürdig!«

»Ich weiß gar nicht, warum du dich so aufregst. Ich mache das Gleiche schon die ganze Zeit.«

»Aber Ihr seid ein großer Magier, vielleicht der größte Magier unter den Schmieden auf der ganzen Welt. Ich habe immer gedacht, man . . . man könnte es lernen, wenn man es jahrelang studiert hat.«

Daja entfernte sich von der Tür, sie wollte nichts weiter mit anhören. Sie betrachtete ihre Hände: dunkelbraun mit gelblich braunen Handflächen. Sie hatten dicke Schwielen von der harten Arbeit, die auf dem Dritten Schiff Kisubo geleistet werden musste. Sie ging zur Esse, zögerte, dann schlang sie ihre Hände um die rot glühende Spitze der Eisenstange, die sie aufgefangen hatte. Es fühlte sich warm an, aber angenehm.

»Also«, sagte Eisenbart und kam wieder herein. Sie besah sich seine Hände. Er hatte ihr das heiße Eisen aus der Hand genommen, doch er trug keine Handschuhe. Jetzt, wo sie darüber nachdachte, fiel ihr ein, dass er den ganzen Nachmittag keine getragen hatte. »Wo waren wir stehen geblieben?«

Das Abendessen verlief sehr ruhig. Nur Niko, Lerchenfroh und Rosendorn unterhielten sich. Die vier Kinder waren nach diesem Tag erschöpft.

»Wir gehen jetzt baden. Lerche und ich machen später sauber«, erklärte Rosendorn, als sie gegessen hatten. »Ihr Kinder geht heute früh zu Bett, ihr seht ziemlich müde aus.«

»Weshalb die Veränderung heute?«, fragte Sandri gähnend.

»Einmal im Monat gehen wir auf den Markt nach Sommersee«, erklärte Lerchenfroh. »Wir haben dort einen Stand und verkaufen Sachen, die im Verschlungenen Kreis hergestellt wurden.«

Sandri klatschte begeistert in die Hände, Tris saß kerzengerade da und Daja lächelte. Sommersee war einer der großen Häfen am Achatmeer. Auf dem Markt gab es auf jeden Fall viele interessante Dinge zu sehen.

»Ich kann meinen Shakan noch nicht allein lassen«, protestierte Briar. »Ich muss bei ihm bleiben. Was ist, wenn der Geweihte Kranich ihn sich wiederholt?«

»Das würde er nicht wagen«, erwiderte Rosendorn. »Und es ist auch nicht gut, einen Shakan zu sehr zu bemuttern. Sie brauchen ihre Zeit.«

Lerchenfroh stand auf. »Nun holt alle eure Waschsachen. So wie ihr ausseht, müssen wir aufpassen, dass ihr nicht einschlaft und ertrinkt.«

Die Kinder gehorchten und liefen los.

10

Am nächsten Tag fuhren sie bereits eine Stunde vor Morgendämmerung los und schliefen während der meisten Zeit der Fahrt zwischen Stoffballen, Garn, Flaschen und Krügen voller Flüssigkeiten und Salben. Als die Sonne hoch am Horizont stand, rollte ihr Gefährt durch die Miren, das Armenviertel der Stadt. Sie bewegten sich in einer Karawane von Karren, Menschen und Pferden – alle auf dem Weg zum Markt. Als sie die Stadtmauer hinter sich gelassen hatten, die sich zwischen dem Armenviertel und dem Hafen von Sommersee befand, seufzte Briar erleichtert auf. Er fühlte sich eigenartig, wenn er ein Armenviertel sah, das so sehr dem glich, in dem er aufgewachsen war.

Der riesige Marktplatz war voller Menschen. Sobald sie mit ihrem Karren ihren Stand erreicht hatten, verlor Rosendorn keine Zeit und wies jedem seine Arbeit zu. Sie legten die Waren aus und Lerchenfroh fuhr den leeren Karren fort. Niko, der sie auf einem Pferd begleitet hatte, folgte ihr.

Briar und Daja bewachten den Stand. Sandri und Tris zeigten die Waren, nannten die Preise und verpackten, was verkauft worden war. Rosendorn unterhielt sich mit Käufern und kümmerte sich um die Einnahmen. Es war ein geschäftiger Vormittag, an dem es kaum einen Augenblick der Ruhe gab. Alle aßen ihr Mittagsmahl im Stehen.

Bald nach dem Mittagessen kam Lerchenfroh zurück. »Wir können die Kinder jetzt gehen lassen, Rose, oder nicht? Du und ich, wir können uns von jetzt an allein um die Sachen kümmern.«

Rosendorn sah die Kinder an. »Versprecht mir zusammenzubleiben, ja? Und keinen Ärger zu machen?«

Alle vier nickten.

Sie deutete auf die Uhr an der Zunfthalle. »Um drei Uhr seid ihr zurück.« Sie nahm Münzen aus ihrer Gürteltasche und reichte sie ihnen. »Hier sind für jeden fünf Kupfermonde. Kauft nichts Verbotenes. Und jetzt ab mit euch!«

»Komm schon«, sagte Briar, als Sandri zögerte.

»Bevor sie ihre Meinung ändert«, fügte Daja hinzu. Sie fasste Sandri an einem Arm, Briar nahm den anderen und sie zogen sie mit sich. Tris lief hinter ihnen.

Ihr erster Halt war der Süßwarenstand, wo jeder einen Kupfermond ausgab. Dann hielten sie am Brunnen des Marktplatzes. Als sie ihre klebrigen Hände gewaschen hatten, schlenderten sie durch die Budengassen. Sandri fand eine hölzerne Handspindel mit einer dunkelgrünen Lackierung und kaufte sie. Tris entdeckte einen Stand mit gebrauchten Büchern und inspizierte jeden einzelnen Band. Die anderen liefen weiter. Daja blieb beim Stand eines Kupferhändlers am äußeren Ring des Platzes stehen und bewunderte seine fein gearbeiteten Servierplatten. Briar unterhielt sich mit zwei Straßenjungen.

Sandri suchte sich einen Platz, wo sie nicht dauernd von anderen Leuten angestoßen wurde, und betrachtete die Gebäude am Marktplatz, die Zunfthalle von Sommersee, den Sitz des Statthalters und die Halle der Händler. Die Zunfthalle war besonders schön, Statuen standen in Nischen im ersten Stockwerk. Sandri wollte sie sich gerade näher ansehen, als das Jaulen eines Hundes und lautes Gelächter ihre Aufmerksamkeit auf sich zog. Sie blickte sich um und sah, wie sechs gut gekleidete Jungen sich über etwas beugten.

»Hört damit auf!«, rief sie, rannte hinüber und packte einen von ihnen. »Wie könnt ihr es wagen!«

Der Bursche, den sie gepackt hatte – ein großer Junge in einer grünen Tunika –, schlug nach ihr und stieß sie auf einen Abfallhaufen. Sandri rappelte sich auf die Füße und landete einen Treffer bei einem der anderen Jungen. Er versuchte mit dem Fuß nach ihr zu stoßen, doch sein Fuß verfing sich in ihrem Rock. Sie packte ihn am Knöchel, drehte ihn und warf den Jungen so auf den Rücken. Dann schubste sie seinen Nachbarn und versuchte ihn von den anderen wegzuziehen. Dieser Junge bekam einen ihrer Zöpfe zu fassen und zog heftig daran. Mit einem Schrei, der ebenso sehr ihre Wut wie ihren Schmerz ausdrückte, drehte sie sich zu ihm und biss ihn in den Arm. Er schrie auf und gab ihr einen Stoß in den Magen.

Daja hörte Lärm und sah sich um. Briar unterhielt sich immer noch mit den beiden Straßenjungen. Tris feilschte um ein Buch. Wo war Sandri?

»Ihr gemeinen Kerle!«, hörte sie eine vertraute Stimme rufen. »Flegel! Ein Tier zu quälen . . .«

»Verschwinde hier!«, schrie jemand am Rande des Marktplatzes. Eine kleine Gestalt flog aus einer Gruppe von Jungen an eine Wand.

Daja umfasste ihren Stab fester und rannte los, um Sandri zu helfen. Der Junge, der Sandri gegen die Wand geworfen hatte, war noch nicht fertig mit ihr. Doch gerade als er die Faust gegen sie hob, traf ihn etwas Hartes zwischen den Schultern. Er wirbelte herum und fand sich einem schwarzen Mädchen gegenüber, das fast ebenso groß wie er selbst war und den Stab einer Händlerin trug.

Er schlug nach ihr. Vom Boden aus stieß Sandri ihn in die Kniekehlen, während Daja ihm den Stab in die Rippen stieß. Er ging hart zu Boden, fiel in einen Haufen von Pferdeäpfeln.

»Hinter dir!«, warnte Sandri ihre Freundin.

Daja dankte den Glücksgöttern, dass ihr Onkel ihr einige Tricks mit dem Stab beigebracht hatte. Sie klemmte den Stab unter ihren Arm und stieß das glatte Holz zurück, bis es jemanden heftig traf. Ein Aufschrei. Sie drehte sich um und traf ihren Angreifer seitlich am Hals, sodass er zurückwich. Drei weitere Jungen kamen hinzu.

»He, da gibt's 'ne Rauferei«, bemerkte einer von Briars neuer Bekanntschaft. »Noch dazu mit Stadtmädchen.«

»Aber eine ist 'ne Händlerin«, verbesserte ihn der andere Straßenjunge. »Hat jedenfalls einen Stab.«

Briar drehte sich um und stellte fest, dass das Stadtmädchen Sandri war. Was sollte er tun? Sie und Daja retten? Er seufzte. Immerhin schuldete er Sandri etwas. Außerdem sah es ganz nach einem guten Kampf aus, gegen plumpe Kaufmannsburschen. Mit einem Nicken verabschiedete er sich von den Straßenjungen und rannte los, um den Mädchen zu helfen.

Er überraschte den Feind, indem er den Jungen mit der grünen Tunika von hinten zwischen die Beine stieß. Als ein anderer Junge nach ihm ausholte, duckte sich Briar. Er packte dessen Arm, drehte ihn auf den Rücken und stieß ihn in einen Jungen, der versuchte sich aus einem Haufen Pferdemist hochzurappeln.

Daja schwang ihren Stab und setzte einen der Jungen matt. Sandri, die am Boden lag, zerrte an den Hosen eines anderen, der Briar bedrohte, und zog sie ihm über die Knie. Als er stolperte und fiel, kroch sie an ihm vorbei. Dort drüben lag das zitternde, blutüberströmte Pelzknäuel, das voller Qual gejammert hatte. Sie fasste das Hündchen und drückte es an sich.

»Stadtjungen!«, rief die Grüne Tunika, die der Anführer zu sein schien. »Stadtjungen, zu mir!«
»Aber nicht doch!« Briar rammte ihm seine Faust in den Bauch, dass dem größeren Jungen die Luft wegblieb. »Du solltest deinen Kampf selbst austragen!«
Beim Bücherstand schob Tris eben ihren Kauf in eine Tasche und sah sich nach den anderen um. Als sie sie entdeckte, begann sie zu zittern. Kämpfe bedeuteten Schmerzen und Schwierigkeiten. Sie hasste es, verletzt zu werden.
Daja war in der Mitte und schwang ihren Stab wie eine Frau, die Teppiche ausklopft. Briar sprang von einem Gegner zum anderen und teilte kurze, aber präzise Schläge aus, die die anderen aufheulen und fluchen ließen. Dort war Sandri und hob eben eine braune Masse vom Rinnstein auf und warf sie einem Jungen ins Gesicht.
Andere Jungen rannten hinzu, um sich am Kampf zu beteiligen. Tris musste ganz plötzlich an den bestickten Wandbehang denken, den Sandri ihr geschenkt hatte. Er war so wunderschön. In der Dämmerung, fand Tris, sah es fast aus, als lebten die gestickten Vögel.
Wenn sie half, würden die Jungen ihr auch weh tun, das war ihr schon einmal geschehen. Panisch sah sie sich nach einer Wache oder einem anderen Erwachsenen um, der helfen konnte. Da zog die Straße, die zum Hafen führte, ihren Blick auf sich. Am anderen Ende konnte sie das blaugraue Wasser sehen.
Sie war nicht sicher, was als Nächstes passierte. Der Wind trug sie, wie das erste Mal, als sie versucht hatte zu meditieren, zum Hafen hinüber. Sie konzentrierte sich auf eine kleine Menge Wasser und holte sie wie mit einem unsichtbaren Eimer heraus. Sie würde es auf die Stadtjungen schütten, um sie abzukühlen.

Eine grobe Hand fasste ihre Schulter und wirbelte sie herum. »Aus dem Weg!«, fuhr ein Junge sie an und stieß sie beiseite.
Verwirrt schüttelte Tris den Kopf und drehte sich, bis sie den Hafen wieder sehen konnte. Auf den Docks drehte sich mit einem Mal ein Wasserschwall wie eine Spindel. Der Junge hatte sie gedreht und sie hatte ihr Meerwasser gedreht. »Oh weh«, flüsterte sie.
Aus dem Wasserschwall wurde in kürzester Zeit ein Wasserzyklon. Als die Wassersäule zehn Fuß hoch war, löste sie sich vom Dock und wirbelte die Straße entlang, schluckte Kisten, Abfälle und Pferdemist.
»Entschuldigung!« Tris rannte zu den Kämpfenden. »Ich glaube, ihr solltet aufhören . . .«
Niemand hörte auf sie. Die Wassersäule hatte inzwischen einige Jungen erreicht. Sie erfasste sie und warf sie gegen die Mauern der Häuser. Ein Junge drehte sich um und wurde kopfüber erfasst. Er stieg fast sieben Fuß hoch, bevor die Wassersäule ihn wieder fallen ließ.
Daja, Briar und Sandri konnten die Wassermasse zuerst nicht sehen, denn sie befanden sich an einer Ecke des Marktplatzes. Dort hob einer der Angreifer die Hände, um Dajas Stab abzuwehren. Sie ließ den Stab rasch nach unten sausen und stieß ihm die Füße weg. Briar drehte einem Jungen die Nase um, dann kam er Daja zu Hilfe, die sich vor Sandri und das Hündchen gestellt hatte. Vorsichtig zogen die drei sich zurück. Drei Stadtjungen folgten ihnen.
Und jetzt sahen sie es: Eine Wassersäule kam die Hafenstraße hoch. Die Stadtjungen, die nicht wussten, was sich hinter ihnen näherte, sahen das Entsetzen in den Gesichtern ihrer Gegner. »Das ist der älteste Trick, den es gibt!«, höhnte die Grüne Tunika. Eines seiner Augen färbte sich langsam dunkel. Sein Nachbar, dessen

Lippen sichtbar anschwollen, lachte rau. Nur der Dritte drehte sich um – und rannte sofort davon. Die Wassersäule schluckte die anderen beiden, drehte sie schnell einige Male, dann spuckte sie sie auf die Pflastersteine des Markplatzes.

Tris, die alles mit angesehen hatte, zitterte vor Angst. Diesmal war sie in echten Schwierigkeiten. Das war kein Blitz, der einschlug und verschwand. Das Wasser hatte bereits einige der Jungen umhergewirbelt, jetzt näherte es sich den Tempelkindern. Sie sollte lieber loslaufen und nicht mehr anhalten, bis sie Namorn erreicht hatte.

Das Hündchen entwischte Sandris Griff und rannte auf die Wassersäule zu, schnappte und bellte. Bis jetzt waren Tris' einzige Freunde Tiere gewesen. Sie musste den Hund retten. »Nein, nicht!« Sie rannte los und stellte sich vor ihr Werk, bevor es den Hund verschlingen konnte. »Halt jetzt an! Ich . . . ich befehle es . . .! Bitte!«

Die Wassersäule kam zum Stehen und drehte sich weiter um sich selbst. Tris starrte sie an und verbot ihr sich zu bewegen. Schweiß rann ihr die Wangen und den Rücken hinab. Was sollte sie jetzt nur tun?

Die Wassermasse schob sich nach rechts. Im gleichen Moment, als Tris die weiß gefegten Pflastersteine sah, wo das Wasser gewütet hatte, sagte sie grimmig: »Oh nein, das tust du nicht.« Sie atmete tief ein und fasste mit ihrem Geist nach ihrer Schöpfung. Sofort spürte sie unsichtbare Bande zwischen sich und dieser Masse aus Wasser, Steinen und Unrat.

»Ich hole eine der Geweihten.« Daja drückte Briar ihren Stab in die Hände. »Hier – falls noch irgendjemand auf falsche Gedanken kommen sollte.« Sie wich zurück und rannte dann in weitem Bogen um die Wassersäule herum. Sie schien ihr folgen zu wollen.

»Hör auf!«, rief Tris. Das begann langsam weh zu tun, sie spürte Schmerzen wie Nadelstiche in ihrem Kopf und Hals. Was geschah, wenn sie die Kontrolle verlor?

Sandri trat zu ihr, und während sie den Hund hochhob, nahm sie mit ihrer schmutzigen freien Hand Tris' Hand. Briar fasste Tris an der Schulter. Tris fühlte sich durch ihre Nähe gestärkt. Sie holte tief Luft, atmete aus und gebot der Wassersäule weiter Einhalt.

Die Wassersäule schrumpfte, dann wurde sie wieder länger. Tris ließ nicht locker. Die Wassersäule drehte sich schneller, dann spie sie den Unrat aus, den sie in der Straße aufgesammelt hatte. Ein Stück Holz traf Tris an der Stirn. Sie schrie auf und fuhr sich mit der Hand an die Wunde, spürte, wie Blut über ihre Finger lief. Briar und Sandri stützten sie.

»Du darfst nicht die Kontrolle verlieren!«, rief Briar. »Komm schon, Kaufmannstochter, es ist jetzt keine Zeit, sich über ein Wehwehchen Sorgen zu machen!«

Zischend rüttelte die Wassermasse an den Pflastersteinen und schickte Steinsplitter in die Luft. Tris' Griff löste sich, während alle drei ihre Augen bedeckten. Mit einem triumphierenden Dröhnen drehte sich die Wassersäule zum Markt hin.

»Genug«, sagte eine vertraute Stimme. Daja, Lerchenfroh und Rosendorn waren gekommen, um dem Wasser den Weg zu versperren. Lerchenfroh hielt eine Handspindel mit blauem Garn hoch. Ihre Finger zuckten und die Spindel drehte sich nach links, entgegen der normalen Drehung. Lerchenfroh ließ sie nach unten baumeln, die Augen fest auf die Wassersäule gerichtet, während sich das Garn entrollte. Die Bewegungen des Wassers wurden langsamer, erfolgten dann in die Gegenrichtung. Es dehnte und streckte sich, bis es in eine große Pfütze zusammenfiel. Lerchenfroh hielt die Spindel an und wand ihr aufgerolltes Garn um eine Hand.

Mit dem Zusammenfallen ihrer Schöpfung schien der Boden unter Tris zu schwanken. Ihre Knochen fühlten sich an wie Wasser, das in ihre Schuhe troff. Sie sackte zusammen und Briar hielt sie schnell fest.

Rosendorn funkelte die Kinder an: »Ihr solltet keinen Ärger machen!«

»Es war gar nicht so schlimm.« Briar blinzelte mit einem Auge, das sich immer dunkler verfärbte. »Zumindest wurde niemand getötet.«

»Sie haben diesen Hund gequält!« Sandri war immer noch wütend. »Er ist noch ein Welpe und sie haben ihm absichtlich weh getan!«

»Kommt jetzt.« Rosendorn packte Daja und Sandri am Arm und zog sie mit sich zurück zum Markt. Lerchenfroh und Briar stützten die kraftlose Tris. »Wenn wir uns beeilen«, erklärte Rosendorn, »kommen wir vielleicht aus der Stadt, ohne dass jemand weiß, was vorgefallen ist.«

Der Karren mit dem ruhigen Zugpferd stand neben dem Stand. »Ich kann gar nicht glauben, dass niemand ihn geklaut hat«, sagte Briar ehrfürchtig.

»Kümmer dich nicht darum. Fang an zu packen«, befahl Rosendorn. Lerchenfroh und Briar schoben zuerst Tris in den Karren, dann packten sie die restlichen Sachen ein. Das war schnell getan – fast alles war inzwischen verkauft. Die Kinder kletterten in den Karren. Daja, die den Hund hielt, während Sandri sich setzte, hörte ein Murmeln und sah sich um. Eine Menge näherte sich ihnen. »Rosendorn, es gibt Ärger.«

Die beiden Geweihten drehten sich um und sahen, was sie meinte. »Ihr werdet euch für eure Taten verantworten!«, schrie ein wohlhabend aussehender Mann.

Eine Frau rief: »Ihr habt meinen Jungen fast umgebracht!«
Sandri stand auf und entwand sich Briars Griff, der versuchte sie zurückzuhalten. »Ihr Junge hat ein hilfloses Tier gequält!«, rief sie mit funkelnden Augen. »Er sollte sich schämen!«
»Still«, mahnte Rosendorn leise.
»Die Pflastersteine sind aufgerissen. Wer wird dafür bezahlen?« Der Sprecher, ein Mann in der knielangen Tunika, die von den Einwohnern Hatars getragen wurde, blieb vor ihnen stehen. »Und es gibt Strafen für Ruhestörung auf dem Marktplatz.«
Eine Frau trat näher, den ziemlich ramponiert aussehenden Jungen mit der grünen Tunika neben sich. »Außerdem verlange ich den Lohn des Heilers für meinen Sohn. Nun kann man nicht einmal mehr die Kinder spielen lassen, während man auf dem Markt ist!«
»Er verdient eine schlimmere Strafe als die, die er bekommen hat!« Sandri nahm Daja den Welpen aus dem Arm und hielt ihn hoch. »Hier ist das, womit er und seine Freunde gespielt haben. Ich würde mich schämen einen solchen Sohn großgezogen zu haben!«
Jetzt versuchten sowohl Daja wie auch Briar sie zum Sitzen zu bewegen.
Sandri machte sich frei. »Nur ein Rohling hat Spaß daran, Tiere zu quälen! Und . . .«
»Hör auf, Sandri, bitte!« Jeder starrte in den Karren, erschrocken über den schmerzvollen Schrei. Tris kämpfte sich hoch. Ihre Stimme klang rau wie die eines Raben, als sie krächzte: »Ist es nicht schon schlimm genug? Gib Ruhe!«
Der Hund wimmerte und schob seine Nase in Sandris Armbeuge. Mit einem Seufzen setzte sich das Mädchen. »Nur dir zuliebe«, murmelte sie ihm zu. Sie holte ein Taschentuch heraus und versuchte seine blutenden Wunden zu säubern.
»Vielleicht brauchen wir einen Wahrheitsfinder«, schlug Rosen-

dorn vor. »Lasst die Jungen und unsere Zöglinge befragen, um die ganze Wahrheit zu erfahren.«

»Ich bin sicher, Meister Niklaren würde als Wahrheitsfinder fungieren.« Zwei Männer kamen herangeritten, gefolgt von Soldaten im braunen Lederwams, blauen Hemden und Hosen – der Uniform der Stadtwache. »Das gehört doch zu Euren Fähigkeiten, Niko, nicht wahr?«, fragte Herzog Vedris seinen Begleiter. Der Herzog war beinahe ebenso einfach gekleidet wie seine Soldaten, in ein schlichtes weinrotes Hemd, Lederhosen und ein Lederwams, das mit Metallringen verziert war. Ein schwerer Goldring schimmerte an einem Ohr.

Um ihn herum verbeugten sich Erwachsene und Kinder tief und grüßten: »Euer Gnaden.«

Briar blickte zu Daja, dann zu Sandri. »Wer ist der Geldsack?«

»Herzog Vedris«, antwortete Sandri und Daja sah sie verblüfft an, »der Herrscher von Emelan.«

»Ich fungiere oft als Wahrheitsfinder, Euer Gnaden«, antwortete Niko. »Falls es die Dinge vereinfacht, kann ich das auch hier tun.« Er ritt zum Karren, bis er sich darüber beugen konnte, und legte kurz eine Hand auf Tris' Wange. Sie fasste dankbar seine Hand und hielt sie fest.

»Euer Gnaden«, rief die Mutter der Grünen Tunika, »mein Junge wurde mit Magie angegriffen! Seht ihn Euch an!«

»Seht Euch unsere Söhne an«, rief jemand anderes. »Sie wurden auch angegriffen!«

»Einer von denen da hat einen Wasserzyklon entfacht«, sagte ein wohlhabend aussehender Mann in den Beinkleidern und der langen Tunika der Händler. »Was, wenn er Schiffe erfasst hätte? Er hätte fast den Markt weggefegt. Man kann sehen, wo er Pflastersteine aus der Straße gerissen hat.«

Sandri reichte Briar den Hund und stand auf, die Hände vor sich gefaltet. »Euer Gnaden, darf ich vortreten, um zu sprechen?« Ihre Stimme scholl laut und klar über den Platz. Wäre nicht ihre verschmutzte und zerrissene Kleidung gewesen, hätte man meinen können, sie sei eine Königin in ihrem Thronsaal. »Es ist mein Recht.«

Der Herzog lehnte sich auf sein Sattelhorn. »Als eine der Beschuldigten habt Ihr das Recht, zu sprechen, hochwohlgeborene Sandrilene fa Toren.« Seine Stimme war leise, aber klar. »Fahrt fort.«

»Eine Adlige?«, fragte jemand überrascht.

»Du hast mir nicht gesagt, dass sie eine feine Dame ist«, fuhr die Mutter des Jungen mit der grünen Tunika ihren Sohn an.

»Aber sie hat mich gebissen, Mutter! Und sie ist gekleidet wie normale Leute!«

Sandri wartete, bis jeder still war. »Euer Gnaden! Meine Freunde und ich besuchten den Markt, als ich ein Tier schreien hörte.« Ihr schmales Gesicht war blass und entschlossen, ihr Kinn hielt sie hoch erhoben. »Sechs Jungen quälten es, in einer Straße dort drüben.« Sie deutete hinüber. »Wenn jemandem die Schuld an dem Kampf zuzuweisen ist, dann mir. Ich war es, die die Jungen angegriffen hat. Meine Freunde kamen mir zu Hilfe, genau wie die Freunde der Jungen ihnen zu Hilfe kamen. Aber ich bin immer noch der Meinung, dass sie großes Unrecht taten, indem sie ein hilfloses Wesen quälten.«

»Habt Ihr all diese Verletzungen verursacht, Sandrilene?« Die Stimme ihres Onkels klang ernst, aber sein Mundwinkel zitterte leicht.

Daja stand auf und lehnte sich auf ihren Stab. »Einiges davon stammt von mir, Euer Gnaden.«

Der Händler, der vorher gesprochen hatte, sah sie an. »Trangshi«,

stieß er hervor. Sandri warf ihm einen bösen Blick zu. Er konnte ihrem Blick nicht lange standhalten und sah weg.
Beschämt biss sich Daja auf die Lippen, dann fuhr sie fort. »Sandri . . . Die hochwohlgeborene Sandrilene ist Saati, ein wahre Freundin. Die anderen stießen sie zu Boden und ich kam ihr zu Hilfe.«
»Gib nur nicht so an«, sagte Briar und stand auf. Er reichte Sandri den Hund. »Einige dieser blauen Flecken gehen auf mein Konto, Euer Ehren . . . äh, Gnaden.«
»Also war es ein Streit unter Kindern«, erklärte der Herzog und blickte fragend in die Menge.
»Da war Magie!«, rief der Händler. »Eine Wassersäule ging auf die Jungen los!«
»Das war ein Unfall!« Tris stemmte sich auf die Füße. »Ich wollte ein wenig Wasser auf sie schütten, nur Wasser!« Sie brach ab und wurde rot, dann schluckte sie und fuhr fort. »Ich hob es aus dem Meer und irgendjemand drehte mich.« Sie wischte sich mit einem Ärmel den Schweiß von der Stirn. »Als ich wieder sehen konnte, drehte sich das Wasser. Ich konnte nichts . . . es ist einfach passiert.«
Der Herzog richtete sich auf und sein Blick war jetzt ernst. Das Gemurmel unter den Leuten verstummte.
»Zwei Fälle sind mir vorgetragen worden«, stellte er mit seiner ruhigen, klaren Stimme fest. »In der Sache der Verletzungen, die diesen Jungen zugefügt wurden, sollen mir die Forderungen der Heiler zugestellt werden. Sie werden dann aus dem Vermögen dieser jungen Leute bezahlt werden. Aber diese Forderungen müssen berechtigt sein, für ernsthafte Verletzungen, deren Schwere durch einen Wahrheitsfinder bestätigt werden muss.«
»Das wird die Heuchler lehren«, murmelte Briar in Dajas Ohr. Sie nickte.

Der Herzog faltete die Hände über seinem Sattelhorn. »Dann gibt es noch den Fall von Grausamkeit gegenüber einem Tier.« Daja und Briar sahen, wie die Augen der Leute größer wurden. »Das Gesetz ist klar. Hier in Emelan, wo der Kreis des Lebens verehrt wird«, er nickte zu Lerchenfroh und Rosendorn, die sich verbeugten, »fügen wir weder Tier noch Mensch aus Zeitvertreib Schmerzen zu. Die Strafe für jene, die dies vergessen haben, sind zwanzig Silbersterne. Jene, welche die Bezahlung der Heiler wünschen, sollen dem Wahrheitsfinder gegenüber auch schwören, dass sie nicht verantwortlich sind für das Quälen des Tieres. Wenn es doch so ist, wird die Strafe dafür zuerst bezahlt. Alle Parteien zusammen bezahlen die Gebühr des Wahrheitsfinders.«

Für einen Augenblick sagte niemand einen Ton. Zwanzig Silbersterne waren das Einkommen von drei Monaten für einen armen Mann, ein Monatseinkommen für einen Handwerker. Wahrheitsfinder waren noch teurer als diese Strafe.

Die Frau, die so nachdrücklich die Unschuld ihres Sohnes bekundet hatte, war die Erste, die antwortete. »Wir brauchen keinen Wahrheitsfinder und auch keinen Heiler«, sagte sie zum Herzog und knickste. Sie fasste ihren Sohn am Ohr und zog ihn fort. Auch die anderen hielten offensichtlich nichts davon, einen Wahrheitsfinder einzuschalten, und machten sich davon.

Zu jenen, die blieben – einige Kaufleute, ein paar Händler und die Gruppe vom Verschlungenen Kreis – sagte der Herzog: »Die Strafen für unerlaubten Gebrauch von Magie sind sehr hoch. Das muss ebenfalls geklärt werden.«

»Euer Gnaden, wenn ich sprechen darf«, sagte Niko. »Trisana wusste nicht, dass sie eine Magierin ist. Das Gesetz sieht Ausnahmen vor für Unfälle, die von jungen Magiern ohne ausreichende Anleitung verursacht werden.«

»Unsinn!«, rief ein Bäcker in einer mehlbestäubten Schürze. »Wie sollte sie es nicht wissen? Das war ein Zyklon, der Schiffe versenken könnte, und nicht Milch, die im Butterfass gerührt wird!«

»Wenn sie nichts davon weiß, weshalb ist sie dann bei den Geweihten Lerchenfroh und Rosendorn?«, wollte eine Frau aufgebracht wissen. »Jeder weiß doch, dass die Magiegeborenen in ihre Obhut gegeben werden!«

»Meine Leute sagten mir, ich sei verrückt!«, rief Tris mit sich überschlagender Stimme aus. »Der Magier zu Hause sagte, ich hätte keine Magie, und deshalb schoben sie mich ab!«

Lerchenfroh kletterte auf die Ladefläche des Karrens und zog Tris an sich. »Sie ist erschöpft«, erklärte die Geweihte dem Herzog. »Sie braucht etwas zu essen und sie muss unbedingt schlafen. Wenn Ihr sie bestrafen wollt, können wir dann vielleicht warten, bis sie überhaupt weiß, was los ist?«

Einige Leute gingen kopfschüttelnd davon. Ein krankes Mädchen war nicht halb so Furcht erregend wie eine Magierin, die absichtlich mit ihrer Magie Schaden anrichtete.

»Seid ihr zufrieden?«, fragte der Herzog die drei, die noch geblieben waren: den Bäcker, einen Mann mit dem Abzeichen eines Goldschmieds an seinem Hut und den Händler, der Daja Trangshi genannt hatte.

»Solange kein weiterer Unfall passiert«, antwortete der Goldschmied. »Im Augenblick ist sie für jeden eine Gefahr.«

»Und wenn ich festlege, dass sie im Verschlungenen Kreis bleiben muss, bis Meister Niklaren erklärt, dass sie Kontrolle über ihre Macht hat?«, wollte der Herzog wissen. »Ist das annehmbar?«

»Wenn sie so bald wie möglich zum Verschlungenen Kreis zurückkehren, bin ich einverstanden«, erklärte der Bäcker. Der Goldschmied nickte.

Der Händler sagte nichts, drehte sich nur um und ging davon. Daja sah ihm nach. Ihre Hand umschloss ihren Stab fester, bis ihre Knöchel weiß wurden.

Der Blick des Herzogs ruhte nun auf den Kindern. »Was soll mit dem Tier geschehen?«, fragte er Sandri.

Rosendorn wollte schon protestieren, dann seufzte sie. »Der Hund bleibt bei uns.«

»Hast du das gehört?«, fragte Sandri ihren neuen Freund. »Du gehörst jetzt zu uns.« Der kleine Hund winselte und leckte ihr Gesicht.

Sie verließen die Stadt nicht sofort, um nicht in das Gedränge von Pferden und Karren zu kommen, die inzwischen den Markt verließen, sondern nahmen das Angebot des Herzogs an, in einem nahe gelegenen Gasthaus zu speisen. Lerchenfroh versuchte die völlig erschöpfte Tris dazu zu überreden, ein wenig zu essen.

Nach dem Essen durften die Kinder ihr neues Haustier in dem kleinen Hof hinter dem Gasthaus baden. Rosendorn rieb seine Wunden mit einem scharf riechenden Balsam ein.

»Ihr vier müsst diesem hitzigen Kerlchen beibringen sein Geschäft vor der Tür zu verrichten«, erklärte sie den Kindern dabei. »Und außerdem hinter ihm sauber machen und ihn davon abhalten, dass er alles annagt, was ihm vor die Schnauze kommt.« Als der Hund nach ihr schnappte, während sie eine besonders hässliche Wunde versorgte, fasste sie ihn sanft, aber nachdrücklich um den Kiefer. »Genug!«, befahl sie. »Ich mag Hunde nicht lieber als Kinder.«

Zerknirscht wedelte der Hund mit dem Schwanz und winselte sie an. Er schnappte kein zweites Mal.

Während Sandri und Daja den gesäuberten Hund mitnahmen, um ihn Niko, Lerchenfroh und dem Herzog zu zeigen, half Briar

Rosendorn ihre Medizin wieder einzupacken. »Ich habe keine Magie«, sagte er abrupt.

»Unsinn«, war die kurze Antwort. »Du hast genauso viel Magie wie ich. Es ist nur so, dass deine Magie – und auch die der Mädchen – sich in ungewöhnlicher Weise zeigt.«

Er legte eine Hand auf ihren Arm. »Meister Niklaren hat Unrecht. Ich bin kein Magier!«

Rosendorn blickte bedeutungsvoll auf die Hand auf ihrem Ärmel, bis Briar sie mit gerötetem Gesicht wegzog. »Es ist kein Zufall, dass Niko bei deiner Verurteilung zugegen war. Er hatte die Vorahnung einen Jungen mit Grüner Magie zu finden. Ich wusste, dass er Recht hatte, als ich merkte, wie meine Bohnen dich willkommen hießen. Du hast sie ziemlich aufgeregt, mein Lieber. Sie wollten schon einen Monat zu früh austreiben. Ich musste sehr streng mit ihnen sein.«

»Das ist doch keine Magie«, wandte er ein.

»Natürlich ist es das und sogar sehr wichtige. Die allerwichtigste, wie ich meine. Das brauchst du natürlich den anderen nicht zu sagen.«

»Aber ich bin ein Dieb«, protestierte er.

»Ich wette, es gab immer eine Menge Pflanzen in jedem Loch, in dem du lebtest«, sagte sie und ihre dunklen Augen blitzten. »Ich wette, dass dir merkwürdige Dinge in den Gärten der Reichen passierten.«

Briar senkte den Kopf und rieb mit dem Daumen über die tiefen Narben in seiner Handfläche. Rosendorn berührte die Hand. Ihre Fingerspitzen fanden die langen, tiefen Narben, die die dornige Kletterpflanze hinterlassen hatte, an die er bei der Wahl seines Namens gedacht hatte.

»Sie züchten oft Pflanzen an ihren Gartenmauern mit besonders großen Dornen, um sich zu schützen«, bemerkte sie. »Diese hier muss dich geradezu geliebt haben, um eine so tiefe Narbe zu hinterlassen.«

»Mit Freunden wie dieser Pflanze brauche ich keine Wachen mehr«, murrte er. Etwas Kühles schien plötzlich in die alten Wunden und seinen Arm hinaufzufließen. Ein Duft wie von sich verfärbendem Laub und feuchtem Stein umgab ihn, wie er ihn auch in ihrem Arbeitsraum gerochen hatte, als sie den Shakan beschnitten hatten. Briar sah in ihr Gesicht und bemerkte den Schimmer von Grün und Gold in ihren Augen und fühlte den Strom des Lebens, der durch ihre kräftige Gestalt floss.

»Magie?«, flüsterte er.

»Geh und sag Niko, dass es Zeit ist, aufzubrechen«, befahl sie. »Wir müssen zu Hause sein, bevor der Gottesdienst im Erdentempel beginnt.«

Sobald sie im Karren saßen, wurde Tris in Decken eingewickelt, die man aus den Unterkünften der Wachen geholt hatte. Sie schlief beinahe sofort ein. Die anderen drei Kinder machten es sich zwischen den leeren Säcken bequem und Rosendorn hielt die Zügel.

Lerchenfroh ritt mit Niko auf seinem Pferd hinter dem Karren her. Sie unterhielten sich leise. Der Herzog und seine Soldaten begleiteten sie ebenfalls. Fünf Wachen marschierten vor dem Karren, fünf dahinter. Der Herzog ritt neben dem Karren und unterhielt sich mit Rosendorn über die bisherige Ernte.

Sandri setzte den Welpen ab und lächelte, als er versuchte sich gegen das Schaukeln des Karrens zu stemmen. Unbeholfen wackelte er zu jedem von ihnen und beschnüffelte sie.

»Er hat bestimmt Flöhe«, bemerkte Briar. Der Hund wedelte mit dem Schwanz.

»Er mag dich«, stellte Daja müde fest. »Das spricht nicht gerade für seinen Geschmack.«

»Können wir ihn Kleiner Bär nennen?«, fragte Sandri. »Er sieht wie ein Bär aus, wenn er steht.«

»Genug von diesem ›wir‹«, protestierte Briar. »Nur weil wir zusammen ein Kämpfchen hatten, heißt das noch lange nicht, dass wir Kameraden sind.«

»Oh, Entschuldigung«, erwiderte Daja und warf die Hände abwehrend hoch. »Tut mir Leid, dass wir in dem gleichen Karren fahren müssen!«

Sandri legte eine Hand auf ihren Arm. »Es ist zu heiß, um zu streiten, Daja.«

Der Hund winselte Briar an.

»Du kennst diese Mädchen noch nicht«, erklärte Briar ihm. »Sie können sogar eine Schildkröte zum Wahnsinn treiben.«

»Wusstet ihr es?«, fragte Sandri. »Das mit der Magie?«

Briar war still und starrte sie an. Nach einem Augenblick sah er weg. »Nein«, flüsterte er.

Sandri zog zuerst an ihrem linken Zopf, dann an ihrem rechten. »Ich ahnte es irgendwie, damals in Hatar, nachdem meine Eltern gestorben waren.« Leise erzählte sie ihnen von dem verborgenen Lagerraum, zu der Zeit, als die Pockenepidemie in Hatar gewütet hatte und der Mob die einzige Person getötet hatte, die wusste, wo sie war. »Ich dachte lange Zeit, das Licht sei gar nicht echt gewesen«, erklärte sie ihnen.

»Uns war es nicht gestattet, mit Lugsha, also mit Leuten, die Dinge herstellen, zu reden«, erwiderte Daja leise. »Ich wurde immer von Schmieden fern gehalten. Ich wäre nie draufgekommen, doch dann verhielt Kirel sich so komisch . . .«

»Das macht nicht gerade Sinn, was du erzählst«, murrte Briar.

Daja holte tief Luft und erklärte, was geschehen war, als Eisenbarts Lehrling ein Stück rot glühendes Eisen fallen gelassen hatte. Sie blickte auf ihre Hände. »Es fühlte sich an wie mein Freund. Und Kirel hatte Angst vor mir.«

Briar pfiff leise. »Was ist mit dem Rotschopf?«, fragte er und deutete auf Tris.

»Der Rotschopf behält seine traurige Geschichte für sich«, erwiderte Tris kühl, ohne ihre Augen zu öffnen. »Und er wäre sehr froh, wenn ihr eure Nasen aus seinen Angelegenheiten raushalten könntet!« Sie drehte sich um und wandte ihnen den Rücken zu.

»Reizend wie immer«, murrte Briar. Er zog ein paar leere Säcke zu sich herum, um sich ein Nest zu machen, rollte sich zusammen und schloss die Augen.

In Händlersprache flüsterte Daja Sandri zu: »Ich hab es dir ja gesagt. Sie ist einfach gemein.«

Sandri schüttelte den Kopf. Tris konnte knurren und schnappen, sosehr sie wollte. Während des Kampfes, als die Wassersäule Daja unter sich begraben wollte, hatte Tris, obwohl sie Angst gehabt hatte, alles getan, um das Wasser davon abzuhalten, Daja zu verletzen.

An der Stadtmauer kletterte Lerchenfroh zurück in den Karren zu den Kindern und richtete sich auf ein Schläfchen ein. Die Wachen, die dem Statthalter unterstanden und deren Macht damit an den Stadtmauern endete, wurden durch einen Trupp Wachen des Herzogs ersetzt. Sie und der Herzog begleiteten den Karren durch die Miren und auf der langen Straße zum Verschlungenen Kreis. Schließlich waren auch Briar und Daja eingeschlafen. Sandri kletterte auf den Kutschbock und setzte sich neben Rose und ließ den Blick über die Hafeninseln schweifen, die durch die beiden großen Leuchttürme im Hafen von Sommersee erhellt wurden.

Sobald sie die Miren hinter sich gelassen hatte, sprach der Herzog Rosendorn an. »Darf ich für eine Weile den Karren fahren?«, fragte er. »Selbst wenn ihr es nicht gewöhnt seid, zu reiten, werdet Ihr mein Pferd sehr bequem finden.«

Briar öffnete schläfrig die Augen, als Rosendorn auflachte und das Angebot akzeptierte. So gelassen, als ob er als Kutscher seinen Lebensunterhalt verdiente, setzte sich der Herzog auf ihren Platz und übernahm die Zügel.

»Ich hoffe, ich habe dich auf dem Marktplatz nicht in Verlegenheit gebracht«, sagte Sandri leise. »Aber ich nahm nicht an, dass dein Urteilsspruch anders ausfiele, nur weil du mein Großonkel bist.«

Unbemerkt von Sandri oder dem Herzog, setzte sich Briar wütend auf. Ihr Onkel! Wenn das nicht ein Ding war! Natürlich konnte sie mutig sein, wenn sie wusste, dass er sie nicht bestrafen würde!

»Ich habe dich auch nicht bevorzugt.« Der Herzog legte seinen Arm um Sandri. »Ich hätte das gleiche Urteil gesprochen, wenn es sich um Fremde gehandelt hätte.« Wenn er Briars ungläubiges Schnauben gehört hatte, ignorierte er es. »Ich möchte dir aber sagen, dass deine Eltern sehr stolz auf dich gewesen wären.«

Sie senkte den Kopf, froh, dass die Dunkelheit ihr Erröten verbarg. »Wirklich?«

»Wirklich! Auch ich bin sehr stolz auf dich.«

Für einen Augenblick lauschten sie auf die Schritte der Pferde und Soldaten und das entfernte Rauschen des Meeres. Als der Herzog seinen Arm wieder wegnahm, fragte Sandri: »Hast du es gewusst, Onkel? Von der Magie?«

Einen Augenblick lang dachte sie schon, er würde nicht antworten. Dann hörte sie seine samtweiche Stimme: »Deine Eltern lebten ein so eigenartiges Leben. Ich denke, es kam ihnen nie der Gedanke, dass so manche Merkwürdigkeiten ihren Ursprung in ihrem Kind hatten. Für dich wiederum war das Leben mit ihnen ebenfalls voller Merkwürdigkeiten – womit hättest du es vergleichen sollen?«

Sie gähnte. »Das kompliziert alles ein wenig, oder nicht?«

Obwohl es zu dunkel war, um sein Gesicht erkennen zu können, hörte sie das Lächeln aus seiner Stimme heraus. »Meine liebe Sandrilene, du hast ein Talent für . . .«

»Mir wird schlecht«, unterbrach Tris ihn mit hoher Stimme. Sie rappelte sich hoch und hielt sich seitlich am Karren fest. Briar stützte sie ab. »Ich . . .«

»Tris?« Niko lenkte sein Pferd neben sie. »Was ist los?«

»Eine Welle . . . da ist eine Welle!«, stieß sie mit aufgerissenen Augen hervor.

»Unmöglich.« Der Herzog hielt den Wagen an. »Mein liebes Kind, du träumst . . .«

»Mir wird schwindlig«, flüsterte Sandri. Der Hund winselte, dann bellte er wie verrückt. Daja wachte auf. Der Karren schwankte. Lerchenfroh setzte sich auf und strich sich das Haar aus den Augen. »Sind wir auf einem Boot?«, fragte sie schläfrig.

Die Wachen vor und hinter ihnen schwankten, konnten sich kaum auf den Füßen halten. Einige kleine Felsbrocken rollten während des Bebens über die Straße.

»Ein Erdbeben nach dem anderen«, sagte ein Soldat leise.

»Mir reicht es langsam!« Tris wischte sich über ihr schweißnasses Gesicht. »Ich hatte inzwischen genug Spaß, besten Dank.«

Briar ließ sie los und einige Wachen lachten nervös.

»Wenn du wieder solche Wellen kommen spürst, Kleine, dann sag uns Bescheid«, bat ihr Kommandant Tris. »Wir wären dir dankbar.«

Als sie den Verschlungenen Kreis erreicht hatten, nahmen der

Herzog und seine Wachen Abschied. Tris sah, dass Niko zu Lerchenfroh hinüberritt, um ihr dabei zu helfen, den Karren und das Pferd zurück in die Ställe zu bringen. »Ich wünschte, wir könnten mal mit ihm reden«, stieß sie leise hervor.

Sandri hörte das. »Niko?«, rief sie. »Könnten wir einmal mit Euch sprechen?«

»Kann das nicht bis morgen warten?«, fragte er.

»Es wäre uns lieber jetzt«, sagte Daja entschieden.

Niko zuckte die Schultern und stieg vom Pferd.

»Ich nehme Euer Pferd mit zu den Ställen«, bot sich Rosendorn an, »wenn Ihr hier bei den Kindern bleibt.«

»Feigling«, murrte Niko. Er ging ins Haus und die Kinder folgten ihm, Kleiner Bär tapste in der Mitte der kleinen Gruppe.

In der Wohnstube rief Niko magisches Licht, um den Raum zu erleuchten, dann setzte er sich auf einen Stuhl und fragte: »Ihr habt mir etwas zu sagen?«

»Warum habt Ihr uns das nicht verraten?« Tris' Stimme klang rau vor Müdigkeit und Gereiztheit. »Wenn Ihr wenigstens einen kleinen Hinweis . . .«

»Du, meine Liebe, warst unerschütterlich der Meinung, du hättest keine Magie. Ich denke, nur so konntest du akzeptieren, dass deine Familie dich weggegeben hat. Du musstest glauben, dass mit dir etwas nicht stimmte, dass du von etwas Furchtbarem besessen seist.« Im gleichmäßigen Schimmern des Lichts wirkten Nikos Augen wie schwarze Edelsteine. »Ich fürchtete, dass du die Wahrheit ablehnen würdest, wenn du sie zu früh erfahren hättest.«

»Was ist mit mir?«, fragte Daja. »Und Sandri und Briar? Uns hat auch niemand was gesagt.«

Niko seufzte. »Ihr alle vier habt auf die unterschiedlichste Weise ein sehr schwieriges Jahr hinter euch. Ich wollte, dass ihr in das Wissen um eure Kraft hineinwachst anstatt damit plötzlich konfrontiert zu werden. Es schien mir richtig, euch nicht noch mehr Strapazen zuzumuten, als ihr sowieso schon erlitten habt. Wart ihr heute denn so überrascht davon zu hören?«

»Ja!«, knurrte Briar.

Daja blickte wieder auf ihre Hände und erinnerte sich daran, wie Kirel zu Eisenbart gesagt hatte: Ihr seid ein großer Magier, vielleicht der größte unter den Schmieden auf der Welt. »Warum wussten es andere Leute nicht?«, fragte sie. »Warum suchten mich die Mimander nicht aus?«

»Warum merkte das der Magier nicht, der mich prüfen sollte?«, fragte Tris. Sie kniete sich auf den Boden und nahm den Hund auf den Schoß. »Er war angeblich der beste von ganz Capchen.«

»Das kann ich vielleicht verstehen. Wir tun nicht das, was andere Magier tun, nicht wahr?«, fragte Sandri. »Ich wette, niemand unter uns brachte sein Spielzeug dazu, sich zu bewegen. Niemand konnte Bilder im Feuer entstehen oder etwas glühen lassen?« Sie blickte die anderen an, während sie das sagte, um deren Antworten von den Gesichtern abzulesen. »Und das sind die Dinge, die Magiegeborene normalerweise tun. Ich habe nichts davon je getan.«

Briar schüttelte den Kopf.

»Ich wurde im Alter von vier Jahren geprüft«, sagte Daja leise. »Sie entdeckten keinerlei Magie in mir.«

»Es ist nicht deren Schuld«, sagte Niko entschieden. »Selbst ich musste sehr, sehr tief blicken, um die Kraft zu entdecken, die in jedem von euch steckt, und meine Spezialität ist es, Dinge – und Menschen – zu finden, die versteckt sind. Deshalb habe ich euch hierher gebracht. Im Verschlungenen Kreis gibt es einige Magier, deren Kraft durch alltägliche Dinge spricht, einfache Dinge, wie eure.«

»Also ist unsere Kraft gar nicht so groß oder wichtig«, grummelte Tris.

Niko seufzte. »Sie ist größer, als ihr denkt. Das Wetter, die Weberei und Näherei«, er deutete auf Sandri, »Schmiedearbeit oder Wachstum von Pflanzen«, er deutete nacheinander auf Daja und Briar, »das gibt es überall auf der Welt. Die Menschen können ohne diese Dinge nicht leben. Hingegen können sie sehr wohl leben ohne die Künste herkömmlicher Magie, wie Liebestränke und Weissagungen.«

»Kirel sagte, dass Eisenbart vielleicht der größte Magier unter den Schmieden sei«, sagte Daja. »Das klingt für mich ziemlich wichtig.«

»Das ist es auch – und Eisenbart hat zwanzig lange Jahre nach einem Lehrling gesucht, der seine Gabe teilt«, erwiderte Niko. »Noch Fragen?«

Alle vier Kinder schwiegen. Der lange Tag hatte sie furchtbar angestrengt und plötzlich erschien keine Magie der Welt so wichtig wie ihre eigenen Betten.

»Dann sehe ich euch morgen früh.« Niko stand auf. »Es ist Zeit, dass ihr anfangt richtig zu arbeiten, jetzt, nachdem ihr wisst, womit wir es zu tun haben.«

11

Am nächsten Tag kehrten die Bewohner des Hauses Disziplin grummelig zurück zu ihren täglichen Pflichten. Alle spürten noch den Schlafmangel und die Aufregungen vom Vortag. Nur Kleiner Bär, der sich in seinem neuen Heim eingewöhnte und lernte, dass gewisse wichtige Hundegeschäfte im Haus nicht erlaubt waren, war diesen Morgen quicklebendig.

Für Daja zogen sich die Stunden bis zum Nachmittag dahin. Sie erledigte den Abwasch im Handumdrehen und half sogar Briar noch beim Abtrocknen. Als Sandri Niko fragte, warum Lerchenfroh und Rosendorn wieder einen Garn- und Kräuterzirkel um das Haus zogen, hätte Daja vor Frustration am liebsten laut geschrien. Sie wollte das Meditieren so schnell wie möglich hinter sich bringen. Nervös zappelte sie hin und her, während Niko erklärte, dass diese Kreise nur so lange gebraucht würden, bis sie alle vier ihre Meditationsübungen beherrschten. Sobald sie ihre bislang ungezähmte Kraft unter Kontrolle hatten, gäbe es keinen Anlass mehr, einen Bannkreis zu ziehen, während sie meditierten.

Tris fragte Niko: »Das meintet Ihr also damit, dass der Name dieses Hauses nicht Strafe bedeutet?«

»Nun, es kann als Strafe aufgefasst werden«, sagte Niko und blickte dabei bedeutungsvoll zu der unruhigen Daja. »Aber viel wichtiger ist, dass ihr hier Disziplin lernt. Deshalb seid ihr hier.«

Das hatte Daja gehört. »Tut mir Leid«, murmelte sie und ihre

Wangen röteten sich voller Scham. Danach gab sie sich mehr Mühe, sich zu konzentrieren.

Schließlich verkündeten die Glockenschläge das Ende der Ruhepause. Daja flog förmlich die Straße entlang zur Schmiede. Atemlos und vom Klang des Hammers angezogen, betrat sie die Eisenschmiede Eisenbarts. Kirel, der ein Stück Metall bearbeitete, nickte ihr zu.

Eisenbart winkte Daja zu sich hinüber an die Werkbank. »Ich hörte, du hattest gestern auf dem Markt einen unterhaltsamen Tag«, bemerkte er mit einem Lächeln.

»Warum habt Ihr es mir nicht gesagt?«, fragte sie geradeheraus. »Ihr wusstet, dass ich Magie habe.«

Er strich sich nachdenklich über seinen Bart. »Es ist wichtiger, die Metallarbeit zu lernen«, antwortete er kurz. Als Daja ihn verständnislos ansah, ging er einige Schritte auf und ab. »Diese . . . eigenartige Kraft, die ich habe und die du auch hast, sie ist nicht mit der von Magiern, die an der Universität lehren, vergleichbar. Jene ziehen Zeichen auf dem Boden, murmeln einige Worte und erzielen Ergebnisse. Wir nicht. Unsere Magie arbeitet nur so gut wie die Dinge, die sie durchläuft. Wenn du eine Esse nicht mit dem Blasebalg zur Weißglut bekommst oder eine Eisenstange nicht so mit den Händen bearbeiten kannst, dass sie nicht bricht . . .« Er zuckte mit den Schultern. »Die Magie ist nur so stark wie dein Feuer oder dein Metall. Sie ist nur so rein wie das Gold, das du schmilzt. Bevor du ein Magier wirst, musst du ein Schmied sein.« Er machte eine Pause und blinzelte. »Ich habe eine richtige Rede gehalten, was?«

Sie verstand nicht sofort, was er gemeint hatte. Doch seine Worte hatten ganz tief in ihr eine Saite klingen lassen.

Eisenbart nahm ihr Gesicht in beide Hände. »Daja?«

Sie holte tief Luft. »Ich will lernen. Ich will alles lernen.«

Er lächelte sie an. »Das wusste ich.« Er ließ sie los und deutete auf die Werkbank. Darauf lag eine Reihe von Dingen, die mit Stoff bedeckt war. »Komm und sag mir, was das hier ist.« Als sie ein Tuch abziehen wollte, hielt er sie davon ab. »Bevor du hinsiehst.«

»Ihr meint, mit Magie?«

»Benutze alles außer deinen Augen. Hierunter liegen Metalle, die du bereits gesehen und in verschiedenen Formen bearbeitet hast. Das dürfte nicht zu schwer sein.« Er nahm seine Hand weg.

Daja trat an die Werkbank. Was sollte sie tun? Nervös, mit einem Seitenblick zu Eisenbart, um zu sehen, ob er etwas dagegen hatte, legte sie ihre linke Hand auf das erste Bündel und holte tief Luft, dann noch einmal und ein drittes Mal.

Roch es? Sie beugte sich vor und schnüffelte. Der Geruch war nur schwach, eine fast säureartige Schärfe. Vorsichtig rieb sie ihre Finger über dem Bündel und inhalierte wieder. Wie hieß noch dieses Land im Südwesten? Sie hatten dort einmal zwei Tage vor Anker gelegen, doch dann hatte ihre Mutter entschieden, dass es zu gefährlich war. Es gab zu viele sich bekriegende Stämme, als dass man sicher hätte Handel treiben können. Daja konnte sich an den Namen nicht erinnern, aber daran, wie sie in diesen zwei Tagen geholfen hatte den Kupferschmuck zu verstauen, den sie eingetauscht hatten.

»Kupfer?«, fragte sie Eisenbart.

»Das klingt nicht so, als ob du sicher wärst.«

Es war das erste Mal gewesen, dass sie mit dem Schiff auf Handelsreise und an Land gegangen war, und der Schmuck war herrlich gewesen. Ihre Mutter hatte eine Brosche aus dieser Fracht getragen.

»Ich bin sicher«, erwiderte sie.

Eisenbart hob das Tuch. »Sehr gut«, lobte er und Daja berührte den Klumpen rohes Kupfer. »Das nächste.« Er deutete auf das zweite Bündel.

Sie berührte es und wusste es sofort, auch wenn sie nicht hätte sagen können, wieso. »Gold.«

Eisenbart zog das Tuch von drei kleinen Goldklumpen. »Nicht überraschend, nachdem du bereits Golddraht gezogen hast.«

Daja nahm die Goldklumpen auf. Sie schienen in ihren Fingern fast zu singen, als ob sie Sonnenlicht eingefangen hätte. Lächelnd legte sie sie wieder hin.

Eisenbart deutete auf das nächste Bündel. »Und . . .?«

Sie schnüffelte daran und presste ihre Finger auf das Tuch. Sie wusste es, aber irgendwie kam sie nicht darauf. »Ich gebe auf«, sagte sie schließlich. »Es macht mich ganz verrückt, weil ich es wissen müsste, aber ich komme nicht darauf.«

»Vielleicht wirst du müde«, meinte Eisenbart. »Versuch dieses hier. Wenn das auch nicht geht, ruhst du dich erst einmal aus.«

Sie legte ihre Hand auf das Tuch und kam sich wie eine Idiotin vor. Sie versuchte sich nur auf das Ding unter ihrer Hand zu konzentrieren. Es war bearbeitetes Metall, das erkannte sie an Form, Glätte und Rundung. Ihre Finger entdeckten Vertiefungen, die ein Muster ergaben.

Natürlich kannte sie es! Sie hatte an Bord oft genug mit Bronze zu tun gehabt. Es war ein herrliches Metall. Bronze bestand zum Teil aus Kupfer – das hatte sie nicht nur vor Jahren gelernt, jetzt fühlte sie auch das Kupfer in diesem Stück. Mehr noch, der Rest, dieser Teil, der nicht Kupfer war, war – Zinn. In der Händlerschule hatte sie gelernt, dass Bronze ein Gemisch aus Kupfer und Zinn war.

Daja zog das Tuch vom Metall, das sie vorher nicht hatte identifizieren können. »Es ist Zinn«, sagte sie dabei fröhlich zu Eisenbart. »Weil Kupfer und Zinn Bronze ergeben!«

Eisenbart grinste. »Daja, wir werden noch eine Menge Spaß zusammen haben«, versprach er.

»Darf ich auch mitspielen?«, fragte jemand mit unglücklicher Stimme. Von ihnen unbemerkt, hatte Kirel das Teil beendet, an dem er gearbeitet hatte, und war herübergekommen, um zuzusehen. Er lächelte zaghaft seinen Meister und Daja an. »Ich werde mich auch ganz bestimmt nicht mehr so anstellen.«

An diesem Abend, nach dem Essen und dem Baden, machten es sich die Bewohner des Hauses Disziplin im Wohnraum gemütlich. Kleiner Bär, dessen Bauch rund war von den Happen, die er verschlungen hatte, streckte sich auf dem Boden aus und schlief, seine Pfoten zuckten, während er träumte. Sandri setzte sich auf einen Stuhl neben Lerchenfroh und nahm ihre neue Spindel und das Fasergespinst, das sie diesen Nachmittag vorbereitet hatte. Lerchenfroh arbeitete ebenfalls, half jedoch zwischendurch auch Sandri. Briar hatte vier Pflanzen vor sich, die er, in der Annahme, es sei Unkraut, aus dem Boden gezogen hatte. Rosendorn hatte ihm befohlen sie genau zu studieren, ihr Aussehen und ihren Geruch, damit er sie nie wieder ausriss. Sie selbst saß am Tisch und schrieb in ein großes Buch. Niko saß neben ihr und schrieb Briefe.

Wie Briar musste auch Daja bestimmte Hausaufgaben erledigen. Eisenbart hatte ihr Zeichnungen von unterschiedlichen Hammersorten gegeben, jede mit der dazugehörigen Beschreibung, wozu sie benutzt wurden. Tris las ein Buch aus der Bücherei über die Jugend von fünf großen Magiern.

Für eine Weile kamen die einzigen Geräusche im Haus vom Schaben der Stifte, dem Rascheln von Papier und Sandris unterdrücktem Schimpfen, wenn der Faden ihr entglitt. Durch die offenen Türen und Fenster drang das leise Schlagen der Turmuhr alle fünfzehn Minuten und ihr tieferer Ton, wenn sie die Stunden anzeigte, das unterdrückte Gelächter und Geplauder, wenn Menschen auf dem Spiralweg vorbeiliefen, die nächtlichen Lieder von Grillen und Laubfröschen.

Nach fast drei Ellen frisch gesponnenem Faden auf ihrer Spindel, teilweise mit Knötchen, an manchen Stellen zu dick und an anderen zu dünn, machte Sandri eine Pause. Sie drehte ihren Kopf, rollte ihn von einer Schulter zur anderen, wie sie es Lerchenfroh oft tun sah, stand auf und lief herum.

Als sie sich vom Fenster, aus dem sie geblickt hatte, wegdrehte, sah sie, dass Briar mit Fasergespinst spielte. Er drehte es in seinen Fingern.

»Was tust du denn da?«, fragte sie, als er noch ein Büschel Gespinst hinzugab. »Deine Magie gehört den Pflanzen.« Wenn er das Stück, das er bereits gedreht hatte, nicht nach unten hielt, würde es sich nicht nur aufdrehen, sondern aufspringen. Als er nach weiteren Büscheln griff, drehte sich alles in seinen Fingern wieder auf.

»Dieses Spinnen sieht interessant aus«, sagte er und holte sich mehr Gespinst. »Irgendwie entspannend.«

Rosendorn blickte von ihrem Buch auf. »Spinnen zu lernen ist gar keine schlechte Idee«, meinte sie nachdenklich. »Wir benötigen viele Schnüre für unsere Arbeit. Aber nicht aus Wolle oder Seide. Die kommt von Schafen oder kleinen Würmern. Leute wie wir sind besser dran mit Baumwolle und Flachs.« Sie lächelte. »Die stammt von Pflanzen.«

»Sandri, wirst du es mir beibringen?«, fragte Briar, der immer noch versuchte seine Büschel in einen Faden zu zwirbeln.

»Ich lerne es ja selbst gerade erst«, erklärte sie. »Und ich bin nicht mal besonders gut.«

»Ich werde es dir beibringen.« Lerchenfroh wickelte ein langes Stück dünnen, feinen Faden auf ihre Spindel. »Sandri macht es schon ganz ausgezeichnet . . .«

»Wirklich?«, fragte Sandri sofort mit strahlenden Augen.

»Du lernst es, Magie und den Faden gleichzeitig zu beherrschen, und zwar sehr gut. Briar, du solltest einfach nur spinnen lernen, ohne Magie. Und ich muss dich warnen, Baumwolle und Flachs sind schwieriger zu verarbeiten als Wolle.«

»Verratet Ihr mir den Spruch, den Ihr bei der Wassersäule verwendet habt?«, fragte Tris.

»Das war kein Spruch«, erwiderte Lerche. »Ich hatte keine Zeit, mir einen zu überlegen.«

»Aber wie habt Ihr es gemacht?«, wollte Tris verblüfft wissen.

Lerchenfroh blickte zu Niko, der seinen Stift niederlegte.

»Wie gestern zum Beispiel«, sagte er langsam und schien seine Worte sorgfältig zu wählen, »gibt es Zeiten, in denen ein Magier den richtigen Spruch nicht weiß oder nicht die Zeit hat, darüber nachzudenken. Wenn das geschieht, öffnet euren Geist. Denkt an Dinge, die euch vertraut sind. Das mag eine Spindel sein, Wellen, Winde oder ein Amboss, vielleicht auch das Wachstum von Bäumen. Lerchenfroh bändigte einen Wassersturm. Sie hatte keinen Spruch dafür, aber sie ließ ihre Magie durch sie selbst sprechen und es funktionierte.«

Tris schüttelte ungläubig den Kopf. »So einfach ist es? Magie ist so einfach?«

Nikos dichte schwarze Augenbrauen zogen sich zusammen, als er die Stirn runzelte. »Magie ist niemals einfach, Trisana. Sie birgt auch Gefahren.«

»Lerchenfroh hat sie aber nichts ausgemacht«, wandte Briar ein.

»Ich will nicht, dass ihr Experimente damit macht«, sagte Niko äußerst entschieden. »Magie ist kein Spielzeug. Ich habe euch das nur erzählt, falls ihr irgendwann in eine Situation kommt, in der ihr schnell handeln müsst.« Er wandte sich wieder seinem Brief zu.

Da er nichts mehr weiter sagte, fragte Tris: »Würdet Ihr mir auch das Spinnen beibringen?«

»Wenn du es willst, bringe ich es dir bei«, erwiderte Lerchenfroh. »Daja? Bist du auch interessiert?«

»Wenn das nicht von meiner Zeit bei Eisenbart abgeht.«

»Ich würde nicht im Traum daran denken, dich ihm wegzunehmen.« Lerchenfroh sah nachdenklich in die Ferne. »Die Abendstunden werden dafür genau richtig sein. Und wenn ihr erst einmal wisst, wie es geht, wird es eine sehr beruhigende Wirkung auf euch haben.«

»Ich gebe auf«, erklärte Briar mit einem Seufzer und legte die Wollfasern zur Seite. »Ich hoffe, mit Faden aus Pflanzen gelingt es mir besser.«

»Eine Spindel hilft dabei.« Sandri kauerte sich neben ihn und entdeckte ein Büschel Wollfusseln an seinem Hemd. Sie kniff die Finger zusammen und hielt sie in diese Richtung. »Kommt schon«, befahl sie der Wolle.

»He! Das kitzelt!«, rief Briar, als sich die Fusseln auf seinem Hemd zusammenschoben.

»Du kannst die Wolle doch gar nicht spüren«, gab Sandri zurück.

»Aber ich kann fühlen, was du damit machst, und das kitzelt.«

»Halt still«, befahl sie. Wieder kniff sie die Finger zusammen und machte eine Handbewegung zu sich hin. Die losen Fasern sammelten sich langsam zu einem Büschel.

Sandri runzelte die Stirn. Wie hatte es sich kürzlich angefühlt? Sie überlegte, dann fiel es ihr ein. Es hatte sich so angefühlt, als ob sie einen schwierigen Stickereistich ausführte und ihre Nadel durch den Stoff zöge.

Sie atmete tief ein und verspürte das gleiche Gefühl in sich. Sie kniff die Finger zusammen. Die Wolle übersprang die Lücke zwischen ihr und Briar und landete auf ihrer Hand.

»Gut«, sagte Briar. Ihm war nicht klar, dass Sandri gerade das erste Mal erfolgreich und ganz bewusst ihre Magie angewandt hatte. »Kannst du mir jetzt hiermit helfen?«

Danach lebten sie nach einem bestimmten Rhythmus. Nach den morgendlichen Pflichten bekamen sie von Niko Unterricht in Meditation. Manchmal blieben sie dazu im Haus, andere Male nahm er sie mit auf die Mauer um das Tempelgelände, zur Höhle bei den Klippen, selbst zu den Dachkammern der Webhäuser, wo das Geräusch der Webstühle durch die Balken dröhnte. Nachmittags hatte jedes der Kinder seine individuelle Lehrzeit. Am Abend lasen sie, zumindest die drei Mädchen, machten ihre Übungsaufgaben oder spannen. Lerche war immer für sie da. Oft kam zumindest einer der anderen Lehrer vorbei, um ihnen etwas ganz Neues beizubringen, Geschichten zu erzählen oder bei ihnen noch ein wenig zu arbeiten – Eisenbart zum Beispiel zog Silber-, Gold- oder Kupferdraht. Diese Unterrichtsstunden hatten nicht immer mit Magie zu tun. Im Weidenmond brachte Lerche ihnen allen, selbst Tris, bei, wie man einen Handstand macht. Im Monat des Weißdornmondes zeigte Rosendorn ihnen, wie man ein Öl herstellt, das vor Sonnenbrand schützt. Inzwischen konnten die Kinder das auch gut brauchen.

Bald war Mittsommer. Mit dem Ende des Weidenmondes wurde

das Wetter heiß und die meisten Erwachsenen zogen es vor, nach dem Mittagessen im Haus zu bleiben und ein Schläfchen zu machen. Wenn sie nicht stritten – und zwischen Tris, Briar und Daja gab es oft genug Streit –, faulenzten die vier auf dem Strohdach des Hauses. Sie trugen breitkrempige Hüte und hatten sich mit Öl eingerieben. Kleiner Bär, der ihnen nicht bis aufs Dach folgen wollte, wartete unter der Falltür und sah dann immer traurig und verlassen aus.

Ihre Lehrer verlangten viel von ihnen. Rosendorn leitete Briar im Garten an, wobei er das Gefühl hatte, dass er nichts anderes tat als Unkraut jäten. »Es ist Frühsommer«, antwortete sie, wenn er sich beschwerte. »Natürlich heißt es jetzt jäten, jäten und jäten.« Während der Arbeit erklärte sie ihm jede Pflanze, woran er sie erkennen konnte, ob und welchen Nutzen sie in der Medizin, beim Kochen oder bei der Magie hatte. Sie erwartete von ihm, dass er sich das merkte, denn irgendwann, ganz plötzlich, verlangte sie von ihm eine bestimmte Pflanze zu finden und ihr zu erklären.

»Ich wache nachts auf und stelle fest, dass ich Dinge vor mich hermurmle wie ›Fenchel‹«, beschwerte sich Briar eines Tages auf dem Dach. »Fenchel: Nicht im Gemüsegarten – die meisten Gemüse hassen ihn. Als Tee wird er Säuglingen gegeben, um Koliken zu erleichtern. Was ist denn eine Kolik, bitte?«

Die Mädchen starrten ihn nur an. »Das ist etwas, was Säuglinge eben bekommen«, sagte Daja schließlich.

Briar zog ein Gesicht. »Wo war ich stehen geblieben? Ach ja: Gut gegen Falten, Verdauungsprobleme, hilft bei Darmträgheit. Hilft auch Müttern mehr Muttermilch zu bilden.«

»Mehr Muttermilch zu bilden?«, wiederholte Sandri mit großen Augen.

»Das hat sie gesagt. Dann: Um das Haus herumgezogen, gibt

Fenchel magischen Schutz, in Fenster und Türen gehängt, wehrt er böse Geister ab.«

»Wie sollst du dir das alles merken können?«, fragte Tris.

»Das liegt an Rosendorn«, erwiderte Briar. »Glaub mir, wenn sie dir sagen würde, du sollst dir etwas merken, dann würdest du es dir auch merken. Sonst will sie nämlich genau wissen, warum du es dir nicht gemerkt hast.«

Niemand widersprach ihm da. Die Wochen, die sie mit der scharfzüngigen Geweihten zusammenlebten, hatten sie alle gründlichen Respekt gelehrt.

»Was ist mir dir, Trangshi?«, fragte Briar Daja und kitzelte dabei Sandri mit einem Strohhalm am Hals. Als Sandri sich umdrehte, um ihn anzusehen, befand sich der Strohhalm in seinem Mundwinkel und Briar blickte ganz unschuldig zum Himmel hinauf. »Was bringt dieser Eisenbart dir denn bei?«

»Was bedeutet das eigentlich?«, fragte Tris. »Niemand hat mir das je erklärt. Dieses Transchi . . .«

»Die anderen sprechen auch Händlersprache, warum kannst du es nicht?«, murrte Daja. »Es heißt Trangshi, ja? Es bedeutet . . .«

»Verboten«, bot Sandri an.

»Pech«, sagte Briar zur gleichen Zeit.

Tris sah Daja an. »Was kannst du in deinem Alter denn angestellt haben, um so genannt zu werden?« Für einen Augenblick dachte sie, Daja würde nicht antworten. Schließlich erzählte ihr Daja in wenigen kurzen Sätzen vom Verlust des Schiffes und ihrer Familie. Als sie fertig war, schüttelte Tris den Kopf. Zum ersten Mal verspürte sie Mitgefühl für Daja.

»Vielleicht gefällt es ihr nicht, diesen Namen zu hören, Briar«, bemerkte Sandri kurz und klopfte mit der Faust gegen seinen Knöchel.

Daja machte eine abwehrende Handbewegung. »Macht mir nichts aus«, sagte sie gelassen. »Nicht von ihm.«
»Weil es nicht von Bedeutung ist, was ein Kaq sagt, ja?«, fragte Briar.
Als Sandri wegsah, kitzelte er sie wieder am Hals. Sie wirbelte herum und starrte ihn böse an.
»Richtig«, stimmte Daja ihm zu.
»Also, was bringt dieser Eisenbart dir denn nun bei?«, wollte Briar wissen.
Daja seufzte. »In letzter Zeit lehrt er mich alles über Kohle. Kohle ist sehr wichtig für einen Schmied. Er will, dass ich weiß, wie sie gewonnen wird. ›Warum muss ein Schmied wissen, wie etwas gewonnen wird?‹, fragte ich ihn und er antwortete nur: ›Das kannst du mir gleich selbst erklären.‹ Zuerst habe ich gelernt, was und wofür die wichtigsten Werkzeuge sind. Jetzt bringt er mir bei sie herzustellen. Alle. Und meine Magie hineinzuarbeiten.«
»Wie geht das denn?«, wollte Briar wissen.
»Frag lieber nicht«, antwortete Daja düster. Sie blickte zu Tris. »Was lernst du zur Zeit?«
Tris seufzte. »Ich lerne die Namen der Sterne und die Namen der unterschiedlichen Arten von Wolken und mache mir Notizen über die Gezeiten. Alles über das Wetter und den Himmel.«
»Gezeiten sind nicht Wetter«, sagte Briar.
»Sind sie schon«, erwiderte Tris. »Sie sind wie Winde, nur im Wasser.«
Sandri kratzte sich an der Schulter und rutschte von Briar weg. Sofort beugte er sich vor und kitzelte sie wieder mit dem Strohhalm. Da hob Sandri die Hand, kniff die Finger zusammen und zog. Der Strohhalm schlüpfte aus Briars Griff und segelte zu ihr. Sie drehte sich um und wedelte mit der Hand, die den Strohhalm

hielt. Er fuhr in Briars Gesicht. Briar schrie auf und bedeckte seine Augen mit den Armen. Der Strohhalm hüpfte von Briars Nase zu seinen Ohren und kitzelte ihn erbarmungslos.

Briar vergaß völlig, wo er sich befand, und versuchte nur rasch wegzukommen. Bevor er über das Dachende rutschte, ließ Sandri den Strohhalm fallen und fasste einen von Briars Armen. Daja fasste den anderen.

»Und jetzt hör damit auf«, befahl Sandri, als Briar wieder neben ihnen saß.

»Wusstest du, dass du das kannst?«, fragte Briar und in seinen Augen stand Bewunderung. »Deine Magie hat mit Garn zu tun, hast du uns gesagt.«

»Nun, man kann Stroh auch weben, irgendwie. Ich werde sehen, ob ich den Faden deiner Hosen aufdrehen kann, wenn du mich nicht in Ruhe lässt!«

Die Turmuhr zeigte die volle Stunde an und von ihren Schlägen schien die Luft zu vibrieren. Mit einem Stöhnen standen die vier Kinder auf und gingen zurück ins Haus.

Der Mittsommertag näherte sich und die Bewohner des Verschlungenen Kreises bereiteten sich auf den Feiertag vor. Die vier Kinder halfen Holz für das Freudenfeuer an den Toren aufzuschichten. Dann wurden sie vom Obersten Geweihten des Erdentempels dazu verdonnert, mitzuhelfen die Tempelböden zu schrubben. Wundervolle Gerüche umgaben den Turm, da der Geweihte Gaumenwohl und seine Köche ein Festmahl vorbereiteten.

Diese Gerüche übten eine größere Anziehungskraft auf Briar aus als seine Unterrichtsstunden. Eine Woche lang kam Briar jeden Tag etwas zu spät in den Garten. Oft verrieten Flecken auf seinem Hemd oder um seinen Mund, wo er gewesen war.

Zwei Tage vor der Sonnenwende folgte Rosendorn ihm zum Turm. Sie fasste ihn an einem Ohr und zog ihn aus dem Küchenbereich fort.

»Aber da roch es so gut!«, protestierte er. »Wie von den Gewürzen, die ich mir immer merken soll. Ich dachte mir, dass ich sie viel besser lernen kann, wenn ich sehe, wie sie benutzt werden. Ich habe es nur für Euch getan . . . autsch!« Sie hatte ihn kräftig am Ohr gezogen.

»Mir kannst du nichts vormachen, junger Mann«, sagte sie, während sie ihn fortzog. »Der Grüne Mann helfe uns, man könnte meinen, wir geben dir nichts zu essen!«

»Aber so ist es ja nicht! Es ist nur . . .«

Sie drehte ihn zu sich, damit er sie ansehen musste, und packte ihn bei den Schultern. »Ich weiß nicht, was aus dir werden wird«, erklärte sie ihm und ihre braunen Augen blickten ihn ernst an. »Du wirst vielleicht ein wahrer Magier der Erdkünste. Vielleicht trittst du einem Tempel bei, du könntest der begehrteste Gärtner nördlich des Achatmeeres werden. Das liegt bei dir. Aber eines ist sicher – Hunger gehört für dich der Vergangenheit an. Du magst vielleicht ab und zu eine Mahlzeit oder zwei verpassen, aber du wirst nie mehr hungern. Darauf hast du mein Wort und nun lass mich nie mehr nach dir suchen müssen.«

Da schlang Briar völlig unvermittelt seine Arme um sie und drückte sie ganz fest, dann ließ er los und rannte zum Haus zurück. Rosendorn folgte ihm mit geröteten Wangen.

Am Tag vor Mittsommer erwachte Tris noch vor der Morgendämmerung voller ruheloser Energie. Seit Niko ihnen von ihrer Magie erzählt hatte, wollte sie etwas versuchen. Es war ein Drängen in ihr, das immer stärker wurde.

Da erst vor kurzem vor der Küste ankernde Piraten endgültig verjagt worden waren und die Vorbereitungen für den Feiertag auf Hochtouren liefen, würden die Tempelwachen nicht so aufmerksam sein wie sonst. Sie konnte jetzt ihr kleines Experiment anstellen, bevor ihre Mitbewohner aufstanden.

Rasch kleidete sie sich an und eilte die Treppe hinunter. Kleiner Bär kam aus Sandris Zimmer, als sie daran vorbeiging, und winselte. Während sie sich umdrehte, um das Gartentor zu schließen, sah sie, dass das Tier ihr gefolgt war. »Wenn du mitkommst, musst du still sein«, befahl sie flüsternd.

Leise folgte ihr der Hund. Einige Leute öffneten Fensterläden und Türen, aber der Spiralweg war leer. Die Wachen hatten das Südtor geöffnet, damit ein Wagen mit einer schläfrig aussehenden Novizin hereinfahren konnte. Während sie sich unterhielten, schlüpfte Tris mit Kleiner Bär durch das offene Tor und über die Straße. Sie liefen den Pfad hinab, an der Meditationshöhle vorbei, bis sie zum Strand kamen. An den Felsen um die Bucht zeigten sich Seetang, Muschelbänke und kleine Wasserlöcher. Jetzt war Ebbe, doch bis Mittag würde die Flut alles mit Meerwasser überschwemmt haben.

»Sehen wir mal, wie gut ich bin«, sagte Tris zu dem Hund und setzte sich auf einen Felsen am Ende des Pfades. Kleiner Bär ließ sich neben ihr nieder und gähnte.

Tris schloss die Augen und begann mit ihrem meditativen Atmen, sie lauschte auf die Stimme ihrer Magie. In den Wochen seit Beginn ihrer Studien hatte sie gelernt, wie sie Kraft aus Strömungen in der Luft oder im Meer schöpfen konnte, wenn sie müde war. Es musste doch möglich sein, die gleiche Kraft zu benutzen, um die Flut davon abzuhalten, hereinzukommen. Der Felsen, den sie als Sitzplatz ausgewählt hatte, schien ein guter Ort, um die Meereskraft aufzustauen.

Als eine Welle hereinkam, rief Tris ihre Kraft zu sich und saugte die Kraft des Wassers auf. Ohne loszulassen, nahm sie die Kraft der nächsten Welle in sich auf und die der übernächsten. Da Tris ihre Augen geschlossen hatte, konnte sie nicht sehen, dass das Wasser sich jetzt weit draußen an den äußersten Felsen aufstaute, blubberte und brodelte wie ein dampfender Wasserkessel.

Tris fasste so viel Kraft, wie sie aushalten konnte. Zu ihrer Überraschung war es nicht halb so viel, wie sie erwartet hatte. Wie ein Seemann, der versucht ein sinkendes Boot leer zu schöpfen, beeilte sie sich die Stärke der nächsten Wellen in den Fels unter sich zu stauen. Das Meer kämpfte hart, zog und riss an ihrer Magie und versuchte sich freizumachen.

Nur noch ein klein wenig länger, dachte Tris. Nur noch ein klein wenig, damit ich weiß, dass ich es wirklich geschafft habe . . .

Als Tris ihre Augen wieder öffnete, sah sie in Nikos Gesicht. »Oh . . . oh«, flüsterte sie und schloss sie wieder.

»Jetzt weißt du, warum nur einer von zehn Magiern des Windes lang genug lebt, um erwachsen zu werden«, stellte er fest.

Tris versuchte sich aufzusetzen. Der Fels unter ihr fühlte sich merkwürdig an, kaum mehr wie Stein. Er schien geschrumpft zu sein. Vorher hatte sie hochklettern müssen, jetzt könnte sie einfach heruntertreten, wenn sie erst einmal die Kraft dafür hätte. Außerdem fühlte er sich eher wie ein Sack voll Korn an.

Als sie versuchte sich mit beiden Händen auf dem Stein abzustützen, brach er unter ihr zusammen und sie versank in einem Haufen Steinbrocken. Tris rollte sich auf den Rücken und starrte Niko an. Kleiner Bär kam herüber und leckte ihr das Gesicht ab.

»Was ist mit meinem Felsen geschehen?«, fragte sie mit schwacher Stimme. »Er ist einfach zerbröselt.«

»Du hast die Kraft der Wellen hineingestaut, nicht wahr?«
Sie nickte.
»Du hast mehr in diesen Stein gestaut, als er halten kann. Er hat sich aufgelöst. Jetzt lass mich dir eine Frage stellen. Hast du heute eine Lektion gelernt?«, wollte der Magier wissen.
»Ihr seht sehr groß aus von hier unten«, erwiderte Tris. Niko zog unwillig die Augenbrauen zusammen. Schnell sagte Tris: »Wenn mein Lehrer mir sagt, dass man nicht versuchen darf gegen die Kräfte der Natur anzukämpfen, sollte ich das befolgen.«
Er fasste ihre Hände. »Ich weiß nicht, ob ich laufen kann«, gestand sie, als Niko ihr beim Aufstehen half.
»Ich weiß sehr gut, dass du das nicht kannst«, sagte er. »Du hast Glück. Als ich wusste, dass du in Schwierigkeiten bist, habe ich einen Freund mitgenommen.«
»Hallo«, grüßte Kirel sie. Tris hatte ihn gar nicht gesehen, er hatte auf dem Pfad gewartet. »Du musst Dajas Freundin sein – die ein bisschen Verdrehte.« Grinsend kniete er sich nieder, legte sich Tris über die Schulter und stand auf.
»Das ist so demütigend«, murrte Tris. Sie war sogar zu schwach, um sich zu wehren.
»Gehen wir«, sagte Niko. Kleiner Bär, der voller Freude bellte, sprang um sie herum, als sie ihren Aufstieg über die Klippen nach Hause begannen.

Der Tempel des Verschlungenen Kreises feierte den Mittsommertag mit Essen, Musik, Tanz und Ritualen. An diesem längsten Tag des Jahres dankten alle der Sonne für ihre Gaben und beteten für eine gute Ernte. Briar, Sandri und Daja, die für diesen Tag freibekommen hatten, wanderten durch das Tempelgelände, lauschten auf die Musik und aßen, bis nicht einmal Briar es schaffte, noch einen weiteren Bissen Fleisch oder Kuchen zu verzehren.

Tris blieb im Haus. Ihr Experiment mit den Wellen hatte sie so geschwächt, dass sie sich vorkam wie eine zu lange gekochte Nudel. Sie lag in einem Lehnstuhl und ruhte sich aus. Wenn sie ihre Augen schloss, meinte sie oft, die Wellen zerrten an ihren Gliedern und versuchten sie ins Meer hinauszuziehen oder sie gegen die Felsen zu schleudern.

Kleiner Bär leistete ihr den ganzen Tag Gesellschaft. Ab und zu schaute jemand zu ihr hinein – die anderen Kinder oder eine der Geweihten. Niko kam vorbei und gab ihr ein Buch mit dem Titel »Das Schicksal herausfordern: Jene, die der Magie der Natur trotzten«. Es zu lesen wirkte ernüchternd auf Tris. Sie war noch gut davongekommen, sie lebte noch.

Als der längste Tag des Jahres langsam in Dunkelheit versank, begann Tris' Magen sich zu heben. Ihr Puls schlug heftig, ihre Füße und Hände durchströmte ein eigenartiges Gefühl. Sie versuchte aufzustehen, doch ihr Körper fühlte sich so weich wie Brei an. Kleiner Bär wimmerte und umkreiste sie bellend, als sie ihren Versuch, zu stehen, aufgab und stattdessen kroch. Sie hatte gerade die Türschwelle erreicht, als der Boden erbebte. Kleiner Bär rannte zu dem Brett außen am Fenster, das Briars Shakan hielt, und bellte wie verrückt. Das Beben hatte den Baum zur Seite schlittern lassen. Tris schluckte heftig, um gegen den Brechreiz anzukämpfen, und merkte, dass ein weiteres Beben bevorstand. Es war keine Zeit, nachzudenken. Sie kroch auf das Brett zu. Der Shakan, der von dem neuen Beben heruntergeschleudert wurde, fiel auf sie. Mit einem Schrei fing Tris ihn auf und hielt ihn fest. Kleiner Bär winselte laut und versuchte auf ihren Schoß zu kriechen.

Briar war der Erste, der das Haus erreichte. Er war so schnell gerannt, wie er konnte. Rosendorn war nicht weit hinter ihm. Als sie durch das Gartentor traten, blieben sie stehen und starrten verblüfft auf Tris. Sie saß an die Hausmauer gelehnt und schlief. Der Shakan befand sich in ihrem Schoß. Kleiner Bär hatte sich quer über ihre Beine gelegt. Das neue Regalbrett vor Briars Fenster hing nur noch an einer Strebe – die andere war gebrochen.

Tris wachte auf, als Briar seinen Schatz an sich nahm. Sie erriet, weshalb er ein solches Gesicht machte, und sagte: »Du brauchst dich nicht bei mir zu bedanken. Du würdest mir nur noch mehr Angst einjagen, als ich bereits habe.«

Das tat er auch nicht. Stattdessen streckte er ihr seine freie Hand entgegen. »Na komm schon, alte Oma«, sagte er. »Zeit, nach drinnen zu schlurfen.« Rosendorn nahm Tris' andere Hand. Gemeinsam halfen sie Tris ins Haus.

12

Am nächsten Tag hatte Niko gerade mit dem Meditationsunterricht begonnen, als jemand energisch an die Haustür klopfte. Er runzelte die Stirn und ging selbst öffnen.

»Tut mir Leid, Meister Niko.« Der Novize rang nach Luft. »Man braucht Euch im Turm, sofort.«

»Ich bin gerade beim Unterricht . . .«

»Die Ehrenwerte Mondenstrahl sagte, es könne nicht warten.«

»Ich übernehme die Kinder, Niko«, rief Lerchenfroh von ihrem Arbeitsraum herüber. Niko zögerte, dann folgte er dem Novizen.

Den restlichen Tag wurde er im Haus nicht mehr gesehen. Tris, die auf ihren nachmittäglichen Unterricht wartete, gab auf und las weiter in dem Buch, das Niko ihr am Vortag gegeben hatte: »Das Schicksal herausfordern«. Die Bewohner des Hauses Disziplin hatten es sich gerade für die nächtliche Spinnstunde bequem gemacht, als Niko zurückkam. »Lerche, Rose, könnte ich euch einmal kurz sprechen?«, sagte er, nachdem er die Kinder mit einem Nicken begrüßt hatte.

Sie gingen hinaus und unterhielten sich so leise, dass keiner der vier etwas verstehen konnte, sosehr sie sich auch bemühten. Schließlich kamen die Erwachsenen zurück in das Haus und sahen sehr besorgt aus.

»Komm mit mir, Briar«, befahl Rosendorn. Briar folgte ihr in ihren Arbeitsraum.

Niko gab Tris ein anderes Buch. »Es steht uns etwas bevor und ich werde eine Weile im Turm gebraucht werden. Lies das hier in der Zwischenzeit. Es geht um das Wettermuster in Emelan und den Nachbarländern und wie eine Wetterart die andere beeinflussen kann. Meditiere täglich, notiere dir die Gezeiten und Mondphasen, wie ich es dir auftrug, und tu, was immer Lerchenfroh und Rosendorn sagen. Ich kümmere mich wieder um dich, sobald ich kann.«

»Was ist denn los, Niko?«, fragte Sandri.

»Ich weiß es noch nicht«, erwiderte er. »Die Seher und Hörer im Turm vermelden eine ständig steigende Zahl von Zeichen – Omen und Ankündigungen werden von überall um das Achatmeer berichtet. Wir müssen alle Vorzeichen sorgfältig studieren, um sämtliche Möglichkeiten, die sich daraus ergeben könnten, zu berücksichtigen.«

»Das verstehe ich nicht«, beschwerte sich Daja und wickelte neu gesponnenen Faden auf ihre Spindel.

Mit einem Seufzer setzte sich Niko auf einen Stuhl. »Wenn Seher in die Zukunft blicken, gibt es nicht nur ein einziges, klar umrissenes Bild. Die verschiedenen Wahlmöglichkeiten der Menschen machen aus einer Zukunft viele Möglichkeiten. Jede Wahl schafft wieder neue Möglichkeiten. Omen und Visionen sind Bilder von all diesen Möglichkeiten der Zukunft. Unsere Aufgabe ist es, den einzelnen Vorfall oder auch mehrere zu finden, die sie ausgelöst haben. Sobald wir den Ursprung haben, können wir uns dazu vorarbeiten, wo und wann etwas wahrscheinlich passieren wird, und uns darauf vorbereiten.«

»Das hört sich nach Arbeit an, wenn ihr mich fragt«, sagte Daja kopfschüttelnd.

Niko lächelte. »Ist es auch.«

Rosendorn kehrte mit Briar zurück, der einen Korb trug, in dem sich Kräuterbüschel und Flaschen befanden, die sie gerade aus ihren Vorräten gefüllt hatte. »Ich habe alles mit einem Etikett versehen«, erklärte sie. »Wenn sie mehr brauchen, sollen sie nach mir schicken.« Sie verzog wehmütig den Mund und fügte hinzu: »Vielleicht könnt Ihr erwähnen, dass Kranichs Tee gegen Müdigkeit möglicherweise um eine Idee besser ist als meiner.«

Alle starrten sie an.

»Nur um eine Idee!«, sagte sie ärgerlich. »Und sagt Kranich nicht, dass ich das gesagt habe!«

»Daran würde ich nicht im Traum denken«, versicherte Niko ihr und nahm den Korb. »Meine Lieben, ich danke euch. Kinder, ich hoffe euch alle bald wieder zu sehen.«

»Mit Milas Segen«, sagte Lerchenfroh leise. »Möge der Knoten sich lösen und die Fäden sich entwirren, damit du sie klar erkennen kannst.«

Niko verbeugte sich und ging. Die Geweihten und die Kinder zogen den Gotteskreis auf ihrer Brust und kehrten dann zu ihrer Arbeit zurück.

Wann immer sie während der nächsten beiden Wochen Niko sahen, waren seine dichten, schwarzen Augenbrauen nachdenklich zusammengezogen. Er brachte Tris weitere Bücher und Pergamentrollen zum Lernen. Einige Tage lang übergab er sie in die Obhut von Eisenbart, der sie und Daja die Eigenschaften von Metallen lehrte. Selbst zu den Mahlzeiten erschien Niko kaum mehr im Haus Disziplin. Briar musste die meisten Abende alleine baden gehen. Und selbst wenn Niko einmal zu einer Mahlzeit oder zum Unterricht kam, war er doch immer sehr zerstreut.

Als Daja eines heißen Nachmittags mit den anderen auf den nördlichen Mauern des Tempels stand, sah sie, wie sich eine dichte

Wolke von den Turmfenstern erhob. »Ist das . . .?«, fragte sie Briar.

»Der Taubenschlag«, erwiderte er. »Genau das.«

Die Wolke von Brieftauben teilte sich auf und flog in alle Richtungen. Weniger als eine halbe Stunde später galoppierten Boten zu Pferde durch die Tore des Tempels hinaus.

»Etwas Großes geht vor«, sagte Tris.

»Vielleicht erfahren wir irgendwann auch einmal, was los ist«, murrte Briar. »Das wäre doch nett.«

Zwei Abende später nahm Niko mit ihnen das Abendessen ein. Er sah erschöpft aus. Er hatte Ringe unter den Augen und die Augäpfel waren rot geädert.

»Ich glaube, wir haben alles getan, was wir tun konnten«, verkündete er. »Alle müssten die Nachricht rechtzeitig bekommen haben, auch die Küstenstädte und Inseln. Jetzt können wir nur noch warten.«

»Welche Nachricht?«, wollte Sandri wissen.

»Erzählt Ihr uns jetzt endlich, was los ist?«, fragte Briar.

Niko nickte. »Es wird morgen in Ragat ein Erdbeben geben, kurz vor Mittag. Wir haben Ragat und das benachbarte Pajun benachrichtigt, damit sie sich vorbereiten können. Außerdem haben wir alle an den umliegenden Küsten gewarnt, die von einer Flutwelle getroffen werden könnten.«

»Ein Erdbeben? In Ragat? Sind wir auch in Gefahr?«, fragte Tris nervös.

»Nein. Wenn es ein Beben gibt, dann wird es hauptsächlich an den Ostküsten der Halbinsel von Emelan stattfinden, nicht auf unserer Seite«, erklärte ihr Niko. »Ragat dürfte zu weit entfernt sein, als dass wir das Beben selbst spüren könnten.« Er tappte unruhig mit den Fingern auf den Tisch.

»Macht Euch noch etwas Sorgen?«, fragte Lerchenfroh. »Ihr könnt die Leute nur warnen. Es ist ja nicht so, als ob man ein Erdbeben aufhalten könnte.«

»Warum kann man denn das Erdbeben nicht aufhalten?«, fragte Sandri, als Niko nicht sofort antwortete.

Tris wurde ganz blass, denn ihr fiel ein, wie die Kraft der Gezeiten sie fast zerdrückt hatte. »So etwas darfst du nicht einmal denken!«

»Im Grunde geht es um die Kraft des Bebens«, erklärte Rosendorn. »Dieses Beben hat sich über Jahre aufgebaut. Die Kraft muss irgendwohin, man kann sie nicht einfach verschwinden lassen.«

»Aber es gab den ganzen Sommer über schon kleinere Beben«, wandte Briar ein. »Haben die nicht schon etwas von seiner Kraft weggenommen?«

»Nein. Sie haben es nur stärker gemacht, denn sie waren nicht an der Stelle, wo dieses Beben wächst. Habe ich Recht?«, fragte Tris Niko.

Er nickte und schob das Essen auf seinem Teller herum. »Mir gefallen die Nachrichten aus dem Wellentempel in Ragat nicht«, sagte er schließlich.

»Wer hat dort denn die Leitung?«, fragte Lerchenfroh.

»Der Ehrenwerte Huath«, erwiderte Niko.

Lerchenfroh pfiff leise durch die Zähne. »Huath. Er und seine Maschinen! Wenn ich nur an die denke, die eine Art von Magie in eine andere verwandelt. Was war die letzte? Oh, ja – eine Mühle, welche die Magie des Windes in die des Blitzes umwandelt. Wie könnte ich das vergessen?«

»Sagte Huath irgendetwas?«, wollte Rosendorn wissen.

»Seine Nachricht an die Ehrenwerte Mondenstrahl lautete: Ihr werdet überrascht sein«, erzählte Niko. »Mir gefällt der Klang dieser Worte nicht.«

»Es gibt nichts, was Ihr jetzt noch tun könnt«, meinte Rosendorn. »Ihr seht so aus, als ob Ihr schon längst im Bett liegen solltet.«

»Selbst Huath ist nicht so eitel mit einem Erdbeben herumzuexperimentieren«, fügte Lerchenfroh hinzu, aber die vier Kinder hörten die Unsicherheit aus ihrer Stimme heraus.

Niko seufzte. »Tris, hab noch zwei oder drei Tage Geduld. Ich weiß, dass du dringend Unterricht brauchst und ich dich schon lange allein gelassen habe. Es tut mir wirklich Leid, aber ein Problem wie dieses würde auch einem jüngeren Baum als mir den Saft rauben.«

»Darf er so über einen Baum reden?«, fragte Briar Rosendorn.

Niko lächelte. »Verzeiht mir. Ich werde es wieder wettmachen.« Er stand schwerfällig auf und verließ das Haus.

»Warum ist er so erschöpft?«, fragte Sandri.

»Er hat in seinem Kristall die Bilder der Zukunft gesehen. Das zehrt ihn aus«, erklärte Lerchenfroh. »Wir haben Glück, dass er hier ist, um unseren eigenen Sehern zu helfen die verschiedenen Omen zu deuten.« Sie stand auf. »Wer ist mit dem Abwasch dran?«

Träumte sie? Es sah alles so echt aus: Eine Frau, eine Zofe ihrer Kleidung nach, saß auf dem schwarz-weiß gekachelten Boden und trank aus einer schweren Kristallkaraffe. Aus den weißen Pockenblasen auf ihrem Gesicht, den Armen und Beinen sickerte Flüssigkeit. Die Augen konnte sie gar nicht mehr öffnen.

»Trinkt doch mit mir, gnädiges Fräulein«, sagte die Gestalt mit einem verschlagenen Grinsen. »Trinkt, bis der Tod uns alle erwischt hat.«

»Nein, danke«, flüsterte sie. Sie machte einen großen Bogen um die Frau, deren betrunkenes Gelächter ihr folgte. Ihre Eltern waren hier in diesem Palast, dessen leere Korridore sich endlos dehnten.

Ihre Mutter, ihr Vater, Pirisi – sie musste sie finden. Es war Zeit, zu gehen. Sie hatte Paläste nie gemocht. Es waren kalte Orte, Kästen aus Marmor, Kristall und Porzellan, mit keinem einzigen Platz, wo man es sich gemütlich machen konnte. Sobald sie ihre Familie gefunden hatte, konnten sie zusammen gehen.

Sie stolperte um eine Ecke und befand sich plötzlich im Schlafzimmer ihrer Eltern. Hier waren sie, lagen noch im Bett, die Arme umeinander geschlungen, wie immer. Gleich würden sie sich aufsetzen, lachen und sie zu sich rufen.

Aber das taten sie nicht. Sie ging zu ihnen und rüttelte ihren Vater an der Schulter. Er fiel nach hinten und sie sah sein Gesicht. Die Pockennarben waren eingetrocknet und geronnen, das Weiße war braun geworden. Plötzlich traf der Geruch des Todes sie, der Geruch nach Verwesung. Ihre Mutter lag an seiner Brust, auch sie war tot. Pirisi lag am Fußende ihres Bettes, das Gesicht vom Angriff ihrer Mörder zerschlagen. Ihr rotes Kleid, Trauerkleidung für ihre drei Kinder, die zwei Tage vorher gestorben waren, war unbefleckt.

Eine Tür schlug zu. Sie sah sich panisch um.

Die Kerzen und Lampen im Zimmer gingen aus. Sie war allein, im Dunkeln, mit den Toten.

Sandri schnappte nach Luft und setzte sich auf. Das Erste, was sie sah, waren die weiß gekalkten Steinwände des Hauses Disziplin und ihr Wandbehang mit dem gestickten Lebensbaum. Es dämmerte bereits und so war es hell genug im Zimmer. Ihre kleine Nachttischlampe war erloschen. Sie sah stirnrunzelnd darauf. Hatte sie den Alptraum gehabt, weil ihre Lampe ausgegangen war? Vielleicht sollte sie Lerchenfroh um eine größere Lampe bitten, wenn dieser in einer Nacht das Öl ausgehen konnte.

Zitternd stand sie auf. Der Traum war immer der gleiche. Ihre Eltern sahen genauso aus wie damals, als sie sie gefunden hatte. In Wirklichkeit war Pirisi am Leben gewesen, hatte versucht sie davon abzuhalten, deren Schlafzimmer zu betreten. In Wirklichkeit hatten sie beide das Geschrei des Mobs gehört und Pirisi hatte darauf bestanden, Sandri zu verstecken.
Sandri goss sich kaltes Wasser in ihre Waschschüssel und wusch sich den Schweiß vom Gesicht. Sie putzte sich mit noch immer zitternden Händen die Zähne und nahm sich fest vor Lerchenfroh um eine größere Lampe zu bitten. Sie musste nur einfach die Dunkelheit meiden, das war alles.

Als alle im Haus erwachten, war der Himmel dunstig und von einem eigenartigen orangefarbenen Licht. Die Luft war feucht, schwül und beengend. Kleiner Bär rannte winselnd von der Haustür zur Hintertür. Tris hatte Kopfschmerzen und einen nervösen Magen. Rosendorn und Briar waren nervös. Daja, die am liebsten barfuß ging, zog ihre Schuhe an. Im oberen Stockwerk war alles in Ordnung, aber der Erdboden schien ihr zu heiß.
Keiner schaffte es diesen Morgen, sich beim Meditieren zu konzentrieren.
»Du hast heute frei, Briar«, sagte Rosendorn mittags. »Ich werde mich ein wenig hinlegen.« Mit bleichem Gesicht ging sie in ihr Zimmer und schloss die Tür hinter sich.
»Ich werde aufräumen«, sagte Lerchenfroh. Sie sah auch nicht gut aus. »Ich brauche eine Beschäftigung. Geht spielen – und nehmt den Hund mit. Er stört mich.«
Sandri hängte sich ihre Arbeitstasche über die Schulter und nahm den Welpen auf. Sie brauchte beide Arme, um ihn halten zu können. Er war nicht mehr so leicht zu tragen wie vor fünf

Wochen, als sie ihn von der Stadt mit nach Hause gebracht hatten.
»Tris, vielleicht solltest du dich auch hinlegen«, schlug sie vor.
»Sie hat Recht«, sagte Daja. »Du siehst aus wie alter Käse.«
»Vielen Dank«, erwiderte Tris mit trockener Stimme. »Gehen wir lieber ein Stück.«
»Ja, gehen wir ein Stück«, stimmte Briar zu. »Es ist ja nicht so, dass wir dieses Beben oder eine Flutwelle abbekämen. Niko sagte, wir wären sicher.«
Außerhalb der Gärten ließ Sandri den Hund laufen. Er rannte voran durch das Südtor, scheute vor Unkraut zurück und schnüffelte an Kieseln. Plötzlich blieb er stehen. Eine Maus knabberte an Samen im Gras neben dem Pfad, der zum Kliff führte. Die vier Kinder sahen sie zur gleichen Zeit wie der kleine Hund.
»Nein!«, rief Briar und versuchte den Hund zu fassen zu bekommen. Die Maus rannte davon, Kleiner Bär hinterdrein. Sie befahlen ihm schreiend, stehen zu bleiben, und liefen hinter ihm her. Kleiner Bär rannte immer weiter den Pfad hinunter auf die Klippen zu, bis in die Höhle hinein. Sein Kläffen schallte von den Höhlenwänden zurück.
»Ich werde diesem Vieh das Fell über die Ohren ziehen«, fluchte Daja und suchte nach der Laterne, die sie vor Wochen hierher gebracht hatten.
»Zuerst müssen wir ihn haben«, murrte Briar. »Kleiner Bär, beweg dein Hinterteil hierher!«
Daja hatte die Lampe gefunden und fummelte mit dem Feuerstein herum, der neben der Lampe aufbewahrt wurde. Schließlich schaffte sie es, die Lampe anzuzünden.
Tris bemerkte, dass Sandri wie gebannt auf die Lampe starrte. »Alles in Ordnung mit dir? Wir müssen ihm nach!«
»Mir geht es bestens«, antwortete Sandri mit rauer Stimme.

Sie folgten dem Welpen tiefer in die Höhle, wohin sie nie vorher gegangen waren. Das Licht, das von dem polierten Messing um den Docht herum reflektierte wurde, zeigte ihnen Ausbuchtungen und Vorsprünge in den Höhlenwänden, doch kein Höhlenende. Keiner von ihnen hatte gewusst, wie tief die Höhle war.

»Sind wir wirklich sicher, was das Beben und die Flutwelle betrifft?«, flüsterte Tris. Die anderen blickten sie an. »Ich fühle mich nicht sehr gut.«

»Niko war überzeugt, dass wir nicht betroffen wären«, erklärte Briar. »Also hör auf dir Sorgen zu machen. Kleiner Bär, komm jetzt sofort her!«

Daja blieb stehen. Etwas in der Wand zog ihre Aufmerksamkeit auf sich, eine glänzende Schicht in einem Bett von Lehm. »Sandri, nimmst du mal die Lampe?«

»Ja, gut.«

Daja reichte ihr die Lampe und stocherte mit einem Fingernagel in dem schimmernden Material. »Bei allen Göttern«, rief sie aus. »Ich frage mich, ob Eisenbart weiß, dass sich Kohle unter dem Tempel befindet.«

Briar kam herüber und legte seine Handfläche auf den Fels. Er schloss die Augen und strich darüber. »Rose hat Recht. Kohle entsteht tatsächlich aus sehr, sehr alten Pflanzen«, sagte er ehrfürchtig.

Während sie weiterliefen, verloren sie den Höhleneingang aus den Augen, denn der Tunnel bog nach links ab und führte immer weiter nach unten. Daja fuhr mit einer Hand an dem Kohlestreifen entlang. Er wurde immer breiter, je tiefer sie vordrangen. »Warum bezahlt der Feuertempel so hohe Preise für Öl, wenn wir doch unsere eigene Mine vor der Haustür haben?«

»Das ganze Tempelgelände ist so ähnlich wie das, was im Topf meines Shakan ist«, erklärte Briar. »Rosendorn sagte, dass man damals, als man den Tempel in den Krater baute, unterirdische Gänge befestigt hat, außerdem magische Grenzen zog, damit wir nicht überschwemmt werden, wenn es viel regnet. Ich wette, sie haben Angst, irgendetwas darunter zu bewegen.«

Kleiner Bär rannte mit heraushängender Zunge auf sie zu, das Weiße in seinen Augen war deutlich zu sehen. Sandri kniete sich hin, um ihn anzusehen, und stellte die Lampe auf den Boden neben sich. »Bär, was ist los? Was hast du? Er zittert wie Espenlaub«, erklärte sie den andern.

»Ist er . . .«, begann Daja und brach dann ab. Die Hitze im Boden drang durch ihre Schuhe. Unter ihrer Handfläche erhitzte sich die Höhlenwand so schnell, dass sie ihre Hand mit einem Aufschrei wegzog.

»Ob ihr es glaubt oder nicht«, stieß Tris schwach hervor, »aber ich denke, es kommt ein Beben. Wieder einmal!« Sie stolperte und fiel auf die Knie. Kleiner Bär heulte, das Echo kam von den Höhlenwänden zurück.

Briar schnappte nach Luft und presste sich die Hände auf die Ohren. Er hörte ein entsetzliches Schreien aus der Erde kommen, grüne Stimmen schrien ihren Schmerz hinaus . . .

Der Boden bewegte sich, es war fast, als ob er sie hochwarf wie Spielzeug. Ein herabfallender Gesteinsbrocken traf die Lampe. Mit einem Aufschrei fiel Sandri über Kleiner Bär zu Boden. Daja machte einen Satz, um ihr zu helfen. Als der Boden sich hob, stolperte sie und fiel über Sandri und den Hund.

Die Höhlendecke brach nach unten ein, kam nur wenige Zentimeter über ihren Köpfen zum Halt.

Der Boden rollte, hob und senkte sich eine Zeitspanne, die ihnen wie eine halbe Ewigkeit vorkam. Endlich wurde das Beben schwächer und hörte schließlich ganz auf. Für einen Augenblick war nichts zu hören außer dem Knirschen des Gesteins, dem Wimmern des Hundes und dem Keuchen der Kinder.

»Es ist dunkel.« In Sandris Stimme klang Entsetzen. »Lasst mich nicht im Dunkeln, bitte! Ich mache alles, aber . . .«

»Saati«, krächzte Daja und Tränen rollten über ihre Wangen, »bitte, rede nicht so.« Etwas drückte auf ihren Rücken. Sie kniete auf dem Boden und stützte sich mit den Händen ab. Kleiner Bär und Sandri befanden sich unter ihr. Der lange Stab von Sandris Spindel stach schmerzend in ihr Brustbein. »Was ist passiert?«, fragte Daja. »Was ist über uns?«

Kleiderstoff raschelte und Kieselsteine rollten. Eine tastende Hand hätte Daja fast im Auge getroffen. »Entschuldige«, sagte Briar. »Aber hier ist es so dunkel wie in der schwärzesten Nacht . . .« Er tastete über das Gestein hinter Dajas Rücken.

»Dunkelheit«, flüsterte Sandri. »Nicht wieder Dunkelheit!«

Tris untersuchte ihre nähere Umgebung. »Hier sind zwei große Felsbrocken«, sagte sie. »Einer hängt quer. Er hält alles andere über mir davon ab, auf mich zu fallen – für den Augenblick jedenfalls.«

»Es fühlt sich an, als sei das über dir Kohle, Daja«, sagte Briar. »Bei mir befindet sich auf der einen Seite Erde und auf der anderen Felsen.«

Eine Hand tastete sich an Dajas Handgelenken vorbei. »Das bin nur ich«, sagte Tris. »Kleiner Bär, komm her.« Der Welpe jaulte, als sie eines seiner Hinterbeine fasste und daran zog. »Tut mir Leid«, murmelte sie und zog vorsichtig den Hund zu sich.

»Na komm, Sandri«, sagte Briar. »Dreh jetzt nicht durch! Wir müssen uns etwas überlegen, und zwar schnell. Es gibt nämlich Nachbeben, verstehst du. Versuche wenigstens unter Daja vorzukommen.«

»Wo bist du?«, fragte Sandri mit einem Schniefen. »Ich kann niemanden sehen und . . .«

Sie schrie auf, als Briar ihren Arm berührte. Ein Knirschen war zu hören. »Du musst dich beruhigen, Sandri!«, flüsterte er. »Wir sitzen ziemlich in der Klemme und brauchen unseren ganzen Verstand!«

». . . statt den halben, den du hast, Langfinger?«, meinte Daja.

Zu ihrer Überraschung kicherte Tris.

Sandri fasste Briars Hände. Während er zog, wand sie sich unter Daja hervor. Mit einem Seufzer wollte Daja sich aufrichten, doch dann spürte sie, wie die Kohle an ihrem Rücken sich bewegte. Rasch drückte sie ihren Rücken wieder dagegen.

Eine Hand berührte ihren Brustkorb. »Was ist los?«, wollte Briar wissen. »Warum setzt du dich nicht?«

»Die Decke hat sich bewegt, als ich es versuchte.«

Sandri begann zu schluchzen. Eine weiche Hand legte sich über ihren Mund. »Was ist denn nur los mit dir?«, fragte Tris leise. Sosehr sie selbst in Panik war, konnte sie es doch nicht aushalten, Sandris Angst zu hören. »Du hast dich ungerührt sowohl gegen diesen Kranich wie auch gegen eine Horde Tierquäler und eine ganze Menge ziemlich aufgeregter Kaufleute gestellt, also weiß ich genau, dass du bestimmt nicht feige bist.«

»Es ist schwierig, zu erklären«, flüsterte Sandri, als Tris ihre Hand wieder wegnahm.

»Das Ganze ist doch verrückt!«, schimpfte Briar los. »Angeblich haben wir Magie und seht uns bloß an! Mir fällt nichts ein, was wir tun könnten. Was nützt es denn, Magier zu sein, wenn so etwas passieren kann?«

Daja hatte das Gefühl, als hätte sie die Lösung direkt vor sich. »Psst!«, befahl sie. »Ich muss nachdenken.«

»Wir sind in ziemlichen Schwierigkeiten«, krächzte Sandri und kicherte hilflos. Kleiner Bär leckte ihr übers Gesicht.

Niemand bewegte sich. Um sie herum waren die verschiedensten kleinen Geräusche zu vernehmen: Erde, die sich bewegte, Stein, der knirschte. Briar lauschte angestrengt auf das Rumpeln eines Nachbebens, auch wenn er keine Ahnung hatte, was er machen sollte, wenn eines käme.

»Ich kann mir nicht vorstellen, dass selbst ein starkes Mädchen wie du einen Felsen halten kann«, sagte Tris schließlich und wischte sich mit dem Ärmel über die Stirn. »Deine Magie muss dir helfen.«

»Augenblick mal . . . erinnert ihr euch, was Niko gesagt hat?«, fragte Briar. »Wir müssen an Dinge und Arbeiten denken, die wir kennen, und uns öffnen.«

»Warte einen Moment«, sagte Daja. »Lass mich mal sehen, was ich finden kann.«

Sie schloss die Augen, holte tief Luft und fing an zu husten. Briar kroch zu ihr und stützte ihre Beine und ihren Bauch mit seinem Rücken. So konnte Daja sich besser entspannen, ohne dass die Decke über ihnen einstürzte. »Danke«, krächzte sie, als sie wieder Luft bekam.

Sie atmete langsam und regelmäßig und zwang alle anderen Gedanken aus ihrem Geist. Egal, dass sie es ziemlich unbequem hatte, egal, dass ihre Nase voller Staub war, egal, wie sehr ihre Handgelenke und Knöchel schmerzten. Tief einatmen und ausatmen und einatmen . . . Sicherheit, dachte sie. Ich möchte sicher sein, wenigstens für den Augenblick, für eine Weile. Geschützt. Geschützt . . .

So deutlich, als stünde sie vor ihr, konnte sie ihre Suraku sehen, ihre Überlebenskiste. Da war das Zeichen des Dritten Schiffes

Kisubo in die mit Leder verkleideten Seiten gestanzt. Dort waren die Metallbänder, die sie zusammenhielten, darin war die Kupferauskleidung, die den Inhalt trocken hielt.

Sicherheit, dachte sie und öffnete sich, um ihrer Magie freien Lauf zu lassen. Gib uns Sicherheit.

Kraft strömte aus ihr heraus, wuchs und hüllte die anderen mit ein, nahm die Form an, die für Daja Kisubo Sicherheit bedeutete. Diese Kraft sagte ihr, was sich um sie herum befand: Lagen von Stein, Kohle und Eisenerz und die hellen Flecken, die Edelsteine anzeigten. Ihre Macht floss dort hinein, Körnchen um Körnchen, Stein um Stein, bis sie die Form einer Kiste angenommen hatte. Sie war massiv und auch wieder nicht, eine magische Suraku. Ihre Suraku dehnte sich in jede Richtung, ihre Magie glich einer Katze, die sich in ihrem Lieblingskissen eine Kuhle bohrt. Sie dehnte und streckte sich und wurde fest. Das Band zwischen Daja und dem Ding, das sie gerade erschaffen hatte, riss. Sie waren eigenständig, sie und die lebende Suraku.

»Ich glaube, wir sind für den Augenblick in Sicherheit«, flüsterte Daja. »Ich . . . ich bin ziemlich sicher, dass ich etwas gemacht habe, aber . . . frag mich bloß nicht, was, Kaufmannstochter, denn ich kann es nicht erklären.«

»Werde ich dadurch denn Luft bekommen?«, fragte Tris besorgt. Ihre Kehle fühlte sich trocken und eng an. »Wenn wir nicht bald Luft bekommen, sind wir in echten Schwierigkeiten.«

»Das sind wir sowieso schon«, bemerkte Briar.

Daja dachte daran, wie die Magie Steine und Metall durchdrungen hatte. »Ich denke, wir werden genug Luft haben«, sagte sie. An ihre Magie gerichtet, fügte sie schweigend hinzu: Bitte!

Zwischen den Steinen in Tris' Ecke befand sich ein Spalt. Tris legte ihre Hände flach auf jede Seite davon, holte tief Luft und atmete wieder aus. Außerhalb der magischen Kiste, die sie umschloss, gab es kleine Bewegungen – kein Beben, aber die Bewegung von Erde und Steinen, die falsch lagen. Nichts in dieser Höhle hier war richtig ausbalanciert, alles konnte jeden Augenblick seine Lage wieder verändern. Tris schauderte, als sie sich entlangtastete. Die Bewegungen der Erde waren anders als die Ruhelosigkeit der Wellen, aber doch ähnlich. Sie musste schnell etwas unternehmen, bevor diese kleinen Landwellen die Kraft aufbauten, um Dajas Spruch zu durchbrechen.

Tris atmete ein und rief die kleinen Wellen zu einem schmalen Spalt in der Erde und schob sie vorsichtig vorwärts. Der Spalt weitete sich, während die Landwellen hindurchrollten.

Sandri wimmerte, als das Dach aus Kohle über ihnen knirschte.

»Daja?«, flüsterte Briar. »Das hört sich unheimlich an. Kann deine Magie es nicht aufhalten?«

»Was ich gemacht habe, ist außerhalb des Gesteins, das uns unmittelbar umgibt. Es kann nicht die Höhlendecke stützen.«

»Sehen wir mal nach«, schlug Briar vor.

Sie warteten. Als Tris wieder einatmete, fielen Daja und Briar in ihren Atemrhythmus ein. Sobald sie eine einheitliche Atmung gefunden hatten, ertasteten sie mit ihrem Geist die vielen Schichten des Gesteins. Daja spürte das Versprechen des Feuers, das darin lag. Briar spürte die Zufriedenheit von uralten Pflanzen, die es geschafft hatten, sich in etwas anderes zu verwandeln.

Was denkst du, Daja? Seine innere Stimme fühlte sich in Dajas Geist wie Tannennadeln an.

Schieb mit deiner Magie nach oben. Für Briar fühlte ihre Stimme sich wie warme Kohlen an. *Ich drücke mit meiner.*

Zusammen atmeten sie tief ein. Briar dachte an einen kleinen Spaten, der die Erde hob, Daja dachte an einen Blasebalg, der sich öffnete und so Luft hereinholte. Die Kohle knirschte und schob sich nach oben.

Sandri schrie auf, aber die anderen waren zu tief in ihre Magie versunken, um sie zu hören. Tris war dabei, ihren Luftkanal zu erweitern, und durchbrach die Erdoberfläche an drei Stellen. Durch eine strömte Wasser, rasch schloss sie diese wieder. Die anderen beiden Öffnungen waren gut. Sie spürte, wie Luft in die Höhle drang.

»Versuchen wir mal, ob ich mich wegbewegen kann«, flüsterte Daja Briar zu. Er schlüpfte unter ihr heraus und drückte sich zwischen Sandri und Tris. Kleiner Bär kauerte sich in Sandris Schoß. Sehr, sehr vorsichtig beugte Daja ihre Knie. Die Kohleschicht bewegte sich nicht. Mit einem erleichterten Seufzer veränderte sie erneut ihre Haltung, bis sie auf dem Boden saß und ihre Knie umschlang.

»Es hält«, flüsterte sie. »Und der Schutz besteht immer noch.«

Für eine ganze Weile sagte keiner von ihnen ein Wort. Sie lauschten oder beteten oder weinten, ohne einen Laut von sich zu geben, damit die anderen es nicht merkten. Es gab nicht den leisesten Lichtschimmer in ihrem Gefängnis. Jedes Geräusch war wichtig. Es konnte sie warnen oder beruhigen.

»Weißt du, Prinzesschen, ich hätte geschworen, dass du dich vor gar nichts fürchten würdest«, krächzte Briar schließlich.

»Tja, nun weißt du Bescheid«, erwiderte Sandri. »Ich fürchte mich vor der Dunkelheit.«

»Na ja, im Augenblick finde ich das gar nicht so schwer, zu verstehen«, sagte Briar. Trotz ihrer Furcht musste Sandri lächeln. »Hat es etwas mit diesem Lagerraum zu tun?«

Sie nickte, dann erst fiel ihr ein, dass niemand das sehen konnte. »Es . . . es tut mir Leid, wirklich. Ich werde versuchen mich zusammenzunehmen, aber . . .« Sie musste schniefen, ihre Lippen zitterten. »Das hier ist ja noch schlimmer als damals. Dort hatte ich wenigstens ein bisschen Platz.«

»Aber man hat dich gefunden«, erklärte Briar. »Dir ist nichts passiert.«

»Na ja«, flüsterte Sandri. »Sie mussten mir die Augen verbinden. Das Sonnenlicht schmerzte mich so sehr, dass ich schrie. Für lange Zeit wollte ich gar nichts mehr tun, weder essen noch arbeiten noch atmen. Von vielen Dingen bin ich genesen, aber . . . ich hasse die Dunkelheit. Ich muss nachts immer eine Lampe neben meinem Bett stehen haben.«

»Ich möchte ja niemandem Angst machen«, sagte Tris und kämpfte selbst darum, ruhig zu bleiben. Sie war dankbar, dass sie einander nicht sehen konnten. Das, was sie in der Erde um sie herum fühlte, verursachte ihr einen neuerlichen Schweißausbruch. »Die Steine reden. Ich kann es nicht erklären, ihr müsst mir einfach glauben. Etwas sehr Großes und Böses kommt von weit her auf uns zu. Können wir . . .«

»Noch ein Beben?«, unterbrach Briar sie.

»Ja«, erwiderte Tris. »Es fühlt sich an, als sei sehr viel Magie damit verbunden. Wir haben noch etwas Zeit, aber es kommt auf uns zu. Daja, ich bin mir nicht sicher, ob das Ding, das du für uns gemacht hast, dem standhalten wird.«

13

Einen Augenblick lang sprach keiner von ihnen. Die Ankündigung war einfach zu erschreckend.

»Wir sollten lieber schnell etwas tun«, sagte Daja. »Entweder wir handeln oder wir sterben. Tris, kannst du irgendetwas anfangen mit dem, was da kommt? Kannst du es drehen oder anhalten? Nein, vergiss das mit dem Anhalten. Ich weiß ja, dass das nicht geht.«

»Jede Kraft muss irgendwohin«, erwiderte Tris. »Und in dem, was jetzt auf uns zukommt, ist Magie. Das erschwert alles noch. Ich weiß ja nicht einmal genau, was ich mit meiner eigenen Magie mache, geschweige denn mit der eines anderen.«

Daja seufzte. »Hört mal, wir müssen es einfach versuchen. Ich werde nach Metall suchen . . .«

»Vielleicht kann ich die Pflanzen dazu bringen, uns zu helfen«, überlegte Briar laut. Er öffnete seinen Geist und ließ ihn durch die Erde dringen. Er spürte Millionen Spuren von Grün. Mit aller Kraft versuchte er sie zu erreichen, doch es gelang ihm nicht. Daja fand Spuren von Eisen, Kupfer und Blei in der Erde. Sie rief alle zusammen. Sie wollte versuchen einen Metallkäfig um ihre Kiste zu bauen. Die Metalle erbebten und wollten gehorchen, schafften es jedoch nicht.

Schwer atmend öffnete Daja die Augen. »Ich brauche Hitze«, sagte sie. »Ich kann erkaltetes Metall nicht formen.«

»Zünde die Kohle an«, schlug Briar vor.

Tris ging es schlecht. Die Spannung im Gestein wuchs, während diese eigenartige Kraft sich ihren Weg bahnte. Tris' Magen hob sich. – Ich kann mich jetzt nicht übergeben!, dachte sie wütend.

»Zündet die Kohle nicht an, wenn ihr uns nicht mit verbrennen wollt!«, fuhr sie die beiden an. »Wir dürfen kein echtes Feuer benutzen. Unter uns, wo die Vulkane geboren sind – da ist Hitze. Daja, wenn du diese Hitze beherrschen, wenn du sie von der Kohle fern halten kannst . . .«

»Meine Kiste – unser Schutzraum. Sie ist von der Kohle getrennt, also ist das sicher genug, hoffe ich jedenfalls«, erwiderte Daja hustend. Sie atmete ein und schickte ihre Magie mit dem Ausatmen aus, versuchte die Hitze zu fassen, die Tris beschrieben hatte. Bald kam sie wieder zurück. »Ich kann nicht«, sagte sie und versuchte nicht daran zu denken, dass ihnen die Zeit davonlief. »Meine Reichweite ist nicht groß genug.«

Tris seufzte. »Meine ist größer, aber ich weiß nichts über Eisen.«

»Und ich kann einfach die Wurzeln der Pflanzen nicht erreichen«, sagte Briar. Sosehr er es auch verhindern wollte, seine Stimme zitterte dennoch. Langsam bekam er Angst. »Ich wünschte, es gäbe eine Möglichkeit, wie wir unsere Magie verbinden könnten.«

Sandri hatte zugehört und wurde von Scham und Angst erfüllt. Sie ließ ihre Freunde im Stich, saß nutzlos dabei, obwohl sie in Gefahr waren. Genauso war es gewesen, als Pirisi getötet worden war. Würde sie das noch einmal geschehen lassen? Konnte sie denn nicht helfen? Sowohl Daja wie auch Briar brauchten Tris und Tris brauchte Stärke. Wie sollten sie diesen Wirrwarr nur lösen?, fragte sich Sandri. Alles kam ihr vor wie ein riesiger Knoten.

Da schnappte sie nach Luft. »Wartet mal, wartet mal! Ich glaube, ich glaube . . .« Sie wühlte in ihrer Arbeitstasche, kramte zwischen

Fadengespinst, Scheren, Strängen von fertigem Garn ... Ein Päckchen fiel ihr in die Finger. Sie zog den Inhalt heraus: ihr erster gesponnener Faden. Sie tastete über den Stab ihrer Spindel und zog sie ebenfalls heraus.

»Denkst du immer noch nach?«, fragte Daja in die Dunkelheit.

»Wir müssen einander helfen, richtig?« Sandri legte die Spindel auf den Boden und fasste die Schnur. »Ich weiß eine Möglichkeit, wie wir uns stärker machen können. Daja, ich gebe dir eine Schnur mit vier Knoten darin. Nimm den ersten Knoten, halte ihn fest und gib etwas von dir hinein – deine Magie, deine Erinnerungen, egal, was, solange es von dir kommt, verstanden?«

»Ich denke schon«, sagte Daja. Ein Stück Schnur wurde ihr in die Finger gedrückt. Sie fand einen Knoten nahe am Ende und hielt ihn fest.

»Gib das nächste Stück Tris, die es mit dem zweiten Knoten ebenso machen soll. Haltet die Schnur fest in eurer Hand! Briar nimmt den dritten Knoten, ich den letzten. Wenn ein Teil von euch darin ist, betet um den Segen der Götter und gebt mir den Faden zurück.«

Daja legte die Erinnerung an glühend heißes Eisen, das in ihrer ungeschützten Hand lag, in den Knoten. Die Erinnerung an einen Spaziergang im Sturm, bei dem Winde und Regen ungezügelt tobten, lag in Tris' Knoten. Briar gab ihm das Gefühl starker grüner Pflanzen, die sich um seine Arme und Beine wanden. Sandri gab die Erinnerung hinein, wie sie zusammen auf dem Dach gesessen und sich unterhalten hatten. Alle vier murmelten ein Gebet an ihre Lieblingsgottheit.

Briar hob Kleiner Bär auf seinen Schoß und das Tier rollte sich gehorsam zusammen. »Dass du mich bloß nicht voll pinkelst«, befahl Briar. Der Hund nieste und wedelte mit seinem Schwanz gegen Briars Knöchel.

Schnell nahm Sandri den Faden und befestigte ihn als Führungsgarn an ihrer Spindel, genau, wie sie es gelernt hatte. »Gebt euch die Hände«, befahl sie den anderen. »Aber ihr beide, Briar und Daja, ihr müsst mich an den Knien fassen. Ich brauche beide Hände, wenn ich unsere Magie spinnen will.«

»Mach schnell«, ermahnte Tris sie. »Kannst du die Steine nicht hören?« Sie selbst konnte sie hören, sie kreischten unter der Wucht des Bebens, das viele Meilen entfernt auf sie zudonnerte. Das Geräusch verursachte Tris heftige Zahnschmerzen, ihre Nase fing an zu laufen und ihre Augen tränten.

»Atmet gleichmäßig, alle zusammen«, befahl Daja. Sie schloss die Augen und atmete ein, hielt Tris' linke Hand in ihrer rechten und legte ihre linke Hand auf Sandris Knie. Tris fasste Dajas und Briars Hand und Briar legte seine rechte Hand auf Sandris linkes Knie.

Ich werde spinnen, sprach Sandri mit ganzer Kraft. Sie legte die Spindel in den winzigen Platz in der Mitte ihrer kleinen Höhle. *Ein einziger Faden allein ist schwach – genau wie wir. Spinne sie zusammen und die Fäden werden stark. Die Spindel wird unsere Macht zusammenfassen und uns stärken.*

Tu es, dachte Tris drängend. Jetzt konnten die anderen eine Wellenbewegung in der Erde in weiter Entfernung spüren. Sandri fasste den Schaft der Spindel und drehte sie nach rechts.

Jetzt, da ihrer aller Magie konzentriert war, war die Spindel so sichtbar für Sandri, als würde sie bei hellem Sonnenlicht arbeiten. Auch das, was ihre Freunde in ihre Knoten gegeben hatten, konnte sie erkennen. Vorsichtig berührte sie das, was Briar in seinen Knoten gelegt hatte, mit ihrer Magie und zog einen glatten grünen Faden heraus. Aus dem Knoten, der Tris gehörte, zog sie einen blauen Faden heraus, von der Farbe von tiefem, frischem Wasser. Dajas Knoten trug das rötliche Orange eines glühenden Kohlenfeuers. Ihr eigener hatte die Honigfarbe ungebleichter Seide. Sandri verband alle vier magischen Fäden zwischen ihrem Daumen und Zeigefinger mit ihrem Führungsgarn. Sie wand die Magie um den langen Stab, während sich die Spindel drehte.

Daja versuchte währenddessen noch einmal das Eisenerz zu fassen. Sie spürte es sofort in ihrem magischen Griff, denn Tris brachte sie zu einem geschmolzenen Fluss weit, weit unter ihnen. Behutsam nahm sie nur so viel Eisen und Hitze, wie sie kontrollieren konnte, und verband beides miteinander. Das Erz schimmerte und begann zu schmelzen.

Briar, der jetzt viel weiter greifen konnte, tastete sich zur Oberfläche vor. Wie ein grünes Leuchtfeuer rief ihn dort etwas, verlieh ihm Stärke. Briar verband sich mit den Wurzeln seines Shakan. Der Miniaturbaum war so reich an Magie, jeder Zweig und jedes Blatt waren damit getränkt, genau wie mit der Stärke jedes Menschen, der ihn gepflegt hatte. Während seines langen Lebens hatte er diese Kraft gesammelt, in seine schmale Form gepresst und sie wachsen lassen. Jetzt bot er sie Briar an.

Mit dieser Kraft rief Briar nun die Wurzeln jeder lebenden Pflanze, die er spüren konnte, Bäume und Gras, Büsche und Unkraut, Blumen und Kräuter. Die Wurzeln folgten seinem Ruf, streckten sich durch die Erdschichten, die unter dem Verschlungenen Kreis lagen, fanden Ritzen in der eingewebten Magie, die den Tempel schützte, bis sie das Loch entdeckten, wo ihr Freund Briar saß.

Sandri gesellte sich zu ihm. Zusammen woben sie die Wurzeln um die Suraku. Sandri arbeitete mit den dünnen, fadengleichen Wurzeln, Briar mit den schwereren Baumwurzeln. Als sie damit fertig waren, hüllte Briar alle Wurzeln in die Magie des Shakan ein, um sie vor den Strömen aus geschmolzenem Eisen, Kupfer und Blei zu schützen, die Daja bearbeitete.

Die Hitze senkte sich in Dajas Haut und trocknete sie beinahe aus. Hitze, brennender Schmerz, Bewegung: Wieder einmal fühlte sie sich wie auf dem Floß in der Mitte des Ozeans – ohne Essen, ohne Wasser, die letzte Überlebende ihrer Familie. Ein Strudel erfasste sie und versuchte sie mit sich zu ziehen.

Überall um ihre magische Suraku entdeckte sie ein Flechtwerk von Pflanzenwurzeln. Was nun? Sie wollte sie ja nicht mit ihrem flüssigen Metall verbrennen. Es musste einen Weg geben, ihr Metall um ihre Kiste zu legen, ohne Briars Freunde zu töten.

Durch die Wurzeln sah sie Licht: Die Spindel, die sich drehte und Magie spann. Das erinnerte Daja an die Drähte, die Eisenbart zog. Draht! Ihre magischen Finger griffen in den Strom, in dem ihre flüssigen Metalle vereint waren, und sie nahm ein wenig der Flüssigkeit zwischen Daumen und Zeigefinger. Mit der anderen Hand formte sie ein Loch. Sie führte das flüssige Metall hindurch, fasste es auf der anderen Seite und zog.

In der Nähe befand sich ein Spalt im Boden, der Meerwasser enthielt. Daja wusste nicht einmal, ob dieser Draht aus drei Metallen ohne Magie überhaupt gemacht werden konnte, genauso wenig wusste sie, ob ein Bad im Salzwasser gut für ihn war. Doch sie schickte ein Gebet an den Händlergott Koma und seine Gemahlin Oti und tauchte ihr Werk in das Wasser. Es kühlte mit einem Zischen ab und der Draht nahm wechselnde Farben an. Nun begann Daja ihre Drähte zu verankern.

Eine Hitzewelle erreichte sie. Die gequälte Erde glühte. Sandri konnte den Schweiß ihrer Freunde riechen. Sie sah, wie Tris mit ihrer Magie eine Lage Erde bewegte, damit sie die neuerliche Hitze von ihnen wegführte. Rasch nahm sie selbst einen Teil der Hitze und führte sie durch ihre Spindel tief in die Erde zurück. Tris schob immer noch einen Großteil der Hitze vor sich her, bis sie sie durch

den löchrigen Sand im Meeresboden geschickt hatte, wo sie Dampfwolken aufsteigen ließ.
Das Land schrie gequält auf, während es sich in einem neuen Erdbeben hob. Keines der Kinder hörte seine eigenen Schreie, als ihr kleiner Zufluchtsort geschüttelt wurde. Der Schmerz von gestauchten Felsen und gequetschter Erde bohrte sich in Tris. Sie hatte das Gefühl, zwischen Mühlsteinen zerquetscht zu werden, ihre Augen tränten noch stärker, ihre Nase lief. Sie begann zu husten.
»Du hörst dich nicht sehr gut an, Kaufmannstochter«, flüsterte Daja, als es ruhiger wurde.
»Staub«, erwiderte Tris schwach.
»Briar, es ist die Kohle«, meinte Daja. »Hilf mir sie stärker zusammenzupressen.«
Beide schoben die Kohle über ihnen ein Stück zurück. Doch ihre Kraft begann langsam nachzulassen. Als der Faden, der von ihren Freunden kam, blasser wurde, gab Sandri mehr von sich selbst hinein. Sie holte Hitze aus der Erde, verwandelte sie in Energie und ließ sie in ihre Spindel fließen. »Du wirst ihnen helfen«, befahl sie. »Du wirst helfen oder mich kennen lernen.«
»Gesprochen wie eine wahre Adlige«, stieß Briar hervor.
Die neue Magie, mit der sie versorgt wurden, war roh und brannte in ihren Adern. Damit bearbeiteten Daja und Briar die Kohle, bis sie keinen Staub mehr abgab.
»Seht euch vor!«, schrie Tris nun. Ein neues Beben rollte über sie hinweg. »Die Götter mögen uns helfen, ich glaube nicht, dass wir dies hier überstehen können!«
Sandri drehte ihre Spindel weiter, während sich die Erde aufbäumte. Die Pflanzen, Metalle und die Kiste, die sie schützte, alles stöhnte auf. Selbst der Shakan wurde bis an seine Grenzen strapaziert. Die Luftlöcher in der Höhle verschlossen sich.

Die Kohle über Dajas Kopf begann zu glühen. »Tris!«, schrie sie. »Wir brauchen hier Wasser!«
Die Spindel kam ins Trudeln. Die Fäden, die sich in Sandris magischer Vorstellungskraft verbanden, zogen sich zurück. Der Shakan fing an sich langsam von Briar zu lösen, doch dieser klammerte sich mit aller Kraft an ihn. Tris kämpfte darum, das Wasser zu fassen, das sie in unmittelbarer Nähe spürte.
Stärke drang durch die Spindel und durch sie in die Wurzeln, den Draht und die Suraku. Eine Kraft, die alle sehen konnten, floss in den Faden und verwandelte ihn in schweres Garn. Die neue Magie umfasste die ganze Suraku wie ein Fischernetz einen Fang. Magisches weißes Feuer strömte wie Wasser über die brennende Kohle und brachte sie zum Erlöschen.
Die Erde bewegte sich noch immer und knirschte, aber jetzt war es das Geräusch von Felsen, die ineinander geschoben wurden. Die Suraku schob sich mit ihren Insassen durch die Erde. Kleiner Bär wimmerte und kletterte in Dajas Schoß.
»Sandri?«, fragte Briar.
»Es ist alles in Ordnung«, flüsterte sie. »Ich weiß nur nicht . . .«
Die Bewegung kam zum Stillstand.
Dajas Suraku verschwand. Schwache Stimmen drangen an die Ohren der Kinder. Durch einen Spalt im Fels sah Tris ein Schimmern. Die neue Magie verschwand, die Spindel fiel mit einem Klappern auf die Seite. Ganz langsam und verwirrt, ließen Briar und Daja Sandri los.
»Nein, Dummkopf! Ihr werdet die Wurzeln zerstören!« Eine scharfe, vertraute Stimme drang durch den Spalt. »Lasst mich das machen!«
»Dann beeilt euch!«
»Rosendorn?«, flüsterte Briar. Er fühlte, wie sich die Pflanzen um

sie herum unter der sanften Berührung seiner Lehrerin zurückzogen.

Eisenbart, dachte Daja und seufzte.

»In Sicherheit?«, flüsterte Sandri mit bebenden Lippen. »Sind wir in Sicherheit?«

Sie konnten es nicht sehen, aber sie fühlten es. Kraft durchdrang ihre kleine Höhle und formte ein Netz unter der Kohle. Während ein feiner Nieselregen von Erdkrümeln auf sie niederging, hob sich das Dach ihrer Höhle immer mehr.

»Vorsichtig«, hörte Tris Mondenstrahls Befehl.

Daja lehnte sich gegen die Wand und schloss die Augen. Tränen der Erschöpfung und Erleichterung strömten über ihre Wangen.

Blinzelnd schirmten die Kinder ihre Augen gegen das flackernde Licht der Fackeln hinter dem Kreis von Gesichtern ab, die auf sie herunterblickten. Sie befanden sich im Herzen des Turmes. Mondenstrahl war da, die Hände in ihre weiten Ärmel gesteckt. Auch Niko, Lerche, Rose und Eisenbart waren da. Die Kinder kannten nicht alle, die geholfen hatten sie hier herauszuholen, einen jedoch sehr gut.

»Geweihter Gaumenwohl!«, krächzte Briar. »Habt Ihr etwas zu essen?«

Keiner der vier erholte sich schnell von dem Erdbeben. Sie litten an der gleichen Schwäche, die Tris bereits nach ihrem Experiment mit den Wellen im Bett gehalten hatte, außerdem waren sie von Kopf bis Fuß voller blauer Flecke. Sandris Hände waren von roten Striemen überzogen, als hätte sie versucht einen heißen Draht zu spinnen.

Zuerst schliefen sie einen ganzen Tag in einem der Krankenzimmer des Tempels. Als sie kurz aufwachten, tranken sie klare

Brühe, dann schliefen sie wieder. Es war Nacht, als sie zum zweiten Mal aufwachten. Die Heiler gaben ihnen Kräutertees und passten auf, dass sie wirklich jeden Tropfen tranken, bevor sie ihnen erlaubten wieder zu schlafen.

Tris erwachte bei Morgendämmerung. Niko half ihr in einen Stuhl und Lerche setzte ihr die Sehgläser auf die Nase. Während sie eine Schüssel dünnen Haferschleim aß, wachten auch Briar, Sandri und Daja auf. Selbst Briar hatte nichts gegen den Haferschleim einzuwenden. Er schmeckte wunderbar. Keiner von ihnen ließ auch nur einen Löffel voll für Kleiner Bär zurück, dessen elfenbeinfarbiges Fell gewaschen und gekämmt worden war, während die Kinder schliefen.

»Wir haben einiges abbekommen«, erklärte Lerche, nachdem alle vier gegessen hatten. »Es wäre ein Wunder gewesen, hätten wir das nicht. Fast alle unsere Leute sind jedoch in Sommersee, dort hat das Beben am meisten angerichtet. Rose und Eisenbart holen immer noch Überlebende aus den Ruinen, dabei ist es nun schon drei Tage her.«

»Jemand in Ragat hat versucht das Beben aufzuhalten, nicht wahr?« Tris' Stimme war kaum mehr als ein Krächzen.

»Nein, nein, sie versuchten nicht es aufzuhalten«, antwortete Niko trocken. »Sie wussten, dass es dumm wäre, ein Erdbeben aufzuhalten. Der Ehrenwerte Huath und die Magier des Wellenkreises wollten es fangen. Sie dachten, sie könnten es sammeln und aufheben, wie man Macht in einem Kristall oder einem Shakan aufbewahren kann, um sie später zu benutzen.«

Kleiner Bär japste, als er Briars plötzlichen Ärger spürte.

Sandri blinzelte einige Male. »Habt Ihr gerade wirklich gesagt, sie wollten ein Erdbeben einfangen?«

»Es wird noch besser«, erzählte Lerchenfroh weiter und bürstete

Sandris zerzaustes Haar. »Das Beben sprang in den Kristallen herum, in denen sie es einfingen, und wurde dadurch immer stärker. Schließlich durchbrach es die bindenden Sprüche und breitete sich in alle Richtungen aus.«

»Wird dieser Huath wenigstens zur Rechenschaft gezogen werden?«, fragte Sandri mit funkelnden Augen. »Wenn die Geweihten der Tempel nichts tun . . .«

»Huath ist tot«, teilte ihr Niko mit. »Er und alle vom Tempel des Wellenkreises.«

Tris und Sandri zogen Gotteskreise auf ihrer Brust. Daja, die gerade zufrieden auf den Boden spucken wollte, merkte, dass Lerchenfroh sie ansah, und änderte daraufhin ihre Meinung. Briar dachte: *Besser dieser Huath als wir.*

Genau, antworteten die Mädchen, ohne zu merken, dass sie sich alle auf magischem Wege unterhalten hatten.

Sie fühlten sich inzwischen gut genug, um für kurze Zeit aufzustehen, obwohl danach jeder das Gefühl hatte, ein weiteres Schläfchen vertragen zu können.

»Wird das jedes Mal mit uns passieren, wenn wir große Magie anwenden?«, wollte Briar wissen, als er erschöpft auf sein Bett fiel.

Niko lächelte. »Je besser ihr werdet, desto weniger wird euch die Ausübung von Magie ermüden. Aber es wird noch lange dauern, bevor ihr euch von der Art von Magie erholen werdet, die ihr dort unten ausgeführt habt. Ich hätte es nicht für möglich gehalten, dass Anfänger das überhaupt schaffen.«

»Sandri hat uns zusammengesponnen, um uns stärker zu machen«, erklärte Daja.

Niko schüttelte gedankenvoll den Kopf. »Wenn es euch besser geht, müsst ihr mir die ganze Geschichte erzählen. Ihr habt bereits einigen Leuten ziemlich viel Stoff zum Nachdenken gegeben.«

»Meine Lieblingsbeschäftigung«, grummelte Tris und zog die Decke über ihre Schultern.

»Wir holen euch bald wieder nach Hause«, sagte Lerche zu den Kindern. Sie küsste jedes von ihnen auf die Stirn und ging mit Niko hinaus.

Wir haben uns wirklich ziemlich gut geholfen, oder? Briar ließ sich in sein Kissen fallen.

Und wenn wir viel, viel Glück haben, müssen wir uns nicht so schnell wieder helfen, gab Daja zurück.

Am nächsten Tag wurden sie aus der Krankenstation entlassen und mit einem Pferdekarren zum Haus Disziplin gefahren. Sie schafften es, zu Fuß durch die Haustür zu gehen, doch auch nicht viel weiter. Tris und Daja waren dankbar zu sehen, dass man für sie im Wohnzimmer Betten aufgestellt hatte. Mit Rosendorns Heilkräutern versorgt, konnten sie bereits die Düfte des sommerlichen Gartens genießen, die durch Türen und Fenster drangen. Schon fühlten sich die vier viel besser. Nach ein bis zwei Tagen begannen sie im Haus ein wenig Ordnung zu machen. Es hatte einige Stöße abbekommen. Auch wenn noch alles ganz war, war doch kaum etwas mehr an seinem Platz.

Sobald Daja dazu in der Lage war, kletterte sie die Treppe zu ihrem Zimmer hoch. Wie sie vermutet hatte, war ihr Altar umgefallen und mit ihm alle Räucherkerzen. Ihre Kiste stand am Fußende des Bettes und sah aus wie immer. Das Erste, was Daja tat, war die Suraku zu pflegen. Sie polierte ihr Metall und ölte das Leder, bis alles glänzte.

»Sie hat mich zweimal gerettet«, erklärte sie ihren Göttern und Vorfahren, als sie ihren Altar wieder aufgestellt hatte. »Ich musste die Schuld zurückzahlen.«

Als Sandri ihr Zimmer betrat, legte sie zuerst ihre grüne Spindel auf ein Regal. Daneben legte sie die Schnur mit den vier Knoten darin. Irgendwie war es geschehen, dass die losen Enden sich zu einem Kreis zusammengeschlossen hatten. Man hätte nicht sagen können, wo die losen Enden zusammengeknüpft waren: Der Ring war geschlossen und die vier Knoten befanden sich im gleichen Abstand voneinander.

Sobald Sandri sich kräftig genug fühlte, räumte sie Lerchenfrohs Arbeitsstube auf. Die Geweihte selbst war in den Webhäusern, um dort Ordnung zu schaffen.

Briar sah sofort nach seinem Shakan. Dieser hatte während des Bebens keinen Schaden genommen. Die flache Schale wies keinen einzigen Riss auf, die Erde darin sah genauso aus wie vorher. Briar legte seine Hände um den Stamm und bedankte sich bei dem Baum. Nun spürte er die Kraft, die ihm vorher verborgen gewesen war, die Kraft, die tief in jeder Wurzelfaser saß.

Am Ende jedes Zweiges befanden sich Knospen. »Das geht doch nicht«, sagte Briar kopfschüttelnd und entfernte sie vorsichtig. »Dass du mir geholfen hast, bedeutet nicht, dass ich dich wachsen lasse, wie es dir gerade gefällt.«

Er fühlte so etwas wie ein Seufzen des Baumes unter seinen Händen und spürte, wie der Shakan ihm entgegnete: Wenigstens nur eine einzige neue Knospe?

»Also gut«, gab Briar nach. »Welche willst du behalten?«

Nach der Versorgung des Baumes, einigen weiteren Mahlzeiten und noch einer Nacht Schlaf beschloss Briar sich in Rosendorns Schuppen umzusehen. Sie war immer noch in Sommersee, wo ihre Arzneikenntnisse dringend gebraucht wurden.

Entsetzt von dem Durcheinander, sortierte Briar die Päckchen und Flaschen, die über die Arbeitstische und den Boden verstreut waren, und rettete die Topfpflanzen. Er sammelte noch einige Flaschen mit verschiedenen Etiketten ein und ging dann los, um nach Tris zu suchen. Er fand sie auf der Hintertreppe, über etwas in ihrem Schoß gebeugt. Magie stieg nebelhaft um sie auf, er fühlte sie, wie er die Magie in der Salbe spüren konnte, die Rose auf die Verletzungen der Kinder gerieben hatte. »Was tust du denn da?«

Tris quietschte erschrocken auf und hielt etwas in ihrem Schoß versteckt. »Nichts.«

»Komm schon, ich konnte es ja fühlen. Was hast du da?«

»Ich sagte bereits, nichts.«

Er setzte sich neben sie. »Ich gehe nicht eher, bis du es mir gesagt hast.« Er stellte die Flaschen neben der Tür ab. Kleiner Bär, der den Garten erforschte, setzte sich zu ihnen und kratzte sich an einer seiner langsam heilenden Wunden.

»Es ist nichts . . .«

»Lüg mich nicht an, Blindschleiche. Du bist die schlechteste Lügnerin in diesem Haus.«

»Ich lüge ja gar nicht richtig.« Sie seufzte. »Ich versuche nur etwas, das ist alles.« Sie blickte auf die Flaschenetiketten und sagte: »Willst du, dass ich dir das Lesen beibringe?«

Obwohl er sie genau das hatte fragen wollen, wehrte er jetzt ab. »Wie kommst du darauf, dass ich das nicht kann?«

Sie blickte ihn mit einem amüsierten Stirnrunzeln an. »Glaubst du vielleicht, ich hätte nicht gemerkt, wie du immer wartest, um zu sehen, welche Pflichten jeder von uns hat, bevor du mit deinen anfängst? Ich wollte es dir schon lange anbieten.«

»Ich hätte nichts dagegen«, gab er zu. »Dafür bringe ich dir bei, wie man kämpft.«

Sie grinste. »Dagegen hätte ich auch nichts!«

»Also abgemacht. Jetzt sag mir, was du vorhast.«

Tris wurde rot und zeigte ihm einen runden Klumpen rauchgrauen Kristalls, der einige Risse und Kupferadern hatte. »Ich dachte, ich könnte Licht hineinrufen. Eisenbart sagt, Kristalle sind dafür gut geeignet und sie halten das Licht jahrelang. Aber ich bin immer noch schwach wie ein Halm im Wind.«

»Für Sandri?«, fragte er leise.

Tris nickte.

»Lass mich mal sehen, ob ich nicht helfen kann. Komm schon«, drängte er, als sie zögerte. »Es ist eine gute Idee. Versuchen wir es. Einatmen . . .«

Zusammen atmeten sie ein, hielten die Luft an und atmeten wieder aus. Zu zweit ging es schon leichter. Sobald sie einen Rhythmus gefunden hatten, umfasste Briar Tris' Hände und sie konzentrierten sich auf den Kristall.

»Was macht ihr denn da?«

Briar und Tris waren so sehr konzentriert, dass keiner von beiden hörte, wie Daja zu ihnen kam. Sie zuckten zusammen und fuhren auseinander. »Nichts«, sagten sie wie aus einem Munde.

Daja setzte sich im Schneidersitz neben sie. »Unsinn. Ich habe die Magie ganz deutlich oben im Haus gespürt.«

»Wir wollen nur unsere Stärke zurückgewinnen, also haben wir meditiert«, erklärte Briar.

Spöttisch streckte Daja die Hand aus und wartete. Tris seufzte und reichte ihr den Kristall. Einige der Risse und Adern schimmerten bereits.

»Für Sandri«, erklärte Briar.

»Damit sie immer ein Licht hat«, fügte Tris hinzu.

»Ihr solltet mich euch helfen lassen«, sagte Daja. »Wo habt ihr den denn überhaupt gefunden?«

»Er fiel aus der Kohleschicht, als sie uns retteten«, sagte Tris. »Ich habe ihn nur aufgehoben.«
Daja umschloss den Stein mit beiden Händen. Briar umschloss ihre Hände mit seinen, Tris wiederum umschloss seine. Zu dritt begannen sie gleichmäßig zu atmen.

Sandri erwachte, als Lerchenfroh für das mitternächtliche Gebet in den Erdentempel ging. Sie wollte sich schon wieder umdrehen, um weiterzuschlafen, als sie ein Licht unter ihrer geschlossenen Tür sah. Kleiner Bär, der zusammengekauert auf ihrem Bett gelegen hatte, sprang hinunter und stieß die Tür auf. Daja, Briar und Tris kamen herein, alle drei trugen ihre Nachtkleidung. Daja reichte ihr ein Licht, das kein bisschen flackerte. Stärker als Sandris Nachttischlampe, schien es aus einem kleinen runden Kristall zu kommen.
»Damit du dich niemals wieder vor der Dunkelheit zu fürchten brauchst«, erklärte Tris.
Briar reichte ihr einen kleinen Lederbeutel. »Schau, wenn du ihn da hineinlegst, sieht man sein Licht nicht und du kannst ihn um den Hals tragen.«
Sandri nahm sprachlos den Kristall und betrachtete ihn.
»Kristalle können besprochen werden und diese Magie für lange Zeit aufbewahren«, erklärte Tris. »Wir glauben . . .«
»Wir hoffen«, korrigierte Daja.
»Wir hoffen, dass du, wenn die Kraft irgendwann einmal den Stein verlässt, keine Angst mehr vor der Dunkelheit haben wirst«, erklärte Briar.
Sandri stiegen Tränen in die Augen. »Vielen Dank«, rief sie aus. »Ich könnte mir keine besseren Freunde wünschen.«
»Jetzt werd mal nicht zu rührselig«, erwiderte Briar. »Mädchen!«

Kleiner Bär bellte laut. Die Kinder hatten sich genug um Sandri gekümmert, nun sollten sie ihn streicheln. Gehorsam kraulte Daja ihn zwischen den Ohren und Tris streichelte seinen Rücken.

Danksagung

Ich danke allen aus der »America Online's Kids Only Area«, die sich an dem Wettbewerb beteiligten, der diesem Buch seinen ursprünglichen Titel gab, einschließlich der Gewinnerin, Gwen Meeks, und jenen auf den nachfolgenden Plätzen: Karen L. Berlin, Joanna M. Calvin, Laura Henchey, Sarah Kauderer, Stacy N., Rebecca Press, Jessica Scholes, Naomi Schwarz, Elizabeth Duhring Scott und Stephannie Scott.
Mein Dank an KO Gen für die Veranstaltung des Wettbewerbs.
Mein Dank auch an Richard McCaffery Robinson, dessen Hilfe bei den Karten und hinsichtlich des kulturellen Hintergrunds des »Kreises« unschätzbar war, und an Thomas Gansevoort, dessen Geschichten über seine Arbeit in vielen unterschiedlichen Handwerkskünsten mich zu dieser Serie inspiriert haben.